オリンポスの咎人

アーロン　上

ジーナ・ショウォルター

仁嶋いずる　訳

MIRA®

THE DARKEST PASSION

by Gena Showalter

Published by Harlequin K.K., Tokyo, 2011

パラノーマル・シリーズの五作目『オリンポスの咎人《とがびと》　アーロン』をお送りすることができてとてもうれしく思っています。ブダペストの人里離れた城に住む十二人の戦士たち――セクシーさでは甲乙つけがたい彼らは誰も破れない古い呪いに縛られています。ある強敵が戻ってきたとき、神々が遺《のこ》した聖なる遺物――戦士を滅ぼす力を秘めた武器を求めて、世界を駆け巡る戦士たちの冒険が始まります。

今回、〝怒り〟の番人アーロンはついに彼をストーキング……いえ、監視していた謎の天使オリヴィアと出会います。ようやく人生に喜びをみいだし、娘同然のレギオン――といっても悪魔の申し子ですが――の面倒を見ることに満足していた彼にとって、悪いタイミングでした。オリヴィアに自制心を吹き飛ばされ、アーロンは彼女を守らなければという強い欲求と闘います。それはオリヴィアを彼という存在から守ることでもありました。

ぜひいっしょに暗く官能的なこの世界に足を踏み入れませんか。この世界では善と悪とを分ける境界はあいまいで、真の愛が究極の試練にさらされます。ギデオン、ストライダーへと続くこれからの〈オリンポスの咎人〉シリーズにもご注目を。冒険はさらに危険の度を増し、ロマンスはより熱く燃えあがります！

みなさんのご幸運を祈って

ジーナ・ショウォルター

ブダペストの森の奥深くに、
永遠の呪いをかけられた戦士たちがいた。

かつてパンドラの箱を開けた彼らは、
世界に諸悪の魔物を解き放って神の怒りを買い、
その罰として各々の心に魔物を封じ込められた。
ある者は“暴力”、ある者は“苦痛”というように。
以来、数千年ものあいだ、戦士たちは内なる魔物と
闘いながらひっそりと生き続けてきた。

だが、戦士たちを悪の根源と見なす人間たち
“ハンター”が現れ、
パンドラの箱を探しはじめたとき、
平穏な日々は終わりを告げた。
箱を開けられれば、戦士の魂は滅ぼされてしまう。
こうして戦士たちの聖なる箱を探す旅は始まった。

捜索は不死身の戦士に有利かに思われた。
ところが、ハンターの首領の正体が
古《いにしえ》の仲間だとわかって事態は急変する。
彼こそ遥か昔に戦士をそそのかし、箱を開けさせた
張本人だったのだ！

人物相関図

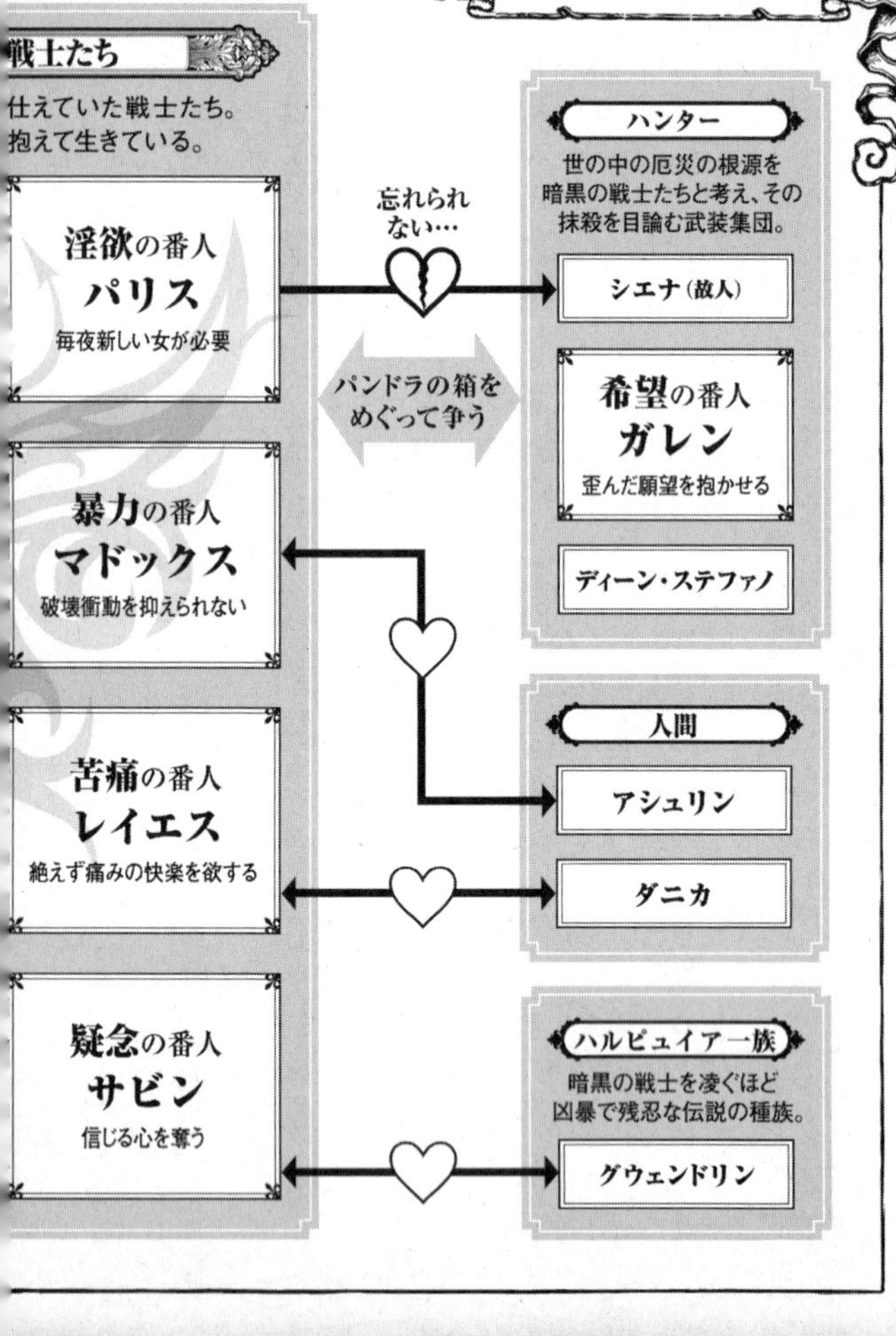

戦士たち
仕えていた戦士たち。
抱えて生きている。
淫欲の番人
パリス
毎夜新しい女が必要
忘れられ
ない…
シエナ（故人）
パンドラの箱を
めぐって争う
暴力の番人
マドックス
破壊衝動を抑えられない
苦痛の番人
レイエス
絶えず痛みの快楽を欲する
疑念の番人
サビン
信じる心を奪う
ハンター
世の中の厄災の根源を
暗黒の戦士たちと考え、その
抹殺を目論む武装集団。
希望の番人
ガレン
歪んだ願望を抱かせる
ディーン・ステファノ
人間
アシュリン
ダニカ
ハルピュイア一族
暗黒の戦士を凌ぐほど
凶暴で残忍な伝説の種族。
グウェンドリン

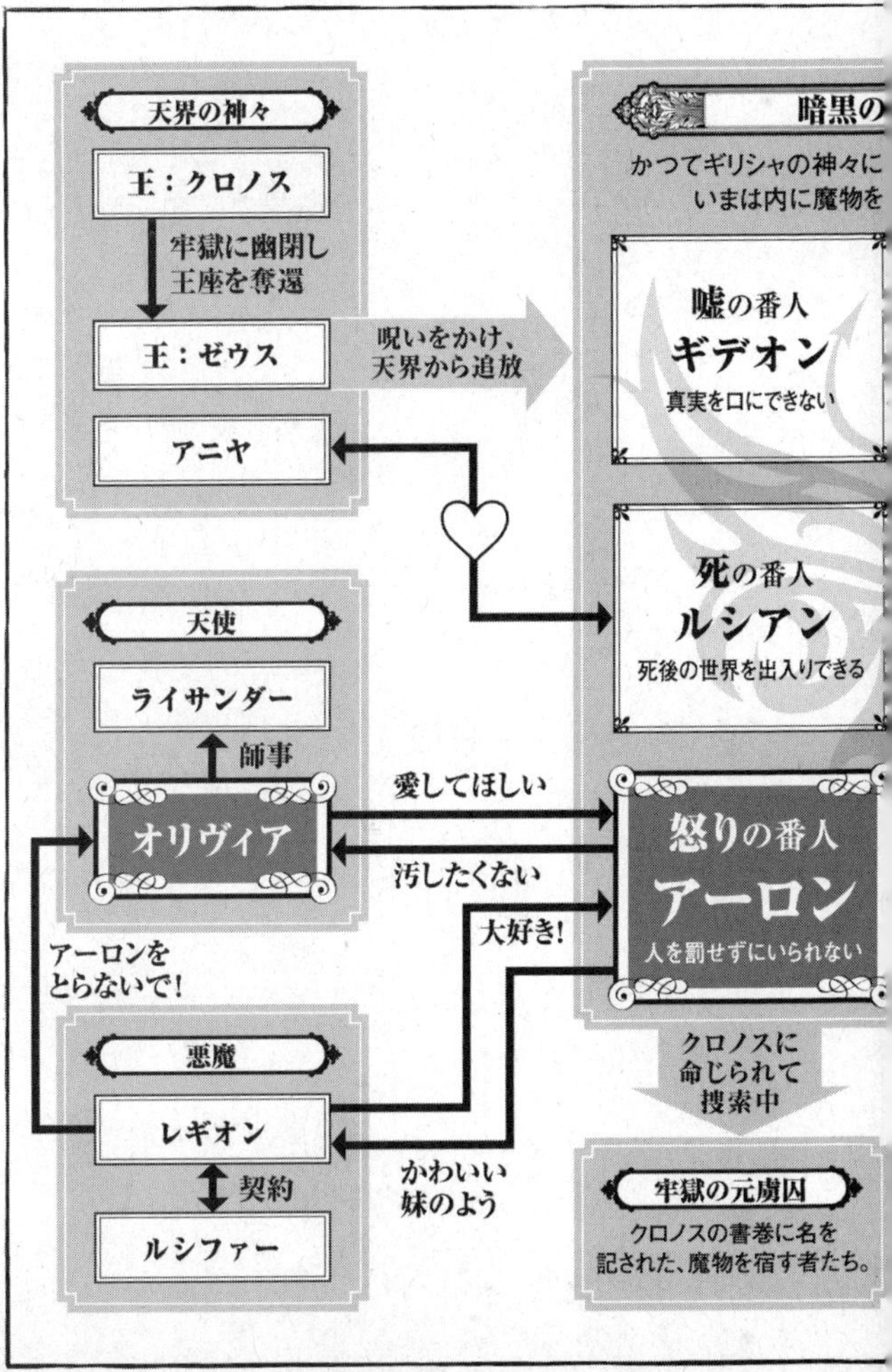
天界の神々
王：クロノス
牢獄に幽閉し
王座を奪還
王：ゼウス
呪いをかけ、
天界から追放
アニヤ
暗黒の
かつてギリシャの神々に
いまは内に魔物を
嘘の番人
ギデオン
真実を口にできない
死の番人
ルシアン
死後の世界を出入りできる
天使
ライサンダー
師事
オリヴィア
愛してほしい
汚したくない
怒りの番人
アーロン
人を罰せずにいられない
大好き!
アーロンを
とらないで!
悪魔
レギオン
契約
ルシファー
かわいい
妹のよう
クロノスに
命じられて
捜索中
牢獄の元虜囚
クロノスの書巻に名を
記された、魔物を宿す者たち。

♡のなれそめについては巻末の作品情報をご覧ください。

アーロン　上

■主要登場人物

アーロン……………………………………暗黒の戦士。〝怒り〟の番人。
レギオン……………………………………アーロンの友人。地獄のしもべ。
パリス………………………………………〝淫欲〟の番人。
シエナ・ブラックストーン………………パリスの一夜の相手。ハンター。故人。
ギデオン……………………………………〝嘘〟の番人。
オリヴィア…………………………………天使。
ライサンダー………………………………オリヴィアの師。精鋭七天使の一人。
ルシアン……………………………………〝死〟の番人。戦士たちのリーダー格。
アニヤ………………………………………ルシアンの恋人。〝無秩序〟の女神。
ウィリアム…………………………………アニヤの友人。不死身の戦士。
レイエス……………………………………〝苦痛〟の番人。
ダニカ・フォード…………………………レイエスの恋人。〝万能の目〟。
ジリー………………………………………ダニカの友人。

ストライダー……………………………………〝征服〟の番人。

サビン……………………………………………〝疑念〟の番人。戦士たちのリーダー格。

グウェンドリン（グウェン）・スカイホーク……サビンの恋人。伝説の生物ハルピュイア。

タリヤ、ビアンカ、カイア・スカイホーク……グウェンの姉たち。

カメオ……………………………………………〝悲痛〟の番人。

トリン……………………………………………〝病〟の番人。

アムン……………………………………………〝秘密〟の番人。

マドックス………………………………………〝暴力〟の番人。

アシュリン・ダロウ……………………………マドックスの恋人。超能力者。

ケイン……………………………………………〝破壊〟の番人。

ガレン……………………………………………ハンターのリーダー。〝希望〟の番人。

ディーン・ステファノ…………………………ハンターの副リーダー。

クロノス…………………………………………タイタン族の王。

レア………………………………………………クロノスの妻。

ルシファー………………………………………闇の王子。地獄の支配者。

1

「死ぬ運命なんかどこ吹く風って顔だな」

〝怒り〟の番人、不死の戦士アーロンは、ブダペスト中心部のブバヨス・アパートメントの屋根の上から、足取りも軽く夜道を行きかう人間たちを見おろした。買い物する者もいれば、しゃべり、笑う者も、歩きながら食べ物をつまむ者もいる。だが誰一人として、この非力な体にもっと時間を与えてほしい、とひざまずいて神にこいねがう者はいない。時間が手に入らないからといって涙にむせぶ者もいない。

アーロンは人間から周囲の景色に目を向けた。夜空から降りそそぐ淡い月光が琥珀《こはく》色の街灯と混じり、街路に影を投げかけている。いたるところに建物が並び、ところどころ張られたライトグリーンの日よけがエメラルド色の街路樹とよく調和している。

だが美しいといってもしょせんは棺桶《かんおけ》だ。

人間はいずれ命の火が消えることを知っている。好きなものや愛する人すべてを捨てる日が来ることを知りながら成長する。それなのに、生の時間を延ばしたいとも思わなければ求めもしないことにアーロンは気づいた。そこなのだ……彼が惹《ひ》かれるのは。まもなく友と引き離されると知ったら、自分なら運命を変えるためになんでもするだろう。頭を下げたっていい。魔物を宿した戦士である仲間を彼は数千年も守ってきたのだ。

　なのになぜ人間はそうしない？　彼が知らない理由でもあるのだろうか？

「死ぬ運命は関係ない」隣でパリスが口を開いた。「命があるうちに生きているだけだ」

　アーロンは鼻で笑った。それは求めていた答えとはちがう。〝命があるうち〟というのがほんの一瞬にすぎないのに、どうやって生きるんだ？「人間はもろい。あっけなく死んでしまう。おまえもよく知ってるだろう」それは残酷なせりふだった。なぜならパリスの……恋人？　愛人？　選ばれた女？　どんな存在か知らないが、とにかくその女が最近パリスの目の前で撃たれて死んだからだ。だがアーロンは自分の言葉を後悔しなかった。〝淫欲〟の番人パリスは毎日ちがう女とベッドをともにしないと体が弱って死んでしまう。特定の一人を失ったからといって、泣いてばかりはいられない。そのシエナとやらは敵だったのだからなおさらだ。

　認めたくはないが、アーロンはその女が死んだのがうれしかった。生きていればパリスの欲望を逆手に取って、結局はパリスを破滅させたかもしれないからだ。

　だがおれはいつまでもこの男を守る。それは誓いだ。神々の王クロノスは、かつてパリスにある選択を突きつけた。恋人の魂をよみがえらせるか、流血の執念に取《と》り憑《つ》かれたアーロンの呪いを解くか。あのころのアーロンの心の中には傷つけ殺す欲望が渦を巻いていた。情けなくて認めたくないが、彼は何度もその欲望を行動に移した。

〝苦痛〟の番人レイエスは、その呪いのせいでもう少しで愛するダニカを失うところだった。実際アーロンはあの美しい首にとどめの一撃を刺そうとして、鋭いナイフを振りあげた。だがその寸前にパリスはアーロンを選び、殺戮《さつりく》の衝動は消え、ダニカは命拾いをしたのだ。

アーロンは心のどこかで、ダニカを殺しかけたこと――そしてパリスの選択の結末に今も罪悪感を抱いていた。その罪悪感は骨を焼く酸のようにアーロンをさいなんだ。自分は自由を味わっているというのに、パリスは苦しんでいる。だからといってアーロンはパリスに情けをかけることはなかった。パリスを愛する気持ちが強すぎるからだ。何よりパリスには恩がある。アーロンは借りは必ず返す男だ。

だから二人はこうして屋根の上にいる。

パリスの面倒を見るのは楽な仕事ではない。これまでの六日間、アーロンはぶつぶつ文句を言うパリスをここに連れてきた。パリスが女さえ選んでくれれば、あとは彼がその女を連れ出し、ことが終わるまで二人を警護するという段取りだ。だが夜ごとパリスは決断を先延ばしするようになった。

今夜はどうやら夜明けまでここでしゃべり続けることになりそうだ。

落ちこんでいるパリスが最初からはかない人間とのかかわりを断っていたら、手に入らないものを求めて苦しむこともなかった。

アーロンはため息をついた。「パリス」そして言葉を止めた。どう続ければいいだろう？「もう嘆き悲しむのはよせ」これでいい。的を射たせりふだ。「弱みにつけこまれるぞ」

パリスは舌で歯を舐《な》めた。「おまえがそういう言い方をするとはな。おまえは何度〝怒り〟につけこまれた？　数えきれないほどだ。そういう瞬間、何度神々を責めた？　たった一度だろう。〝怒り〟の魔物に乗っ取られるとおまえは自分を抑えられなくなる。せめて罪のリストに偽善を加えるのはやめろ」

そんなことを言われてもアーロンは腹も立たなかった。パリスの言い分はもっともだ。〝怒り〟に乗っ取られると彼は翼で町に飛び出し、相手かまわず殴りかかり、相手の恐怖を味わった。そんなとき、自分のしていることに気づいていても愚行を止めることはできないのだ。

といっても、いつも止めたいと思うわけではない。中には殺されて当然の者もいる。

それでもアーロンは体をコントロールできなくなる自分を呪った。これでは操り人形か命令どおりに踊る猿だ。そんな情けない状態に陥ったときは魔物を憎んだ。だがそれも自分自身への憎しみにはおよばない。なぜならアーロンは〝怒り〟の魔物に対して憎しみだけでなく誇りも感じていたからだ。彼から主導権を奪うには力を必要とする。たとえどんなものであれ、力は賞賛に値する。

それでも愛と憎しみのせめぎ合いはアーロンを悩ませた。

「おまえはそんなつもりはなかったかもしれないが、それこそまさにおれが言いたかったことだ」アーロンはさっきの話題に戻った。「弱みにつけこまれたら身の破滅だ。例外はないぞ」パリスの場合、悲しみにくれるのは集中力を失うのと同じ意味だ。気のゆるみは生死にかかわる。

「それがおれとなんの関係がある？　あの人間たちとどうつながる？」パリスが言った。

ここは大局からものを見るときだ。「人間は一瞬のうちに年をとって衰える」

「それがどうした？」

「まあ話を聞け。もし人間に恋をすれば、一世紀近くはいっしょにいられるだろう。女が病気や事故に見舞われなければな。だがその一世紀で恋人が衰えて死んでいくのを見守ることになる。その間も、恋人のいない永遠の時間が待ってることがわかってるわけだ」

「悲観的すぎるぞ」パリスは舌打ちした。アーロンが期待したのとは正反対の反応だ。

「大事なものが失われるのを黙って見ているだけの一世紀じゃない。究極の幸福を味わう一世紀だ。その幸福がそのあとの永遠を支えてくれるんだ」

支える？　ばかばかしい。大事なものをなくしたとき、その記憶は二度と手に入らないものを思い出させる苦しみの源に変わる。そういう記憶は悩みを増やし、人を強くするどころか集中力をさまたげるだけだ。アーロンはパリスのように見栄えのいい言葉でごまかそうとは思わなかった。

その証拠にアーロンは、かつての親友、〝不信〟の番人バーデンに対して同じ思いを抱いたことがある。その昔、彼は血を分けた兄弟よりも愛したこの男を失った。そして一人になるたびにバーデンを思い浮かべ、もし生きていたらと思いを巡らせた。

パリスにはそんな思いをしてほしくない。

大局的な話はやめにしよう。こうなったらずばりと言ってやるしかない。

「人を失ってもあっさりあきらめられるなら、どうしていまだにシエナのことを悲しんでいるんだ？」

月光がパリスの顔を照らし出した。その目にかすみがかかっているのが見えた。また飲んでいたんだな。「シエナとは一世紀をともにできなかった。たったの数日だ」パリスの声には抑揚がなかった。

ここで引いてはだめだ。「百年いっしょにいられれば、シエナが死んでも平気だったのか？」

一瞬の間があった。

「もういい！」パリスが拳を屋根にたたきつけたので、建物全体が揺れた。「このことはもう話したくない」

それは残念だ。「なくしたものは戻らない。弱みは弱みだ。人間に強い感情を持たないようにすれば、いなくなってもなんの痛みも感じない。心を硬くすれば手に入らないものに恋い焦がれることもない。魔物がおれたちにそうたたきこんでくれたはずだ」

戦士たちが宿す魔物は、かつて地獄で自由を求め協力して脱出を試みた。しかし結局は牢獄《ろうごく》が変わっただけで、地獄よりひどい場所に閉じこめられることになった。

かつて地獄の硫黄と業火に耐えた魔物どもは、千年間パンドラの箱に封じこめられることになった。闇と孤独と苦痛の千年。自由もなく、よりよい場所への希望もなかった。

魔物どもがもっと自分を強く持ち、禁じられたものを求めなければ、捕らわれることもなかっただろう。

アーロン自身、意志の強さがあれば箱を開けるのに手を貸すこともなかった。そうすれば、みずからが解き放った魔物を体に宿す呪いを受けることもなかった。唯一の家だった天界から追放されることもなければ、流転ばかりのこんな世界に永遠に閉じこめられることもなかった。

そしてハンターとの戦いでバーデンを失うこともなかった。戦士たちを憎む卑劣な人間どもハンターは、世界中の悪を戦士のせいにしている。友人が癌《がん》で死ねば、当然のように戦士たちのせいにする。十代の少女が妊娠すればやはり戦士のせいだ。

アーロンがもっと強ければ、戦いの日々に逆戻りすることもなかった。戦い、殺し、また殺す日々に。

「おまえは人間の女に恋い焦がれたことはないのか？」パリスの声がアーロンを現実に引き戻した。

アーロンはふっと笑った。「次の日に失うとわかってる女を歓迎する？　まさか」おれはそんなばかじゃない。

「失うとわかってるわけじゃないぞ」パリスは革のジャケットの懐から携帯用の酒のボトルを取り出して長々と飲んだ。

また飲むのか？　励ましてやろうと思ったのに、パリスにはなんの役にも立たなかったらしい。

飲み終わるとパリスは続けた。「マドックスにはアシュリンが、ルシアンにはアニヤが、レイエスにはダニカがいて、サビンにはグウェンが現れた。グウェンの姉、血も涙もないあのビアンカだって恋人がいる。おれとオイル・レスリングした天使だ。まあ、その話をする気はないが」

オイル・レスリングだと？　そうだな、それは聞きたくない。「たしかにあいつらには相手がいるが、その相手は人間の中でも抜きん出た力を持つ女だぞ。人間以上の存在だ」

だからといって永遠の命が保証されているわけではない。不死族でも殺されることはある。

バーデンの頭部を拾いあげたのはアーロン自身だ。永遠に凍りついた衝撃の表情を最初に見たのは彼だった。

「答えが見つかったじゃないか。特殊な力を持つ女を見つければいい」パリスが皮肉っぽく言った。

そんな簡単な話じゃない。それ以前に問題がある。「おれにはレギオンがいる。今はレギオンだけで手いっぱいだ」娘同然の小さな悪魔レギオンのことを思い出してアーロンは頬をゆるめた。立ったときの背丈は彼のウエストぐらい。緑のうろこ、生え始めたばかりのふたつの小さな角、毒液を出す鋭い牙。お気に入りのアクセサリーはティアラで、好物は生き物の肉だ。

アーロンはティアラでレギオンを甘やかし、肉は二人で調達した。

レギオンとは地獄の近くで会った。業火で体が溶けない程度に地獄から離れた場所だった。流血の衝動にのみこまれ、仲間にさえ襲いかかろうとしたアーロンは地獄のすぐそばにつながれていた。そこにレギオンが壁を掘り崩して現れたのだ。レギオンの存在はなぜかアーロンの正気を取り戻し、力を与えてくれた。レギオンが逃げ出すのを助けてくれたあの日以来、二人はいっしょにいる。

だが今は離れ離れだ。大事な娘はあんなにいやがっていた地獄に戻ってしまった。それもこれもアーロンにつきまとって離れない天使のせいだ。その天使は影に隠れ、姿を見せず、ただ……何かを待っている。何を待っているのだろう。アーロンにわかるのは、今はその強烈な視線は離れているが、いずれ戻ってくることだ。いつもそうなのだ。レギオンはそれが耐えられなかった。

アーロンはうしろに寝そべって夜空を見上げた。今夜は黒いサテンにダイヤモンドを散らしたように星がくっきりと見える。幻でもかまわないから孤独がほしくなると、アーロンは翼の許すかぎり天高く舞いあがり、今度はまっすぐに落ちた。そして地面すれすれでスピードをゆるめた。

パリスがまたひと口飲むと、生命の酒《アンブロシア》のにおいが赤ん坊の息のようにかすかに風に乗って漂ってきた。アーロンは首を振った。パリスはアンブロシアをドラッグに選んだ。彼らのような男たちの心と体を麻痺《まひ》させられるのはアンブロシアだけだが、パリスはもう分量のコントロールがきかなくなっている。これでは勇猛果敢な戦士も使いものにならない。

ハンターのリーダーであり、魔物に取り憑かれた戦士の一人でもあるガレンが自由の身でいることを考えると、仲間にはせめてしらふでいてほしい。例の天使のこともあるし、パリスには常に臨戦態勢でいてもらわなくては。最近知ったことだが、天使というのは悪魔を狙う暗殺者だという。

この天使も彼の命を狙っているのだろうか？　アーロンにはわからなかったし、ビアンカの伴侶ライサンダーも教えてくれない。だが答えがどうだろうが関係ない。男だろうが女だろうが、その天使が姿を現す気になったときは襲いかかってやる。

彼からレギオンを引き離そうとする奴《やつ》には覚悟してもらう。今この瞬間もレギオンは精神的にも肉体的にも苦しんでいるにちがいない。そう思っただけでアーロンは骨が砕けるほど強く拳を握りしめた。レギオンの同類の悪魔は、やさしく思いやりがあるレギオンをからかっておもしろがり、追いかける。本当に捕まったら何をされるかわかったものではない。

「レギオンが大事なのはわかる」パリスの声でアーロンはもつれた思いから引き離された。パリスは向かいの建物に石を投げつけ、携帯ボトルの酒を飲み干した。「だがレギオンでは満たせないものもあるだろう」

つまりセックスということだ。この話題はもういいかげんにしてほしい。アーロンはため息をついた。もう何年も、もしかしたら何世紀も、女とはベッドをともにしていない。努力するのもばかばかしい。〝怒り〟の魔物のせいで、相手を喜ばせたいという思いはすぐさま苦しめたいという欲求に変わってしまう。それに、戦いしか知らないタトゥーだらけの彼は、ひとかけらの愛を得るために大変な苦労をしなければならない。女たちは彼を怖がる――それも当然だ。その恐怖をやわらげるだけの時間も忍耐も彼にはない。もっと大事なことがいくらでもあるのだ。訓練とか、城の警護とか、友の護衛とか。それにレギオンを甘やかすとか。

「そんなものはない」その言葉はほぼ真実だ。自分に厳しい彼は肉欲にふけることがほとんどなかった。欲に溺れるときは一人ですませる。「望むものはなんでも持ってる。ここへ来たのはおまえの相手を見つけるためで、本音をぶつけ合うためじゃないぞ」

パリスはうなり声をあげ、さっき石を投げたように携帯ボトルを投げた。ボトルは壁にぶつかり、破片となって飛び散った。「いつか誰かがおまえを魅了し誘惑する。おまえは体のすべてでその女を求めるんだ。その女のせいで正気を失えばいい。たとえつかの間でも、女がおまえの手を振り払い、逃げ出して、楽しい鬼ごっこになればいい。そうすればおれの苦しみの片鱗《へんりん》が理解できるさ」

「そうしないとおまえに受けた恩を返せないと言うなら、喜んでその運命を受け入れよう。神々に頼んでもいいぞ」アーロンは、不死族だろうと人間だろうと、人生を破滅させるほど強く女を求める気持ちが想像できなかった。彼はたえず恋人を求める仲間の戦士たちとはちがう。一人でいるときがいちばんしあわせなのだ。一人でなければレギオンといるときだ。それにアーロンはプライドが高すぎて、熱い思いを返してくれない相手を追いかける気にはなれなかった。

しかしさっきの言葉は本気だ。パリスのためならどんなことも耐えるつもりだ。「聞こえたか、クロノス?」アーロンは天に怒鳴った。「女を一人与えてくれ。おれを苦しめ、拒否する女を」

「調子に乗るな」パリスは笑った。「クロノスが本当に手の届かない女を送りこんだらどうする?」

パリスがおもしろがっているのがうれしかった。これでこそいつものパリスだ。「その可能性はないな」クロノスは戦士がガレン討伐に専念するのを望んでいる。ガレンの手で殺されるとダニカに予言されてから、クロノスはガレンを倒すことしか考えていない。万能の目であるダニカの予言は、たとえ悪い予言でもいつも正確だ。だが予言には別の面もある。予言を利用すれば、少なくとも理論上は運命を変えることができる。

「かもしれないが、本当にそうなったらどうする?」アーロンがずっと黙ったままなのでパリスがたたみかけた。

「もしクロノスがおれの頼みをかなえてくれたら、なりゆきを楽しむさ」アーロンはにやりとして嘘《うそ》をついた。「おれの話はもういい。ここに来た目的を果たそうじゃないか」アーロンは起きあがって街路を見おろし、まばらになった人通りを眺めた。

この街区は道路の保護のため車の進入が禁止されており、歩行者しかいない。アーロンがここを選んだのはそのためだ。走る車から女を引っ張り出すのは楽しい仕事ではない。ここならパリスに女を選ばせ、アーロンがその女のところに連れていってやることができる。ゴージャスな青い目の魔物をひと目見ると、選ばれた女は足を止めて息をのむ。一度笑顔を見せただけで女がその気になって、小道を歩く者に見られるのも気にせず服を脱ぎだすこともあった。

「一人も見つからないさ。もう探したからな」パリスが言った。

「たとえば……あの女はどうだ？」アーロンは露出ぎみの豊満なブロンドを指さした。

「だめだ」即答だった。「あれは……露骨すぎる」

またか、とアーロンはげんなりしたが、別の女を見つけた。「じゃあ、あれは？」長身、見事なスタイル、赤毛のショートヘア。そしておとなしい服装。

「だめだな。マニッシュすぎる」

「どういう意味だ？」

「その気になれないってことさ。次」

それから一時間、アーロンは一夜の恋人候補を挙げ続け、パリスはあれこれ理不尽な理由をつけて却下し続けた。幼すぎる、年を食いすぎてる、色黒すぎる、色白すぎる。ただひとつまともな理由は〝一度寝たことがある〟だった。パリスの場合これまでの回数なだけに、アーロンはこのせりふを何度も聞くことになった。

「いずれは一人選ぶことになるんだ。抵抗するのはやめて、目をつぶって指させばいいじゃないか」

「前にも一度それをやったことがある。だが結局……」パリスは身震いした。「やめとこう。記憶をたどってもなんの意味もない。とにかく答えはノーだ」

「じゃあ、あそこの……」アーロンの言葉が突然とぎれた。目をつけていた女が影の中に消えたからだ。自然に視界から消えたのではない。まるで鎖につながれた影が女に飛びかかったかのように、一瞬前までそこにあった人影が次の瞬間あとかたもなくかき消えたのだ。

アーロンははじかれたように立ちあがった。むき出しの背中から翼が飛び出し、開いた。

「まずいぞ」

「どうしたんだ？」パリスもあわてて立った。アンブロシアのせいで少しふらついているが、根っからの戦士のパリスは短剣を握りしめた。

「黒髪の女だ。見たか？」

「どの女だ？」

それが答えになった。パリスは女を見ていない。見ていれば、誰のことを言っているのかきき返したりしないだろう。

「行くぞ」アーロンはパリスのウエストをつかんで建物から飛び立った。風がパリスの鮮やかな髪を乱し、アーロンの顔にたたきつける。やがて地面が近づいてきた。「女を捜してくれ。肩までのまっすぐな黒髪、身長は百八十センチ弱、二十代前半、服は黒。おそらく人間じゃない」

「殺すか？」

「捕らえる。その女にききたいことがあるからな」どうやってあんなふうに消えたのか、なぜここにいるのか、誰の差し金か。

不死族なら必ずなんらかの魂胆を隠しているものだ。

コンクリートと石の地面に激突する直前でアーロンは翼をはためかせた。多少頭がふらついたが、倒れずに着地できるぎりぎりのところまでスピードを落とすと、彼はパリスから手を離した。着地とともに二人はさっと左右に分かれた。数千年ともに戦ってきた仲間だけに、前もって細かく打ち合わせなくても自然に動けるのだ。

アーロンは翼を背中の切れ目の中に折りたたみ、女が消えた左手の小道を走り出した。人間が数人目についた——手をつないだカップル、ウイスキーをあおるホームレスの男、犬を散歩させている男。だが黒髪の女の姿はない。目の前を煉瓦《れんが》の壁にふさがれ、アーロンは背後を振り返った。くそっ。あの女はルシアンと同じ力があるのか？　念じただけで好きな場所に移動できるのだろうか？

アーロンは顔をしかめてまた走り出した。必要ならそのあたりの小道をくまなくあたるつもりだった。ところが道を半分ほど行ったところで周囲の影が濃くなり、アーロンをのみこんで街灯の金色の光も吸い取ってしまった。その闇から何千というくぐもった悲鳴がしみ出てくるかのようだ。苦しめられた者の叫びだ。

何かに——誰かにぶつかりそうな気がして彼は足を止め、短剣を二本握りしめた。いったいこれは……。

影の中から例の女が出てきてアーロンの目の前に立った。突然あたりを包みこんだ大きな闇の中で、その姿だけが明るい。女の目は闇のように黒く、唇は血のように赤く濡《ぬ》れている。そこには残忍なほどの美しさがあった。

頭の中で〝怒り〟の魔物がうなり声をあげた。

その一瞬、アーロンはクロノスがさっきの願いを聞き届けて彼を苦しめる女を送りこんだのかと思った。だがその女を見つめても血は沸き立たず、鼓動も速まらない。仲間の戦士たちは〝どうしても自分のものにしたい〟女を見つけたら必ずそうなると言っていた。この女もほかの女と同じで、すぐに忘れてしまうだろう。

「あら、わたしって本当にラッキーね。あなたは暗黒の戦士でしょう。わざわざわたしに会いに来てくれたなんて」その声は煙のようにかすれていた。「こちらから頼む必要すらなかったわ」

「たしかに暗黒の戦士だ」これは否定しても始まらない。町の人々はひと目で彼らを戦士だと見抜く。天使だと思う者もいるぐらいだ。ハンターもひと目で彼らを認識する。どちらにしても戦士だという情報を与えても逆手に取られることはない。「おまえを捜してたんだ」

アーロンが簡単に認めたので、女の顔にかすかに驚きが浮かんだ。「それは光栄だわ。

どうして捜していたの?」

「何者か知りたいと思ってね」〝どういう生き物だ?〟というのがより正しい質問だ。

「ラッキーだと思ったのはぬか喜びだったわね」みずみずしい赤い唇がとがり、女は涙を拭くふりをした。「実の兄弟にわかってもらえないなんて」

これで答えの一部がわかった。この女は嘘つきだ。「おれに姉妹はいない」

女の黒い眉が上がった。「本当に?」

「ああ」アーロンは父も母もいない。ギリシャ神の王ゼウスがこの世にあれと命じたのだ。戦士は皆同じだ。

「石頭なのね」女が舌打ちしたのを見て、彼はパリスを思い出した。「兄弟だから似ていて当然だわ。とにかく、やっと一人のところを捕まえられた。あなたは誰?〝激怒?〟〝自愛《ナルシシズム》〟? あたりでしょ? やっぱり〝自愛〟だわ。自分の顔のタトゥーを体に刻みこんでいるぐらいだもの。すてき。ナルシって呼んでいい?」

激怒? 自愛? そんな魔物を宿した仲間はいない。疑念、病、悲嘆ならいるが、そのふたつはない。アーロンは首を振った。そして思い出した。この世には彼ら以外にも魔物を宿した不死族がいることを。会ったこともないそいつらを彼は捜し出さねばならない。

パンドラの箱を開けたアーロンたちは、魔物を宿す呪いを受けたのは自分たちだけだと思いこんでいた。だが最近クロノスにそれは誤解だと知らされ、魔物を宿した者らの名を記した書巻を授けられた。魔物の数は戦士の人数を上まわり、パンドラの箱の行方も知れないとあって、当時の権力者ギリシャ神らはあぶれた魔物をタルタロスの不死の虜囚の体内に押しこんだという。

これは戦士にとっては朗報とはほど遠かった。タルタロスの虜囚のほとんどを牢にぶちこんだのは、ゼウスの精鋭部隊だった戦士たちだからだ。そして罪人というものは復讐《ふくしゅう》だけを生きる目的にする。〝怒り〟の魔物がそれを彼に教えこんでくれた。

「ちょっと、聞いてる？」

アーロンは目をしばたたかせ、自分を呪った。敵かもしれない相手の前で考え事にふけるとは。愚か者め。「おれが誰だろうと関係ない」正体を知られたらそれを逆手に取られるかもしれない。とりわけ最近は〝怒り〟の魔物が爆発しやすく、何気ないひと言で激怒してしまい、その結果アーロンが殺戮の狂気にとらわれて町や住人を危険にさらしてしまうのだ。

それもこれも彼をつけまわす天使のせいだ。

だが〝怒り〟の魔物が心の中でうなり声をあげ、頭蓋に爪を立て、飛び出したくてうずうずしているとき、それをあの天使のせいにすることはできない。そばにいる者の罪を感じ取ること、それが昔から変わらぬ〝怒り〟の魔物の抜きん出た能力なのだ。アーロンはふいに気がついた。この女は罪にまみれている。

「急に顔が暗くなったところを見ると答えはノーね。あなたは〝自愛〟じゃない。それにわたしの話を聞いてもいない」

「うるさい……黙れ……」脳への衝撃を防ごうとしてこめかみをつかむと、冷たい刃が肌にあたった。今は集中力を失うわけにはいかない。だが無駄だった。分割スクリーンに映し出された映画のように、女の罪がどっと頭の中に流れこんできた。この女は最近一人の男を椅子に縛りつけ、拷問し、火をつけた。その前は一人の女の内臓を引き裂いている。詐欺、そして窃盗。子どもの誘拐。男をベッドに誘惑し、喉をかき切った。暴力に次ぐ暴力……恐怖、苦痛、闇。犠牲者の悲鳴が聞こえ、肉の焼けるにおい、血の味が感じられるかのようだ。

ちゃんとした理由があるのかもしれないが、ないかもしれない。どちらにしても〝怒り〟の魔物は本人の罪をそのまま利用してこの女を罰することを求めている。縛りつけ、内臓を引き裂き、喉をかき切り、火をつけたいと思っている。

それがアーロンの魔物だ。殴る者を殴り、殺す者を殺し、すべての虐げる者を虐げようとする。そしてアーロンは魔物の命じるとおりに動いてきた。そして今、魔物は彼の全身の筋肉をこわばらせ、骨を縛りつけている。落ち着け。自制心を保て、正気を失うな。だが女を罰したいという欲望はありえないほど強く、いけないと思いつつも気持ちが揺れてしまう。これはいつものことだ。

「どうしてブダペストにいる？」よし、これでいい。アーロンはゆっくり両手を下ろした。

「すごい」女はその問いを無視した。「見事な忍耐力ね」

この女は、魔物が彼女に襲いかかりたがっていることを知っているのか？

「ちょっと考えさせて」女は指先で顎をたたいた。「〝自愛〟じゃないなら……〝男性優位主義〟。あたりでしょ？　わたしみたいなか弱い女は真実に耐えられないと思ってるのね。大まちがいよ。まあ、言いたくないなら黙っていればいいわ。でも後悔するわよ、きっと」

「おれを脅してるのか？」

女はまた彼を無視した。「噂《うわさ》じゃ、あなたたちはクロノスから書巻を授けられて、それを使ってわたしたちを捜し出そうとしてるらしいわね。わたしたちを利用し、場合によっては殺すために」

胃を締めあげられたような気分だった。彼らは書巻のことを知ったばかりだというのに、この女はもう知っている。そのうえ自分がそこに載っていることも知っている。ということはこの女も当然不死族であり、罪人であり、その言葉を信用するなら魔物を宿している。

見覚えがないことを考えると、この女を捕らえたのは戦士仲間ではないようだ。つまりこの女は彼らが天界に現れる前に存在したことになる。ということは彼女はタイタン族であり、よけい始末が悪い。タイタン族は敵であるギリシャの神々よりずっと残虐なのだ。

さらに悪いことに今は解き放たれたタイタン族が天の覇権を握っている。この女は神の後ろ盾があるのかもしれない。

「おまえはなんの魔物を宿してるんだ?」アーロンは弱みにつけこむのをためらわなかった。

アーロンの険しい口調をおもしろいと思ったのか、女はにやりとした。「そっちは教えてくれなかったのに、どうしてわたしが教えなきゃいけないの?」

いらいらする女だ。「〝わたしたち〟と言ったな」何者かが飛びかかってくるのをなかば覚悟して彼は女の背後をうかがった。だが見えるのは影ばかり……そして聞こえるのはくぐもった悲鳴だけだ。「仲間はどこにいる?」

「知るわけないわ」女は武器を使うなと言われたかのように両手を広げてみせた。「いつでも一匹狼《いっぴきおおかみ》よ。それが好きなの」

これもきっと嘘だろう。泣く子も黙る暗黒の戦士に援護もなしに近づく女がどこにいる? アーロンはガードをゆるめず女をにらみつけた。「おれたちと戦いに来たのなら、覚えておけ――」

「戦う?」女は笑った。「眠っている間にあなたを殺せるのに? とんでもない、ここに来たのは警告のためよ。つけ狙うのをやめないとあなたの存在をこの世界から消してやる。それができる者がいるとすれば、それはわたしよ」

さっき心の目で女の罪を見た彼はその言葉を信じた。この女は闇に乗じて前触れもなく襲いかかる。どんな汚らわしい所業もためらわない。だがアーロンはだからといって要求をのむつもりはなかった。「無敵だと思ってるようだが、おれたち全員を倒すことはできないぞ。警告とやらを出し続けるつもりなら、いやおうなく戦いになる」

「好きにして。わたしは言いたいことを言っただけ。これが最後の顔合わせになることを祈るのね」また影が濃くなって女を包みこみ、その姿をかき消した。と思うとすぐ耳元で声がした。「ああ、ひとつ言い忘れたわ。今日のはちょっとした挨拶代わり。次に会うときはこんなにおとなしくしているつもりはないから」

次の瞬間、まわりの世界がどっと戻ってきた。両脇には建物が並び、コンクリートの上にごみ袋が散らかり、酔っ払いは酔いつぶれている。ようやく〝怒り〟の魔物が静かになった。

アーロンは周囲をうかがい、臨戦態勢のまま警戒を解かなかった。耳をすましても、聞こえるのはゆっくりした自分の呼吸と小道の先を歩く人間の足音、そして夜鳥の歌だけだ。

パリスを捜して砦《とりで》に戻ろうと、アーロンはふたたび翼を広げて夜空へと舞いあがった。仲間に知らせなければいけない。血も涙もないあの女が何者で、ほかにどんな能力を持つのかわからないが、急いで対処しなければならない。

2

「アーロン！　アーロン！」

城に到着し、自室に入るバルコニーに舞い降りたとたん、見知らぬ女の声がした。アーロンは驚いてパリスを離した。

「アーロン！」

耳をつんざくような恐怖と絶望の悲鳴が三度響いたとき、アーロンとパリスはさっと振り向いて眼下の丘を見おろした。空を切り裂くようにそびえ立つ木立が視界をさえぎったが、緑と茶色のまだらの中に白ずくめの人影が見えた。

人影は城に向かって走ってくる。

「〝影の女〟か？」パリスがきいた。「どうやってこんなにあっさり鉄柵を抜けた？　それも徒歩で」

さっき小道で会った女のことは帰る道すがらパリスに話しておいた。「あの女じゃない」この声は影の女より高く豊かで、自信に欠けている。「鉄柵のことは……わからない」

数週間前、ハンターとの戦いで受けた傷から回復したアーロンとパリスは、城の周囲に鉄柵を張り巡らせた。鉄柵の高さは四メートル半、有刺鉄線が巻きつけてあり、先端はガラスが切れるほど鋭い。そのうえ人間なら心臓が止まるほどの電流が流れている。よじのぼろうとしても、生きたままこちら側に下り立つのは不可能だ。

「囮《おとり》だと思うか?」女をじっと見つめながらパリスが言った。「ヘリから降下したのかもしれないぞ」

ハンターはこれまでも美しい人間の女を使って戦士をおびき出し、油断させて捕らえ、拷問するという手を使ってきた。この女も囮の条件にあてはまっている。チョコレート色の波打つ長い髪、雲のように白い肌、この世のものとは思えない美しい体つき。顔の造作までは見分けられなかったが、すばらしい目鼻立ちにちがいない。

アーロンは翼を広げながら答えた。「そうだな」ハンターの奴《やつ》らめ、最悪のタイミングを選ぶじゃないか。仲間の半分はローマにある〝語ってはならぬ者の神殿〟に行ってしまって留守だ。最近、海中から姿を現したこの遺跡には、失われた聖遺物につながるなんらかの手がかりがあるはずだと彼らは考えている。全部で四つあるその聖遺物がすべて揃《そろ》うとパンドラの箱のありかが示されるのだ。

ハンターはパンドラの箱を利用して魔物を中に封じこめ、戦士を倒そうともくろんでいる。戦士は魔物と引き離されると命を失うからだ。いっぽう戦士のほうでは、箱をただ破壊することを望んでいる。

「外には罠《わな》が張り巡らせてある」しゃべればしゃべるほどパリスの声の震えが目立った。パリスが影の女と呼ぶあの女のせいで、町でベッド相手を探す余裕がなくなってしまい、体力が衰えてきたのだ。「気をつけないとまずいぞ……たとえ囮でも、無残に死ぬのは見ていられない」

「アーロン！」

パリスはもっとよく見ようとしてバルコニーの手すりに身を乗り出した。「なぜおまえを呼んでるんだ？」

しかも、親しい者でも呼ぶような口調だ。「もしあの女が囮なら、今、この瞬間もハンターがそこにいて待ち伏せているはずだ。あの女を助けに行けば襲ってくるだろう」

パリスが手すりから離れた。ふいにその顔が月光に照らされた。目の下にくまがある。

「仲間を呼んでくる。女を助けるのはそのあとだ」アーロンが答える間もなくパリスは石敷きの床にブーツの足音を響かせて寝室から出ていった。

アーロンはじっと女を見つめた。こちらに向かって近づいてくる姿をよく見ると、白い布と見えたのはローブだった。さっきは見えなかったが背中が深紅に染まっている。

靴ははいておらず、むき出しの爪先が岩にぶつかって女が倒れたとき、チョコレート色のカールが顔におおいかぶさった。髪には花が編みこんであり、いくつかは花びらがなくなっている。小枝も見えたが女が自分で髪に挿したとは思えなかった。女は震える手で髪をかきあげた。

ようやくその顔立ちが視界に入ったとき、アーロンは全身の筋肉が張りつめるのを感じた。涙で汚れ、むくんでいるが、予想どおりすばらしい顔立ちだ。大きな空色の目、完璧なカーブを描く鼻、少し丸いが美しい頬と顎、つややかなハート形の唇。

一度見れば忘れない顔だが、知らない女だ。だがふいにアーロンはどこか……なじみのあるものを感じ取った。

女は顔をしかめてうめきながらのろのろと立ちあがり、歩き出した。だがまた倒れた。苦しそうな泣き声がもれたが、女はまた立ちあがり、一歩ずつ城に近づいてくる。罠かどうかに関係なく、あの根性は見上げたものだ。

女は罠の場所を知っているかのように迂回《うかい》して足を進めたが、また岩につまずいて転んでしまった。そして今度は倒れたまま震えて泣いている。

女の背中を見ていたアーロンの目が大きく見開かれた。あの赤い色……あれは血じゃないか？　しかもまだ濡《ぬ》れている。金属臭が風に乗って漂ってきてアーロンの鼻に届き、疑いを裏づけた。そうだ、たしかに血だ。

あの女の血？　それとも女以外の誰かか？

「アーロン」—それはもう叫びではなく、悲しげな泣き声だった。「助けて」

よく考える間もなくアーロンはさっと翼を広げた。たしかにハンターは囮をライオンの巣穴に送りこむ前に敵の同情を引こうとして傷つける。ここで飛び出したら、背中にまた矢だの銃弾だのを受けるはめになるかもしれない。だが怪我《けが》をして頼る者もない彼女をこのまま放っておくわけにはいかない。このか弱い訪問者を助けるにしろ倒すにしろ、仲間の命を危険にさらすつもりもない。

どうしておれを呼ぶ？　バルコニーから飛び立ちながらアーロンは思った。高く舞いあがり、女を目指して急降下する。狙われにくいようにジグザグに飛んだが、矢や銃弾が空を切る音は聞こえない。それでもアーロンは女のそばに着地せず、スピードを上げながら止まらずに両手を伸ばして女の体をすくいあげた。

女がふいに体を硬くしたのは高いところが怖かったからだろう。アーロンはどうでもよかった。やると決めたことをやっただけだ。女は手に入れた。

女はショックと苦痛でうめきながら弱々しくあがいた。「触らないで！　放して！　放さないと――」

「じっとしてろ、さもないと神々に誓って落とすぞ」アーロンは女の腹をつかんでいるので女は地面を向いている。この高さから落ちたらどうなるかわかるはずだ。

「アーロンなの？」女は彼のほうに振り向こうとした。二人の視線が合ったとたん、彼女の体の力が抜け、ほほえみさえ浮かんだ。「アーロン」それは喜びのため息だった。「来てくれないかと思ったわ」

悪意のかけらもない純粋な喜びの表情に、アーロンは驚き……とまどった。彼をこんな目で見る女はいない。「それはまちがってる。おれが来てしまう心配をするべきだったんだ」

女の笑顔は消えた。

このほうがいい。ひとつだけ気がかりなのは〝怒り〟の魔物が黙りこくっていることだ。影の女を相手にしたときは頭の中は映像や衝動でいっぱいだった。このことはあとで考えよう。

蛇行を続けながらアーロンはいつものようにバルコニーには降り立たず、部屋の中に飛びこんだ。万が一に備えて一刻も早く安全な場所に入りたかったからだ。翼を引っこめようとしたが間に合わずドア口にぶつかり、先端から火花が散った。

アーロンは痛みを無視し、足に力を入れて止まった。そして体を起こしてベッドまで歩いていき、抱えていた体をうつぶせのままそっと下ろした。背骨の上を指で撫《な》でると、ハート形の唇から苦しそうなうめき声がもれた。他人の血であってくれと思ったが、ちがう。怪我は本物だ。

それでもアーロンは心をやわらげなかった。戦士の同情を買うために自分の手でやったのかもしれないし、ハンターにやらせたのかもしれない。おれの同情は期待するな。いらいらするだけだ。アーロンはクローゼットに向かいながら翼を折りたたもうとしたが、羽が折れていて背中の切れ目に入らない。そのせいで彼はますます女にいらだった。ロープが見つからず、探しに外に出るのもいやだったので、彼はアシュリンが〝ドレスアップ〟とやらのためにくれたネクタイを二本つかんだ。

女はベッドに頬を押しつけて、まるで目が離せないかのように彼の動きをじっと見守っている。しかも普通の女のような嫌悪の視線ではない。その目にあるのは欲望に近い何かだ。

きっと芝居に決まってる。

だがその欲望には……どこか見覚えがあった。落ち着かない気分にさせる視線だ。アーロンはさっきも同じことを感じたのを思い出した。女が彼の名を呼んだとき、同じ欲望がにじみ出ていた。それを聞いて無意識のうちに彼はこの感覚は経験があると思った。いつ？　どこで？

相手はこの女か？

彼女をじっと見つめていたアーロンは〝怒り〟の魔物が依然として黙ったままなのに気づいた。この女と会ったのは、おそらくこれが初めてなのに、魔物は頭の中に彼女の罪を映し出そうとしない。こんな妙なことはこれまで一度しかなかった。レギオンに会ったときだ。アーロンには理由がわからなかった。大事なレギオンが罪を犯しているのはわかりきったことなのに。

それがなぜまた起きた？　しかも相手は囮かもしれない女だ。

この女は罪を犯したことがないのか？　心ない言葉を投げたことも、誰かをわざと転ばせたことも、キャンディひとつ盗んだこともないのか？　ピュアな空色の瞳はないと言っている。あるいはレギオンと同じで、罪を犯したことはあっても〝怒り〟の魔物のレーダーではとらえられないのだろうか？

「おまえは何者だ？」アーロンは折れそうなほど細い手首をつかんだ――なんて温かくてなめらかな肌だろう。そしてその手首をネクタイでベッドの支柱に縛りつけた。もう片方の手首にも同じことをした。

女はやめてとも言わなかった。こういう扱いを受けるのを予想し……覚悟していたように思える。「わたしの名前はオリヴィア」

オリヴィア。きれいな名前だ。繊細でこの女に合っている。実際、この女の中で繊細でないのは声だけだ。そこにあるのは底知れないほどの……なんだろう？　アーロンが思いつく唯一の言葉は〝誠実さ〟だった。あふれ出る誠実さにアーロンはひるんだ。

まちがいなく一度も嘘《うそ》をついたことのない声だ。この声に嘘などつけるはずがない。

「オリヴィア、ここに何しに来た？」

「あなたに……あなたに会いに来たの」

これも真実だ……真実が力となって彼の鼓膜を震わせ、体を貫き、よろめかせた。疑いの余地はない。ただ信じるしかなかった。

〝疑念〟の番人サビンならオリヴィアを気に入るだろう。相手の自信を突き崩すことほど〝疑念〟の魔物が好むものはない。

「罠なのか?」

「いいえ」

アーロンはその言葉も信じた。ほかにどうしようもない。「おれを殺しに来たのか?」

アーロンは背筋を伸ばして腕組みし、女を見おろして答えを待った。

自分がどんなに凶暴に見えるかは知っている。だがオリヴィアは普通の女のように震えもしなければ泣きもしなかった。誤解されて傷ついたかのように、彼女は長く黒いまつげをしばたたかせた。

「ちがうわ」オリヴィアは言葉を止めた。「少なくとも今は」

少なくとも今は? 「前はおれを狙っていたんだな?」

「ええ、そのために送りこまれたの」

どこまで正直なんだ。「誰に?」

「最初は絶対神にあなたを見張れと言われたわ。あなたの小さなお友達を追い払うつもりはなかったの。義務を果たそうとしただけよ」また目に涙があふれ、美しい青の虹彩《こうさい》を悲しみの海に変えた。

弱気になってはだめだ。「絶対神とは何者だ？」

純粋な愛がオリヴィアの顔を輝かせ、つかの間苦しみの表情を追い払った。「あなたの神であり、わたしの神である存在よ。あなたの神々より強いけれど、影に隠れたままで満足なさっているからめったに姿を見ることはできないわ。人間の父であり、わたしのような天使の父でもある方よ」

わたしのような天使。その言葉が脳裏にこだまし、アーロンは目を見開いた。魔物が彼女の中になんの悪意も感じ取れなかったのも当然だ。視線になじみがあったのもこれでわかった。オリヴィアは例の天使だったのだ。自分で白状したように、おれを殺すために送りこまれた。だが〝今は〟もう殺すことは考えていない。なぜだ？

だがそんなことは関係ない。このか弱い女は、かつては彼の処刑人を任されたのだ。

ふいにアーロンは笑いだしたくなった。おれに勝てるとでも思ってるのだろうか。

姿が見えないんだぞ。本気で首を狙われたら防げたと思うか？

そう思ったとたん、笑い飛ばしたい気持ちは消え去った。何週間にもわたって彼を見つめていたのはこの女だった。姿を見せずに彼をつけまわし、レギオンを苦しめて追い払ったのはこの女だ。

〝怒り〟の魔物はなぜレギオンのように恐怖や苦しみを感じなかったのだろう。もしかしたらこの天使は、どの魔物に存在を感じ取らせるか選べるのかもしれない。ターゲットに存在も意図もかぎつけられずにすむのだから、便利な力だ。

アーロンは怒りが満ちあふれるのを待った。正体不明の視線の主が姿を現したら怒りをぶつけてやると何度も誓った。ところが怒りはわきあがらず、しかたなく決意が固まるのを待った。どんな犠牲を払っても仲間を守らなければならない。

だが決意も定まらない。代わりにあるのはとまどいだけだ。

「もしかして……」

「そのとおり、あなたを見つめていた天使よ」女はアーロンの推理を裏づけた。「というより、元天使ね」女がぎゅっとまぶたを閉じると涙がまつげを濡らした。顎が震えている。

「今は何者でもないわ」

女の言葉は本当だとアーロンは思った。信じないなんて無理だ。この声……できることならこの女のことをなんでもいいから疑いたいが、できなかった。アーロンは震える手を伸ばした。おれはがきか？　しっかりしろ。

弱さをさらけ出した自分に顔をしかめながら、アーロンは手にぐっと力を入れ、傷に触れないように気をつけて女の髪を払った。ローブの襟ぐりをつかんでそっと引っ張ると、やわらかな生地は簡単に裂け、女の背中があらわになった。

アーロンの目がまた丸くなった。肩胛骨《けんこうこつ》の間、本当なら翼が生えているところは皮膚が裂けて二本の傷が走っている。背骨まで腱《けん》が切れ、筋肉は裂けて骨がのぞいている。暴力的なむごたらしい傷で、まだ血がにじんでいる。アーロン自身、無理やり翼をむしり取られたことがあったが、あれは長い一生の中でもいちばんつらい経験だった。

「何があった？」自分の声がかすれているのがショックだった。

「地上に堕《お》とされたの」その声は恥辱に満ちていた。女は枕に顔を埋《うず》めた。「もう天使じゃないのよ」

「どうして？」アーロンはこれまで天使に会ったことがなく、この種族のことはよく知らなかった。もっともライサンダーは別だが、あのひねくれ者は大事なことは何ひとつ話そうとしないから天使の数に入らない。知っているのはレギオンからの情報だけだが、レギオンは憎しみで真実をゆがめているにちがいない。レギオンから聞いた話と目の前の女性の姿は全然噛《か》み合わなかった。

　レギオンの話では、天使というのは感情も魂も持たない生き物で、邪悪な神の使いである悪魔を倒すことだけを目的にしているという。そしてしばしば肉の誘惑に負け、呪うべき相手の男や女に魅了されてしまう。そういう天使は地獄に突き落とされ、かつて倒した悪魔に今度は復讐《ふくしゅう》されるというのだ。

　この天使もそうなのだろうか。地獄に堕とされ、悪魔に苦しめられたのだろうか？　おそらくそうだ。

いましめを解くべきだろうか？　女の目は……誠実で罪がない。そして助けて、救ってと言っている。

それより強く聞こえるのは、抱きしめて二度と離さないで、という言葉だ。

アーロンは前に一度こういういたいけな罠に引っかかりそうになって我に返った。バーデンも同じような罠にかかり、命を落とした。

抜け目ない男なら、まずこの女のことをもう少し調べるだろう。

「誰に翼を奪われた？」噛みつくような口調で言えたことに満足し、アーロンはうなずいた。

女は息をのみ、身を震わせた。「昔、わたしは――」

「アーロン、ばかなことをしたな」男の声がして、天使は口を閉じた。「まさかおまえ……」部屋に入ってきたパリスは、オリヴィアの姿を見て足を止めた。「本当だったんだな。外に出てこの女を捕まえたのは」

オリヴィアは身を硬くし、顔を隠そうとした。泣いているのか、その肩が震えている。

今になって怖くなったのか？

なぜだ？　女はパリスを見るとうっとりするのに。

集中しろ。なぜ彼のしたことを知っているのかパリスにきくまでもなかった。〝病〟の番人トリンは、城とその周囲の丘を一日二十八時間、週九日と言いたくなるほど念入りに監視している。「仲間を連れてくるんじゃなかったのか」

「トリンからメールがあったから、まずトリンのところに行ったんだ」

「で、女のことを何か教えてくれたか？」

「外に出よう」パリスはそう言って顎でドアを指した。

アーロンは首を振った。「この女のことはここで話せばいい。彼女は囮じゃない」

パリスはまたまっすぐな白い歯を舌で舐《な》めた。「女がからむとばかになるのは、おれのほうだと思ってたよ。どうやって正体を知った？　女の口から聞いて、それを素直に信じたのか？」こばかにするような口調だった。

「そうえらぶるな。この女は天使だ。おれを見ていた例の天使だよ」

パリスの顔から軽蔑の色が消えた。「天から来た本物の天使なのか？」

「ああ」

「ライサンダーみたいに？」

「そうだ」

パリスはゆっくりと女を眺めた。パリスの女を見る目は鋭い――というか前までは鋭かった。そんなパリスのことだから、ひととおり眺めればすべてを見抜くはずだ。バストのサイズ、腰のライン、正確な脚の長さ。もちろん腹を立ててなんかいない。この女はどうでもいい存在なのだから。トラブルのもと以外の何物でもない。

「何者か知らないが」さっきと比べるとパリスの怒りはずいぶんおさまっていた。

「敵の手先じゃないとはかぎらないぞ。今さら言うまでもないが、ガレンの下司《げす》野郎は自分で天使を名乗ってるからな」

「ああ、だがあれは嘘だ」

「この女の言葉は嘘じゃないって言うのか？」

アーロンはふいに疲れた様子で顔を撫でた。「オリヴィア、きみはおれたちを倒すためにガレンの味方をしてるのか？」

「いいえ」そのつぶやきを聞くと、さっきのアーロンと同じようにパリスも胸をつかんでよろよろとあとずさった。

「なんだこれは」パリスは息をのんだ。「あの声はいったい……」

「わかってる」

「この女は囮じゃないし、ガレンの手先でもない」パリスは断言するように言った。

「わかってる」アーロンはそう繰り返した。

パリスは頭をはっきりさせようとして首を振った。「だがルシアンはハンターが残ってないか丘を調べようとするだろう。万が一を考えて」

これもアーロンがルシアンに従う理由のひとつだ。ルシアンは抜け目がなくて慎重だ。

「それが終わったらミーティングを招集して町で会った影の女のことを皆に教えないと」

うなずいたパリスは、ふいに青い目を輝かせた。「たったひと晩でいろいろあったな。まだ意外なお客が来るかもしれないぞ」

「これ以上は勘弁してくれ」

「クロノスを挑発したのがまちがいだったんだ」

天使のほうを眺めながら、アーロンは胃がよじれるのを感じた。クロノスは挑発に乗ったのだろうか？　オリヴィアが〝楽しい鬼ごっこ〟とやらの相手なのか？　気がつくと鼓動は速くなり血は熱くなっている。

アーロンは歯を食いしばった。クロノスが呼び出したのがオリヴィアだとしても関係ない。たとえ誘惑されても、チョコレート色の髪と空色の目とハート形の唇を持つ女が相手でも、おれは揺るがない。

「挑発したのは後悔してない」それが本音なのか嘘なのか、アーロンにはわからなかった。クロノスが天使を操れるとは思えない。それならどうやってこの女を送りこんだのだろう？　もしやクロノスは関係ないのか？　彼の勘違いで、クロノスは無関係なのかもしれない。

それもどうでもいい。この天使に誘惑されることはないし、少しでも惹《ひ》かれるような隙を与える前に出ていってもらうつもりだからだ。

「ひとつ教えてやろう」パリスが言った。「トリンは隠しカメラで丘にいるこの女を見ていた。地面を掘り起こして地中から出てきたらしいぞ」

地中から出てきたとは。つまりこの女は地獄に堕とされて逃げ出すために這《は》いあがってきたというのか？　このか弱い女がそんなことをしている姿は想像できない。しかもそれで生き延びたとは。だが、アーロンは城を目指して走っていたときの女が見せた気丈さを思い出した。この女ならやるかもしれない。

「本当か？」アーロンは新たな目で彼女を見た。たしかに女の爪の間や腕は泥で汚れている。だがローブのほうは血がついている以外はしみひとつない。

見てみると、さっき彼が裂いたところは、彼自身が怪我したときと同じように自然にもとどおりになっている。修復の力を持つ素材。世の中にはまだまだ驚くことがたくさんある。

「オリヴィア。答えてくれ」

女は目を上げずにうなずいた。小さく鼻をすする音が聞こえる。泣いているのだ。

胸が痛くなったがアーロンは無視した。この女が何者だろうが、どんな苦難をしょっていようが関係ない。弱気になっちゃだめだ。レギオンを驚かせ苦しめた者は追い払うしかない。

「生きている本物の天使か」パリスは見るからに感心していた。「おまえさえよければこれから彼女をおれの部屋に連れていって――」

「ひどい怪我をしてるからベッドの相手は無理だ」アーロンはぴしゃりと言った。パリスは一瞬、不思議そうにアーロンを見たが、にやりとして首を振った。「彼女を品定めしてるわけじゃない。嫉妬なんかするな」

答えるまでもない言いぐさだ。これまで嫉妬など感じたことはないし、今から感じるつもりもない。「それならどうして部屋に連れていきたいんだ？」

「傷の手当てをするためさ。えらぶってるのはどっちだ？」

「女の面倒はおれが見る」たぶん大丈夫だ。天使に人間の薬は使えるのか？　逆効果だろうか？　別の種族の薬を与えると危険だというのはよく知っている。アシュリンは不死族のワインを飲んで死にかけたことがある。

ライサンダーを呼ぶことも考えたが、あの百戦錬磨の天使は今ビアンカと天界で暮らしていて、連絡をとるすべがあるとしてもアーロンは知らされていない。そもそもライサンダーには嫌われているし、天使のことを喜んで教えてくれるタイプとも思えない。

「おまえが責任を持ちたいならかまわない。いいから認めろよ」パリスはまたにやりとした。「自分の女だって言いたいんだろう」

「そんなつもりじゃない」そんなことをしたい気持ちはかけらもない。ただ彼女は怪我をしていて、自分では手当てできない。そんな状態だから誰かとベッドをともにするのも無理だ。しかもパリスが求めるのはそれだけ、つまりセックスだ。口でどう言おうとそれは変わらない。

そもそも彼女はアーロンを呼んだ。アーロンの名前を叫んでいた。

パリスは負けずに続けた。「天使は人間とはちがう。人間以上のものだ」

アーロンは顎を鳴らした。こいつは今まで何を聞いていたんだ。「自分の女だと言うつもりなんかないって言ったんだ」

パリスは笑いだした。「好きにするがいいさ、友よ。自分の女を楽しめ」

アーロンは両手を握りしめた。今は友の笑いを歓迎する気分じゃない。「ここで話したことを何もかもルシアンに伝えてくれ。だが怪我をした天使がいることは女たちには言うなよ。きっと押しかけてくるだろうし、今はそんなことをしてる場合じゃない」

「どうして？　これからいちゃつくつもりなのか？」

アーロンは、歯がなつかしい思い出に変わりかねないほど強く顎を食いしばった。「質問するんだ」

「へえ、最近のがきはそういう言い方をするのか。まあ楽しめよ」そう言うとパリスはにやにや笑いを浮かべたまま部屋を出ていった。

運んできた荷物と二人きりになり、アーロンは女を見おろした。彼女はもう忍び泣きしてはおらず、こちらを向いた。

「オリヴィア、ここに何しに来た？」名前を呼んだからって弱気になっちゃいけない。呼ぶのはこれが初めてじゃない。だが気持ちが揺れてしまった。血がいちだんと熱くなる。きっとあの目のせいだ……貫くようなあの目……。

女は弱々しくため息をついた。「どうなるかわかっていたわ。翼も力も、不死の体を失うこともわかっていたけれど、やってしまったの。悪いのは……仕事を変えられたことよ。人間に与えるのが喜びではなくて死になってしまった。あんなことをやらされるのはたまらなかったわ。わたしには無理だった。アーロン、わたしにはできなかったの」

その唇から親しみを込めて彼の名が出るのを聞くと、アーロンは動揺して思わず息を吸いこんだ。おれはいったいどうしたんだ？　しっかりしろ。冷たくタフな戦士の顔を見せろ。おまえならできる。

「あなたのことを見ていたのよ。それから仲間のことも。わたしは……胸が痛くなった。あなたがほしかったし、あなたたちが持っているものがほしかった――自由、愛、そして楽しみ。仲間とたわむれたかったし、キスして触れたかった。自分自身を喜ばせたいと思ったわ」荒涼とした目がアーロンを見た。「そして選択を突きつけられたの。地獄に堕ちるか……あなたを殺すか。わたしは堕ちるほうを選んだわ。だからここに来たの。あなたのために」

3

あなたのためにと言ったのはまちがいだった。

オリヴィアは不安で身をすくませた。あるひとつの思いが頭の中を大きく駆け巡る。これで何もかもおしまいだという思いだ。

アーロンには少しずつ本当のことを打ち明けるつもりだった。この数週間、彼に近づくたびに苦しめて殺してやると脅されてきたからだ。姿を消していてもだめだった。アーロンにはそばにいることをさとられた。なぜなのかは今もわからない。夜陰にひそむ幽霊のように気配を消して気づかれないようにすればよかった。肉体となってここに来て、秘密をぶちまけた今、アーロンは彼女をいっそう危険な存在だと思っただろう。敵とみなしたかもしれない。

かもしれない？　オリヴィアは皮肉っぽく笑った。みなしたに決まっている。アーロンの質問は厳しく、彼女の心に食いこんだ。そう、これで何もかもだいなしだ。アーロンは彼女とかかわりたいと思わないだろう。脅したとおり、苦しみと死を与えることをのぞいて。

この城で無残に殺されるために地獄の底から必死に這《は》いあがってきたわけじゃない。アーロンとのチャンスに賭けてここまで来たのだ。失敗する危険を承知で。

わたしならできる。何度もこっそり見つめてきたから、アーロンのことはよく知っているように思える。彼は自分に厳しく、他人と距離を置き、残酷なほど正直だ。仲間以外は誰も信じない。弱さには我慢できない。それでいて愛する者にはやさしく、面倒見がよく、気を配る。自分のしあわせより仲間のしあわせを大事にする。わたしもあんなふうに愛されたい。

彼女が知る唯一の故郷、天界から追放される前の姿を見せられればどんなにいいだろう。飛ぶ力を奪われる前の姿。空中から武器を作り出す新たな能力を奪われる前の姿。この世の悪から身を守る力を奪われる前の姿。

今の彼女は……。

今は人間より弱い。何世紀も脚よりも翼に頼ってきたので、まともに歩くことすらできない。今度のことにも失敗してしまったら？

嗚咽《おえつ》がもれた。故郷と友を手放し、苦痛と恥と無力感を手に入れた。アーロンにまで追い出されたら行くところがない。

「泣くな」アーロンがうなるように言った。

「泣かずに……いられ……ないわ」オリヴィアはしゃくりあげながら答えた。前にも一度だけ泣いたことがある――そのときも原因はアーロンだった。彼への気持ちがふくれあがり、もう自分のことなどどうでもいいと思っていることに気がついたときの涙だ。

自分のしたことの重大さが頭の中ですさまじい勢いで渦巻いている。理解できない貧弱な肉体にとらわれ、孤独で、ときおり無防備な人間たちを死の恐怖におとしいれる男の手中にある。以前の彼女は〝喜びの運び手〟としてその人間たちをしあわせにするのが仕事だった。

「我慢しろ」

「それなら……よかったら……抱きしめてくれる?」彼女は嗚咽の合間にそう言った。

「だめだ」想像しただけでぞっとするという口調だ。「今すぐ泣くのをやめろ」

オリヴィアはいっそう大声で泣きだした。故郷にいれば、師であるライサンダーが抱きしめて落ち着くまでなだめてくれるのに。実際にしてもらったことはないからわからないけれど、オリヴィアは師ならそうしてくれるはずだと思っていた。

やさしい師。彼女がいなくなったことに気づいただろうか? 二度と戻れないことを知っているだろうか? 彼女がアーロンに惹《ひ》かれ、地上で自由な時間ができるたびにひそかに彼を見つめ、課せられたおぞましい仕事が手つかずだったことなら知っている。けれどもアーロンのためにすべてをあきらめるとは思っていないはずだ。

本音を言うと彼女自身、予想していなかった。

アーロンに目を留める前から事情は変わり始めていた。あのころからこうなることは予想できたかもしれない。

何カ月か前、翼に金色の産毛が生えてきた。でも金色は戦士の色であって、彼女は戦士にあこがれたことは一度もなかった。たとえそれが階位を高くするものであっても。

身に降りかかった不幸を思い出してオリヴィアはため息をついた。天使には三段階のカーストがある。ライサンダーのような精鋭七天使は絶対神とともに仕事をする。七天使は時の始まりとともに選ばれ、ほかの天使たちの訓練や邪悪なものの動きの監視といった義務を遂行する。七天使の次が戦士――戦天使だ。戦天使は業火の燃える牢獄《ろうごく》から逃げ出そうとする悪魔を倒す。最後がかつてのオリヴィアのような喜びの運び手だ。

仲間の多くが金色の産毛をひと目見てうらやましがった――もちろん悪意などない。けれども生を受けて初めてオリヴィアは自分の道に不安を持った。どうしてわたしがそんな仕事に選ばれたのかしら？

オリヴィアは喜びの運び手の仕事が大好きだった。人間の耳元で力づける言葉をささやき、自信と喜びをもたらすことが好きだった。たとえ苦しんで当然の理由があっても、ほかの生き物を傷つけるなんて……オリヴィアは身震いした。

地上に堕《お》ちて新しい人生を始めることを初めて考えたのがそのときだ。でも現実感はなくて、ただの空想だった。ところがアーロンを見つめるうちにその思いは強くなっていった。アーロンといっしょになったらどんなだろう？　もしかしたらハッピーエンドが待っているかもしれない。

人間になるのはどんな気持ちかしら？

三つの階位から選ばれた天使で構成される近づきがたい〝高等評議会〟から法廷に呼び出されたとき、オリヴィアはアーロン殺害に失敗したことを非難されるのを覚悟した。ところが彼女が受け取ったのは最後通告だった。

オリヴィアは広々とした白い部屋の真ん中に立たされた。ドーム形の天井、真円を描く壁。立ち並ぶ柱、目が痛いほど白いその柱にからみつく蔦《つた》。柱と柱の間には玉座が置かれ、威厳ある者らが一人ずつ座っていた。

〝オリヴィア、どうして呼ばれたかわかるか？〟豊かな声がそう尋ねた。

〝わかります〟震えてはいたけれど、オリヴィアの翼は優雅な動きを止めなかった。翼は長く美しく、羽毛は月光のような金色が交じった神々しい白だ。〝下界のアーロンのことですね〟

〝我々は何週間も辛抱した〟感情のないその声はオリヴィアの頭の中で戦太鼓のように響いた。〝おまえには力を証明する機会を数えられないほど与えた。それなのにおまえは毎回しくじった〟

〝わたしはこの仕事には合いません〟オリヴィアは震える声で答えた。

〝そのために生まれたのだし、合っている。人間を悪から救うのは喜びを広げるいちばんの近道だ。この仕事をやり遂げればそれがかなうのだぞ。これが最後のチャンスだ。アーロンの命を終わらせないなら、おまえの命を終わらせる〟

評議会の脅しはことさら冷酷なものではない。天界とはそういうものだ。毒が一滴垂れれば海が滅ぶ。だから腐食性の液体は波間に落ちないように拭き取られなければならない。

それでもオリヴィアは抗議した。

〝絶対神の御意なくしてわたしを殺すことはできません〟絶対神は承知しないはずだ。思いやりとやさしさそのものなのだから。絶対神はすべての民を案じている。わがままな天使のことも。絶対神が愛なのはわかりきったことだ。

〝それでもおまえを追い払い、命を終わらせることができるのはおまえも知ってのとおりだ〟女の声だったけれど、平板なのは同じだった。

つかの間オリヴィアは息ができなくなり、目の前に光の点がまたたいた。家を失うの？最近、前より新しくて大きい雲を買ったばかりだ。友達が休暇をとるから、喜び運びのシフトを代わる約束もした――これまで約束を破ったことはないのに。それでも彼女は言い返した。〝アーロンは悪ではありません。殺すのはひどすぎます〟

〝それはおまえが決めることではない。アーロンはいにしえの法を破ったのだから罰しなければならない。ほかの者が同じことをしても罰せられないと思いこむ前に〟

〝本人は何をしたかも知らないでしょう〟オリヴィアは両手を広げて嘆願した。〝わたしの姿を見せ、声を聞かせることを許してくだされば、アーロンに話しかけて説明を――〟

〝そんなことをすれば今度は我々がいにしえの法を破ることになる〟

そのとおりだ。信仰心は目に見えないものを信じる気持ちのうえに成り立つ。人の世に姿を現すのを許されているのは精鋭七天使だけだ。なぜなら彼らはときおり人の信仰心に報いるという仕事を課されるからだ。

〝申し訳ありません〟オリヴィアは頭を垂れた。〝出すぎたことをお願いしてしまいました〟

〝許そう、子よ〟彼らは声を揃《そろ》えて答えた。

ここではいつも簡単に許しが与えられる。もっとも命令にそむいたときは別だ。〝ありがとうございます〟そう言いながらも彼女はアーロンがかわいそうでたまらなかった。

すべてはアーロンに惹かれたことから始まった。タトゥーを入れた彼はどこから見ても悪魔だ。それなのに初めて見たときオリヴィアは見過ごせないほど強い欲望をかき立てられた。彼に触れたらどんな感じだろう？　そして触れられたら？　今まで運んでばかりいた喜びをようやく自分で感じられるだろうか？

最初はそんなことを考えた自分が恥ずかしかった。でもアーロンを深く知るうちに欲望はどんどん強くなった――天界を捨てて彼といっしょになることしか考えられなくなるほどに。

そして自分にこう言い聞かせるようになった。アーロンにこれほど強い気持ちを持ったってかまわない。外見はああだし、評議会はあんなことを言うけれど、アーロンは正直で善良だ。彼が正直で善良なら、わたしが彼と同じことをしても正直で善良でいられるはずだ。それにアーロンは仲間を守る人だからわたしのことも守ってくれるだろう。ほかの者から、そして彼女自身から。

でもアーロンが殺されたら、いろんな意味で彼を知るのがどれほどすばらしいものだったかわからないまま、永遠の時を過ごさなければいけない。後悔し、失ったものを嘆きつづけて。

でも、みずからアーロンに手をくだすのだけは避けたいなら、評議会に言われたとおり、知っているものをすべて捨てなくてはならない。故郷と翼を捨てるだけではない。いつも許しが与えられるとはかぎらず、忍耐などめったに報われず、人を人とも思わないのがあたりまえの世界に閉じこめられることになる。

〝初めての暗殺相手だからおまえがためらうのは理解できる。だがそのためらいで身を滅ぼしてはならない。ためらいを乗り越えないと、今後永久にその代償を支払うことになるぞ。どちらを選ぶ？〟

評議会は彼女に最後のチャンスを与えてくれた。そしてオリヴィアは頭を上げ、この数週間ずっと胸の中にあった言葉を口にした――ここに導かれることになった言葉を。恐怖で気が変わらないうちに。

〝わたしはアーロンを選びます〟

「おい」

険しい声がオリヴィアを過去から呼び戻した。その声は誰よりも深く豊かで……彼女が必要とする声だ。まばたきすると周囲の光景がゆっくりと戻ってきた。頭の中に刻みこまれた寝室。銀色の石壁には花や星の絵が飾ってある。床は濃い茶色のつややかな板張りで、淡いピンクのラグが敷いてある。ドレッサー、化粧台、そして少女用のソファ。

誇り高くたくましい戦士がこんなフェミニンな部屋で暮らしているのを見たら、普通なら笑うだろう。でもオリヴィアはちがった。この内装はレギオンへの愛の深さを表している。

アーロンの心の中に、もう一人受け入れてくれる場所はあるだろうか？

オリヴィアはアーロンを見た。彼女が寝ているベッドの横に立ち、見おろしている……なんの感情も宿さずに。それに気づいてオリヴィアはがっかりした。でもアーロンを責められない。きっとひどいありさまだろう。頬の涙は乾いて肌は熱くこわばっている。髪はもつれ、むき出しの肌は泥まみれだ。

アーロンのほうはゴージャスそのもの。長身、目を見張るほどの筋肉、はっとするような紫色の目。それを縁取る黒く長いまつげ。地肌近くまで短く刈りあげられた茶色の髪。愛撫《あいぶ》したら逆立つ髪は手のひらをちくりと刺すかしらとオリヴィアは思った。撫《な》でさせてくれるとは思わないけれど。

全身タトゥーだらけで、見事に整った顔にもタトゥーがある。どのタトゥーも陰惨な光景を表している。刺殺、絞殺、焼死、大量の血。彫りこまれた骸骨のような顔はどれも苦痛にゆがんでいる。そんな暴力的な光景の中に浮かびあがるのが、一匹の蝶《ちょう》だ。ひとつはあばらの上に、もうひとつは背中の翼を縁取っている。

ほかの戦士たちは蝶のタトゥーをひとつしか持たないことにオリヴィアは気づいた。それぞれが魔物を宿す印だ。どうしてアーロンは仲間よりひとつ多いのだろうと彼女はよく思った。まるでふたつの魔物を宿しているみたいだ。

アーロンは弱さを忌み嫌っている。あの蝶を見て自分の愚行を思い出すことはないのだろうか？　蝶以外の暴力的なタトゥーを見たら、魔物に強いられて手を染めた凶行を思い出すだろうに。

オリヴィア以外の天使はアーロンを嫌悪するけれど、彼女が嫌悪感を持たないのはなぜだろう？　なぜ魅了され続けるの？

「おい」アーロンがしびれを切らした。

「何？」オリヴィアはかすれ声で答えた。

「おれの話を聞いてないだろう」

「ごめんなさい」

「おれに死んでほしいと思ってるのは誰だ？　その理由は？」

オリヴィアは答えず、頼んだ。「座ってちょうだい。こんなふうに見上げていると首が痛いわ」

最初は頼みを聞いてもらえるとは思っていなかった。ところがアーロンが顔つきをやわらげてすっとしゃがみこんだのでオリヴィアは驚いた。ようやく視線の高さが同じになると、アーロンの瞳孔が広がるのが見えた。なぜだろう。人間の瞳孔が広がるのはしあわせなときか怒っているときだ。アーロンはそのどちらでもない。

「これでいいか？」

「ええ。ありがとう」

「よし、答えろ」

命令ばかりする人だ。でもオリヴィアは気にならなかった。頼んだかいがあったからだ。この状態なら、何週間も前から夢見てきたように彼と話しながらすばらしい外見をじっくり楽しむことができる。「あなたの死を望んでいるのは天界の高等評議会で、理由は悪魔が地獄を抜け出すのを助けたからよ」

アーロンは顔をしかめた。「おれのレギオンのことか？」

おれのレギオン？　オリヴィアは顔をしかめてうなずいた。精神的にしろ肉体的にしろ、彼女はこれまで苦痛というものを感じたことがない。だからどうやって耐えればいいかわからなかった。

もしかしたら知っているかもしれない。人間はアドレナリンなどのホルモンを作って感覚を麻痺《まひ》させる。今、彼女は人間なのだから、そういうホルモンを体内で作っているのかもしれない。オリヴィアは新しい体やなじみのない痛みや感情からどんどん遠ざかるような気持ちのよさを感じた。

「どういうことだ。初めて会ったとき、レギオンはもう地獄から這い出してきたあとだった。おれは何もしてないぞ……怒りを買うようなことは」〝怒り〟という言葉を言うとき、アーロンの口がこわばった。

「したのよ。レギオンは地獄に縛りつけられているから、あなたの助けなしでは地上に出られなかったはずなの」

「だからなんだっていうんだ」

オリヴィアのまぶたがふいに重くなり、閉じた。話すならほかのことを話したい。それでもオリヴィアは無理やり目を開けた。「普通、悪魔が地獄を出られるのは地上に召喚されたときだけよ。わたしたちの目を盗んでこっそり出ていくの。悪魔が地上から召喚されると地獄とのつながりが切れて、召喚した相手とつながることになるのよ」

「だがおれはレギオンを召喚したわけじゃない。レギオンがおれのところに来たんだ」

「意識的に呼ばなくても、自分のものとしてレギオンを受け入れたときに呼んだことになったのよ」

アーロンは手を開いては握り、また開いた。これは自分を抑えようとするときのしぐさだ。きっと怒っているのだろう。「レギオンは地上で自由になる権利がある。おれは魔物だが、もう数千年も罰をまぬがれてるぞ」

そのとおりだ。「でもあなたの魔物はあなたの中に閉じこめられているわ。つまりあなた自身が魔物にとっては地獄なの。レギオンはなんの足かせもなく自由に動ける、つまり地獄を持たないというわけで、これはあらゆる天の法に反するのよ」

アーロンは言い分のある様子だ。地獄の起源を説明すれば納得するかもしれない。

「強力な悪魔というのはかつては天使だったの。つまり堕天使ね。最初に地上に堕ちた天使たちは心が真っ黒になってあらゆる善良さを失ったわ。だから翼と力を失わない代わりに永遠に苦しむという罰を受けたのよ。それは彼らの子孫にも受け継がれているの。例外はありえない。悪魔はなんらかの地獄に縛りつけられなければならないの。そのつながりを断ち切った者は殺されるのよ」

アーロンの虹彩《こうさい》に赤がにじみ出し、明るく輝いた。「つまり、レギオンは地獄を持たないから死ななきゃならないのか？」

「ええ」

「いいえ。かつては天使だったのか？」

「レギオンもかつては天使だったのか？」


「いいえ。かつて地獄の悪魔たちは子孫を作る方法を見つけ出したの。レギオンはそうやって生まれた悪魔よ」

「レギオンが無害だとわかっていながら罰するつもりなんだな？」

「わたしの考えではないけれど、イエスよ」

「これだけは言っておく。レギオンには指一本触れさせない」落ち着いた口調だがにじみ出る荒々しさは変わらなかった。

オリヴィアは何も言わなかった。アーロンが求める答えをあげたいのはやまやまだけれど、嘘《うそ》はつけない。彼もレギオンも安全で、罪は天に許されたとは言えない。結局は誰かがオリヴィアのできなかったことをするためにやってくるのだ。

「レギオンを地獄に縛りつけるなんてとんでもないことだ」アーロンがうなるように言った。

「それを決めるのはあなたじゃないわ」オリヴィアはできるかぎりやさしい声で答えた。評議会から自分自身に投げつけられた言葉だけに、口にすると苦かった。

アーロンは荒々しく息を吸いこみ、鼻孔をふくらませた。「おまえは天から追放されたと言ったな。なぜ地獄に堕とされなかった？」

「天から追われた最初の天使は絶対神にそむいたせいで心が真っ黒になったわ。わたしはそむいたわけじゃない。ただ別の道を選んだだけよ」

「だがどうして今おれのところに送りこまれた？　堕ちた天使としてじゃなく、処刑人として。数千年前、おれはちっぽけな悪魔と地獄のつながりを断ち切るどころじゃないすさまじい悪行を働いた。ここにいる戦士全員がそうだ」

「逃げ出した魔物を体に閉じこめ、いつの日かコントロールできる可能性を持つのがあなたたちだけだということは、評議会も神々も合意のことなの。あなたたち自身が魔物にとって地獄だし、初期の罪に関しては、あなたたちはもうじゅうぶんに罰せられたわ」

まるで彼女の嘘を見抜いたかのように、アーロンが勝ち誇った顔をした。「おれが死んだらその瞬間〝怒り〟の魔物はその地獄とやらから自由になる。それはどうなんだ？　それでもおれを殺すのか？」

あの抜け穴さえ閉じられていなければ……。「かつては高位の魔物を殺すことは禁じられていたの。〝怒り〟の魔物は高位の魔物よ。でも魔物たちが地獄から逃げ出したせいで天界の掟《おきて》を変えるしかなかった。だから……〝怒り〟の魔物も殺すことになるわ」

それを聞いてアーロンの勝ち誇った顔つきは消えた。「天を捨てたということは、おれと魔物とレギオンを殺せという指令を拒否したということだな」

「正確にはちがうわ。あなたの命は助けるべきだと思ったし、あなたの一部である魔物も殺してはいけないと思った。レギオンをこの世に生かしておくべきかどうかときかれたら、答えはノーよ。あなたはまだ知らないけれど、レギオンはいろいろな意味で脅威であって、きっと無数の悪をなすことになるわ。わたしが天を捨てたのは――」

「自由と愛と楽しみを求めたからだ」アーロンはさっきの彼女の言葉をまねた。ただ、ばかにするような口調だった。「なぜおまえがこの仕事に選ばれた？　これまで誰かを殺したことはあるのか？」

オリヴィアは息をのみこんだ。ここに来ることになった事情を打ち明けたくはないけれど、アーロンは説明を受ける権利がある。「あの浅黒い人……レイエスは、恋人のダニカの力で何度も天に来たわ。わたしは一度彼を見かけて、あとについてここに来たの。魔物に憑《つ》かれた戦士がどんなふうに生きているのか見てみたくて」

「ちょっと待て」アーロンは顔をしかめた。「レイエスのあとをつけたのか」

「ええ」たった今そう言ったばかりだ。

「レイエスを追いかけたんだな」アーロンの体からも口調からも怒りがにじみ出ている。

「そうよ」オリヴィアは事情をのみこんでつぶやいた。ふいに、このことは黙っておけばよかったと思った。アーロンは仲間をとても大事にしているし、彼女への反感が募っているにちがいない。「でも彼には何もしていないわ。ただ……それから毎日地上を散歩するようになっただけよ」あなたを求めてあなたのあとをつけたのよ。「わたしが選ばれたのは、誰よりもあなたの毎日の動きを知っていたからよ」

あるいは、長老たちは彼女がアーロンに思いを募らせるのを感じ取り、アーロンを殺せば忌むべき欲望もなくなると思ったのだろうか？　オリヴィアはよくそう思った。

「言っておくがレイエスには恋人がいる」アーロンが眉を上げると、額に彫りこまれた亡霊のような顔が乱れた。地獄に向かう魂が悲鳴をあげている。「だがそれは関係ない。どうやっておれを殺すつもりだったか知りたい」

ライサンダーに教えられたとおり、空中から炎の剣を取り出して首を狙っただろう。天使が与えられる死のうち、それがもっとも短い死だと教えられた。一瞬の痛みも感じることなく終わる、もっとも短くもっとも慈悲深い死だと。

「方法はいくつかあるわ」オリヴィアはそれしか言わなかった。

「だが天を捨てて、もう任務を遂行することはできないわけだな」アーロンの声は不安で張りつめていた。「きみの代わりにほかの者が送りこまれるのか？」

ようやく理解してくれたようだ。オリヴィアはうなずいた。

しかめっ面が続いた。「さっきも言ったが、レギオンには指一本触れさせない。おれのものはおれが守る」

ああ、彼のものになりたい。そのあこがれは、去らない痛みよりも強かった。ここに来たのはそれこそが理由だ。ほかの誰かと一生を過ごすより、アーロンとのひとときのほうがいい。

　もちろんひとときは以上ならもっといいけれど、時間がない。代理の者が来ればアーロンは死ぬ。そう思うと胸が沈んだが、状況は単純だ。見えず、聞こえず、触れられない敵から身を守ることはできない。敵のほうはアーロンが見えて聞こえて触れられるのだからなおさらだ。

　天の裁きをよく知るオリヴィアは、代理はきっとライサンダーだろうと思った。オリヴィアが失敗したせいで、師が弟子の不始末の尻ぬぐいをさせられるのだ。

　ライサンダーならためらいなくとどめを刺すだろう。ライサンダーはためらったことなど一度もない。たしかにビアンカと絆《きずな》を結んだことで昔の彼ではなくなった。ビアンカはハルピュイアであり、堕天使ルシファーの子孫だ。けれどもアーロンを見逃せばライサンダーも天から追放されてしまう。精鋭七天使の一人ライサンダーがビアンカと過ごす永遠の時をあきらめるとは思えない。ビアンカは彼のすべてとなったのだから。

「警告感謝する」アーロンは立ちあがった。考え事をしていたせいで、アーロンがその前に何か言ったとしても聞き逃してしまった。わたしはどうしてしまったのだろう？　アーロンを追いかけてここまで来たというのに、来てからはほとんど心の中に閉じこもっている。

「お礼なんていいわ。でもひとつだけお願いがあるの。ここに……ここに置いてもらえないかしら」オリヴィアはひと息に言った。「あなたといっしょの部屋に。あなたさえよければ雑役の仕事を手伝うわ」アーロンが掃除なんか大嫌いだとぶつぶつ言いながら城を掃除しているのを彼女は何度も見たことがある。

アーロンはかがみこみ、縛りつけてあった彼女の手首をほどいた。そのしぐさはやさしく、ひとかけらの痛みさえ感じさせなかった。「残念だがそれはできない」

「でも……どうして？　迷惑はかけないわ。本当に」

「もう迷惑してるんだ」

オリヴィアの顎が震えた。感情の麻痺がたちまち消えていく。やっぱりわたしを追い出すつもりなんだわ。不安、混乱、絶望がいっきに胸に押し寄せた。アーロンに見られるのがいやで、彼女は枕に顔を埋《うず》めた。それでなくても不利な立場にいるのだ。

「おい、泣くなと言っただろう」

「それならわたしの感情を傷つけるのをやめて」その言葉は、唇に押しつけられたコットンのせいで――そしてもちろん涙のせいでくぐもっていた。

足から足へ重心を置きかえるときのような服のこすれる音がした。「感情を傷つける？　殺されなかったことに感謝しろ。この一カ月、きみのせいで言葉にできないほど悲しんだんだ。誰がなぜおれをつけてるのかさっぱりわからなかった。忠実な仲間が逃げ出して、いやがっている場所に戻るしかなかった」

アーロンはそう言うけれど、地獄はレギオンが本来いるべき場所だ。でも何人かの戦士の口癖を借りれば、そんなことはどうでもいい。「ごめんなさい」こんな事情があってもオリヴィアは本心から悪いと思っていた。まもなくアーロンは大事なものをすべて失うことになるし、二人ともそれをどうすることもできない。

そんなことを考えたらまた泣きだしてしまいそうだ。

アーロンはため息をついた。「謝罪は受け入れるが、だからって何も変わらない。きみはここでは歓迎されないんだ」

許してくれるの？　ようやく正しい方向に一歩踏み出してくれた。「でも――」

「天から追放されたにしろ、きみは不死の身だろう？」アーロンは答えるひまをくれなかった。ローブが自然にもとどおりになるのを見て、彼女も当然そうだと思ったのだろう。

「明日の朝には治ってるはずだ。そしたら城を出ていってくれ」

4

アーロンは廊下の端から端まで歩きまわった。もう何時間もそうしているが、目前に迫る危機に対して打つ手は見つからない。誰かがあの天使を守らなければならない。侵入者から彼女を守るのではなく、彼女が侵入するのを防ぐためだ。城の中を歩きまわり、聞かれては困ることを聞き出すためにここに来たのかもしれないじゃないか。

理由にもならない理由だが、アーロンはかたくなに信じこもうとした。たしかに、姿の見えない天使としてなら秘密をかぎつけることはできる。今は無防備だが、いつかハンターに捕まったら戦士を倒すために利用されるかもしれない。

アーロンは両手を握りしめ、拷問されるオリヴィアの姿や仲間の死にざまを思い浮かべまいとした。このままでは壁か友を殴りつけたくなってしまう。

それにオリヴィアはすぐにもよくなるだろう。アーロンは心のどこかでオリヴィアが部屋から抜け出してレギオンを狙うのではないかと思っていた。レギオンがいなくても、そんなことはさせない。だが、天から追放された今のオリヴィアにたいしたことができるとは思えない。

しかしオリヴィアはここでかぎつけたことをほかの天使にもらすかもしれない。オリヴィアの代理としてやってきて、やりかけの任務を遂行する天使に。

おれがそんなことはさせない。

仲間はすでに集まって話し合ったようだ——話し声と笑い声、散っていく足音が聞こえた。だが何が決まったのかアーロンには全然わからなかった。誰も訪ねてこない。町で会ったあの不思議な女を捜すことにしたのだろうか？　ルシアンは丘でハンターの形跡を見つけたのだろうか？

アーロンの気持ちは変わっていない。オリヴィアがハンターの手先だとは思えない。だがハンターがオリヴィアのあとをつけてきていてもおかしくない。奇襲は奴《やつ》らが得意とするところだ。

この最低の夜を締めくくるのに奇襲ほどぴったりくるものはない。

三十分ほど前、危険を知らせようとして彼はレギオンに呼びかけた。いつもならどれだけ離れていてもレギオンは呼び声を聞きつけて戻ってくる。だがさっきは姿を見せなかった。ルシアンと同じく、レギオンも念じただけで好きな場所に移動できるのに、来なかった。

怪我《けが》をしているのか？　捕まったのか？　アーロンは、レギオンが教えてくれた正式なやり方で召喚したい誘惑に駆られた――オリヴィアの話を聞くまではその意味がわからなかった。正式な召喚ならレギオンも無視できない。考えれば考えるほど、あの天使が城を出ていかなければレギオンが安心して戻ってくることもないのだと思えてきた。レギオンは〝天使〟という言葉を口にするだけで震え、怖がっていた。

オリヴィアに、彼ではなくレギオンを苦しめるようなことはやめてくれと頼むこともできた。レギオンだけではなく仲間も苦しめてほしくない。仲間がオリヴィアの存在を感じ取ったことはいかなる形でもなかった。だがアーロンは頼まなかった。今オリヴィアは回復中だし、邪魔したくなかった。

だいいち、オリヴィアは彼のためにすでに大きな犠牲を払っている。だめだ、弱気になるな。

アーロンはレギオンもそっとしておくことにした。とりあえず今は。

か弱いオリヴィアに誰かを傷つける力があるとはとても思えない。完全に力を取り戻したらどんなふうなのかは知らないが、それでも無理だろう。もし戦うことになれば、レギオンはものの数秒でオリヴィアを動けなくして血管に毒牙を突き立てるだろう。

それでこそおれの娘だ、とアーロンはにんまりした。だがそのほほえみも長くは続かなかった。オリヴィアが死ぬのを考えると落ち着かないのだ。オリヴィアは命令どおり彼を殺さなかった。殺せたとは思えないが、殺そうともしなかった。レギオンを倒したいと思っているはずだが、実行したわけではない。あの天使はただこれまで禁じられてきた人生の喜びを感じたいだけなのだ。

オリヴィアには殺されるような理由はない。

一瞬、ほんの一瞬だけアーロンは彼女を置いておくことを考えた。彼女といっしょにいると〝怒り〟の魔物は静かだ。一分前、一日前、二十年前までさかのぼって犯した罪で女を罰しろと要求することもない。それを考えるとオリヴィアは完璧な仲間だ。パリスが言ったように、オリヴィアなら欲求を満たしてくれる。

アーロンはそんな欲求はないと言った。だが彼女のそばにしゃがんでいたとき、体の中で何かがうずいたのは否定できない。それは熱く危険な何かだ。彼女は太陽の光と大地の香りがする。朝の空のように青く澄みきった目は信頼と希望をたたえている。まるで彼が破壊者ではなく救い主でもあるかのようだ。アーロンはそれが気に入った。

ばかな！　魔物が天使をそばに置く？　ありえない。だいたい彼女がここに来たのは楽しむためだ。おれは楽しい男とはほど遠い。

「アーロン」

やっとニュースが聞けそうだ。オリヴィアのことを頭から追い払うことができてアーロンはほっとした。振り向くとトリンが壁に肩をもたせかけ、手袋をはめた手を腕組みして立っている。口元には不遜な笑みが浮かんでいる。

〝病〟の番人トリンは、誰かと肌を触れ合わせると疫病を蔓延《まんえん》させてしまう。手袋をするのはそれを防ぐためだ。

「また一人、暗黒の戦士が自分の部屋に女を閉じこめて、その女をどうするか考えこんでるぞ」トリンは笑った。

答える間もなくアーロンの頭にさまざまなイメージが飛びかかった。断固とした顔つきでナイフを振りあげるトリン。刃は空を切り……ターゲットの心臓に突き刺さり……赤く染まって出てくる。

刺された人間の男は地面に崩れ落ちた。死んでいる。手首には、無限を象徴しハンターの印でもある8の字のタトゥーがある。男はトリンを苦しめたわけでも脅したわけでもない。ただ四百年ほど前に偶然町ですれちがっただけだ。惚《ほ》れた女のところへ行こうとして城をあとにしたトリンが、タトゥーを見て襲いかかったのだ。

〝怒り〟の魔物にとってその行為は悪意に満ちた一方的なものだ。それは罰に値した。アーロンはこの出来事をすでに何度も見ており、そのたびに行動を起こしたくなるのをこらえた。今も例外ではない。手が短剣の柄《つか》に伸び、トリンがハンターを刺したのと同じようにトリンを刺したいという欲望が強くなった。

おれも同じことをしたはずだとアーロンは心の中で魔物に向かって叫んだ。悪意を持って一方的にそのハンターを殺しただろう。トリンが罰を受けるいわれはない。

魔物はうなり声をあげた。

落ち着け。アーロンの手が何も握らないまま元の位置に戻った。

「魔物がおれを襲わせたがってるのか？」トリンはこともなげにきいた。

仲間はアーロンのことをどこまでも理解している。「ああ。だが心配ない。おれが押さえつけた」

魔物が鼻で笑うのが聞こえた気がした。

魔物を否定すればするほど、罰を与えたいという魔物の欲望は強くなる――やがてその欲望は完全にアーロンをのみこんでしまう。そうなると彼は町へと飛び立って人々をおびやかし、どんな小さな罪にも冷酷きわまりない報いを与えることになる。

アーロンが自分にタトゥーを刻みこんだのはこの復讐《ふくしゅう》熱のためだ。不死の身である彼は傷の治りが早いので、インクに干したアンブロシアを混ぜてタトゥーを彫った。それは血管に炎を注ぎこむようなつらさだった。だがひるんだかというとそんなことはない。鏡を見るたび、アーロンは自分の所業を思い知らされた――気をつけていないとこれからもこれを繰り返すことになる。

だが何より、タトゥーは彼が殺した者、死ぬ理由などない者をけっして忘れないようにするためのものだ。時としてタトゥーは罪悪感をやわらげるのに役立った。また魔物の力に対する見当ちがいなプライドをへし折る助けともなった。

「本当に大丈夫なのか?」

「えっ?」アーロンは現実に引き戻された。「本当に魔物を押さえつけたのかどうかきいたんだ。まばたきしてるうちに目が赤くなってたぞ」

「大丈夫だ」オリヴィアとちがい、アーロンの声にはひとかけらの真実もなかった。誰が聞いても嘘《うそ》とわかる。

「おまえを信じるよ。で……さっきの話だが」

どこまで話したんだ? ああ、そうだ。「女のいる奴らとおれをいっしょにするつもりじゃないだろうな。おれは城に女を連れこんだときのあいつらみたいに恋に夢中で目が見えなくなってるわけじゃない」

「そのせりふのおかげで、言おうと思ってた三つのジョークがだいなしだ。つまらない奴だよ」

オリヴィアが三つの望みのことを話したとき、アーロンもまさに同じことを考えた。だがそう思うと、説明はつかないがなぜか胸が苦しい気がした。「トリン、本題に入ってくれ」

「わかった。おまえの天使はすでに厄介な存在だ。おれたちの意見は、追い出そうと思ってる者と引き留めておく者とに分かれた。おれは引き留めておくほうだ。おまえのせいであの天使がおれたちを憎み、敵側につくことがないように、甘い言葉で味方につけるべきだと思ってる」

「天使には近づくな」トリンにはオリヴィアに近づいてほしくない。もちろんそれはトリンの外見とは関係ない。銀色の髪、黒い眉、すべてを冗談だと思っているかのような緑色の目の持ち主であるトリンは、触れるまでもなく女の心を勝ち取ってしまう男だ。

トリンはうんざりした顔をした。「ばかなことを言うなよ。おれを脅すのはやめて感謝してほしいね。あの女を隠せと言いに来たんだ。ウィリアムもおれと同意見で、甘い言葉をささやく役を引き受けたがってるんだぞ」

ウィリアムはセックス中毒の不死身の戦士だが、暗黒の戦士ではない。黒髪と、トリンよりもいたずらっぽい青い目。筋肉質の長身からは野性的な魅力がにじみ出ている。ウィリアムのタトゥーは服の下だ。アーロンの記憶が確かなら、心臓の上にばつ印、背中には宝の地図が刻まれている。地図は肋骨をおおい、ウエストの下に広がり、〝お楽しみエリア〟とやらまで続いている。

人間の女の審美眼を信じるなら、ウィリアムはまさに肉体美の化身であり、快楽の縮図だ。

オリヴィアはまちがいなくウィリアムを好きになるだろう。

なぜふいにウィリアムの顔を壁にたたきつけ、ハンサムな顔をめちゃめちゃにしたい衝動に駆られたのだろう? 〝怒り〟の魔物は以前からウィリアムを罰したがっていて、大勢の女のハートを破ったこの男の心臓をアーロンの刃で千々に引き裂いてやりたいと思っている。だがアーロン自身はそんな考えはなかった。

アーロンが魔物に逆らったのはウィリアムが好きだからだ。ウィリアムは魔物を宿してはないが、戦いの場では頼りになる。殺戮《さつりく》となるとこの男は限度を知らない。

アーロンはレギオンがいないと攻撃性を抑えられなくなる。それだけのことだ。そう、彼はあきらかに限界に来ている。

「ウィリアムのことを教えてくれて助かったよ、トリン」皮肉に聞こえればいいんだが。

「もっともオリヴィアは誰かの甘い言葉で説得されるほど長くはここにいないと思うが」

「ウィリアムにきけば、ほんの数秒あれば足りるって言うさ」

反応するな。だがもしウィリアムが現れたら、アーロンは〝うっかり〟魔物のコントロールを失って飛びかかりそうな気がした。

そんな気持ちを知って魔物は喜びの声をあげた。

「それから」トリンがアーロンを現実に引き戻した。「セックス中毒といえば、パリスから伝言だ。ルシアンに瞬間移動してもらって町に女探しに行くらしい。ルシアンはパリスを町に残してくるつもりだから、朝まで戻らない」

「よかった」ほっとしたのはパリスがオリヴィアから遠ざかってくれるからじゃない。

「ルシアンは外でハンターの形跡を見つけたと言っていたか？」

「いいや。丘にも町にも気配はなかったそうだ」

「そうか」そう言うとアーロンはまた廊下の端から端へと歩き始めた。「例の黒髪の女のほうは？」

「何もない。パリスが引き続き捜すと言っていた。まあ、体力を取り戻したらの話だが。体力といえば、パリスは天使が怪我をしてると言ってたぞ。誰かに頼んで医者を連れてきてもらおうか？」

この城で〝連れてくる〟というのは誘拐を意味する。「結構だ。自力で治りつつある」

しばらく前から彼らは常雇いの医師を探しているのだが、まだ見つからなかった。アシュリンが妊娠しているとあって時間が迫ってきている。だが子どもが人間なのか魔物なのかわからないので、どんな医者でもいいというわけにはいかない。

最近わかったことだが、ハンターは数年前から人間と不死族の繁殖プログラムに手を染めていた。双方の血を引く子どもを集めて無敵の軍隊を作るためだ。〝暴力〟の魔物の血を引く子どもなら、どんなハンターも喉から手が出るほどほしがるだろう。それに医師の人選をあやまれば、戦士の秘密が危うくなってしまう。

トリンは気の毒がるように首を振った。まるでアーロンにはまともに考えるだけの知恵もないと思っているかのようだ。「本当に治るのか？　天界から追放されたんだろう？」

「おれたちだって天界から追放されたが、いつもさっさと治ってるじゃないか。手足を再生することだってできる」今まさに〝嘘〟の番人ギデオンがその最中だ。ギデオンはこの前ハンターと戦ったときに捕らわれ、情報を引き出そうとしたハンターに拷問を受けた。だが情報はもらさなかった。ハンターはその仕返しにギデオンの両手を切り落とした。

ギデオンはまだ寝たきりで、一同をいらいらさせていた。

「それも一理ある」トリンが言った。

突然アーロンの部屋から女の悲鳴が響いた。

アーロンは歩くのをやめ、トリンは壁から離れた。二度目の悲鳴が響いたとき、二人とも部屋を目指して駆け出していた。もちろんトリンはじゅうぶんな距離を置いてだ。アーロンがさっとドアを開け、最初に部屋に駆けこんだ。

オリヴィアはまだベッドにいてうつぶせだったが、手足をばたつかせている。目を閉じているせいでまつげが頬に影を投げかけているが、目の下にくまがあるのが見えた。茶色い髪は震える肩の上でもつれている。

ローブはどうやらみずから汚れを落とす力があるらしく、血糊《ちのり》はほとんど消えていた。だが翼が再生するはずの場所に新たに真っ赤な血のしみがふたつできていた。

悪魔がつかみかかってくる。

オリヴィアは悪魔の爪が肌に食いこみ、切り裂くのを感じた。悪魔のうろこのねばつく粘液を感じ、腐敗臭のする息が焼けるように熱い。うれしげな笑い声を聞くと吐きたくなる。

「こりゃ上物じゃねえか」悪魔が高笑いした。

「きれいな天使さまがまっすぐおれたちのとこに堕《お》ちてきたぜ」別の悪魔がにやけた。

硫黄と腐敗臭が空気を重くし、息を吸おうとするとそれらの異臭が鼻をついた。さっきまで乗っていた雲の底が割れ、オリヴィアは天から転げ落ちた。どんどん落ちていくのに底は見えず、落下を止めようと思ってもつかまるものすらない……ようやく底が見えてきたとき、その地面まで割れ、オリヴィアは地獄の業火に全身をのみこまれた。

「戦天使だ。翼に金色が交じってる」

「もう天使じゃないぞ」

つかみかかる手が勢いを増した。オリヴィアは必死に蹴り、殴り、噛《か》みつき、逃げ出して隠れようとしたけれど、押し寄せてくる悪魔の数が多すぎた。背後には岩だらけのなじみのない風景が広がっている。あがいてもどうにもならない。翼をつなぎ止めている腱《けん》が裂け始めた。燃えるような痛みが広がり、頭の中のあらゆる思考を奪い取って何よりも楽な道だけを指し示した。死だ。

お願いです。死なせてください。

目の前で星がまたたき、気がつくとそれ以外に何も見えなくなった。あたりは真っ暗だ。でも真っ暗のほうがいい。それなのに笑い声もつかみかかる手も消えない。頭がぼうっとして胃に吐き気が渦巻いた。

どうして死なないんだろう？　片方の翼を完全にちぎり取られ、オリヴィアは叫んだ。焼けるような痛みは、初めて知った真の苦しみへと変わった。こんな苦しみは死をもっても終わらせることはできない。死後までも彼女を追いかけてくるだろう。

すぐにもう片方の翼も破られ、オリヴィアは繰り返し叫んだ。かぎ爪が服を破り、肌を引き裂き、できたばかりの背中の傷に入りこむ。とうとう彼女は朝食べたばかりの天の果物を吐き出した。

「これじゃきれいとは言えねえな、天使さまよ？」

手がつかみかかり、これまで誰も触れたことのない場所を触った。涙が頬に流れ落ち、オリヴィアは何もできずにぐったりと横たわった。これで終わりだ。そのとき黒い海の中でひとつの思いがひらめいた。美しい暮らしを捨てたのは、喜びも知らず、アーロンともいっしょになれないまま地獄で死ぬため？　ちがう。ちがう！

わたしはもっと強い。戦うのよ！　こんなことで負けはしない。戦える。きっと……。

「オリヴィア」

なじみのある険しい声が心の中に響き、つかの間まがまがしいイメージも苦痛も悲しみも、そして最後の決意も押しやった。

「オリヴィア、起きろ」

　悪い夢だったのね。かすかな安堵《あんど》とともにオリヴィアはそう思った。ただの夢だ。人間はよく夢を見る。でも悪魔に襲われるのは彼女にとっては夢以上の出来事だ。それは記憶であり、地獄で過ごした時間の繰り返しだった。

　気がつくとまだベッドの上で手足をばたつかせていた。背中はまだ燃えるように痛み、それ以外の部分はあざだらけだ。手足の動きを止め、こじ開けるように目を開ける。息が荒く、ベッドに押しつけた胸が上下している。鼻と喉は酸を吸いこんだように熱い。汗だくの体にローブが張りついている。さっきまでのありがたい無感覚はなくなっていて、今はすべてを感じ取ることができた。

　これなら死んだほうがましだった。

　アーロンはふたたびベッド際にしゃがみこみ、こちらを見ている。男が一人、アーロンの隣に立って緑色の目でじっと彼女を見つめている――たしかトリンという名前だ。

　魔物だわ、とオリヴィアは思った。トリンは魔物だ。地獄の悪魔と同じだ。翼をもぎ取った奴ら。体に触り、あざけった奴ら。

　痛む喉の奥からつんざくような悲鳴が響いた。ほしいのはアーロンだけで、ほかの人は信用できない。今はほかの誰かに見られるのもいやだ。とりわけ魔物には耐えられない。

アーロン自身〝怒り〟を宿していることも、この状況ではなんの意味も持たなかった。オリヴィアにとってはアーロンはただアーロンだ。でもトリンを見ると、うろこだらけの手が胸の先端をひねり、脚の間に入ってきたことしか考えられなくなる。戦わなかったらあの手はもっとひどいことをしただろう。

そう、戦うのよ。オリヴィアは足を蹴り出したが、筋肉が緊張しすぎていてまともに動かず、いまいましい足はどこにも届かなかった。また無力だ。絞り出すような悲鳴にすすり泣きが混じった。オリヴィアはベッドから起きあがってアーロンの腕の中に飛びこもうとした。けれどもやはり体は弱々しく動かなかった。

「その人を追い出して、早く」オリヴィアは叫び、枕に顔を埋《うず》めた。トリンを見るだけで苦しかった。トリンの顔は見覚えがあるけれど、アーロンを知っているように深く知っているわけではない。アーロンを求めるようにトリンを求めているわけでもない。

アーロンなら、友人のパリスに毎晩そうしているように、厄介事もうまく解決してくれる。小さなレギオンを守るように彼女を守ってくれる。勇猛果敢な彼なら悪夢も追い払ってくれる。

たくましい手がオリヴィアの肩を押さえ、また動き出した手足を止めた。「しいっ、落ち着け。落ち着かないと怪我がひどくなるぞ」

「どうしたんだ?」トリンが声をかけた。「何か手伝おうか?」

いや、やめて。魔物がまだそこにいる。「追い出して！　早くその人を追い出して。今すぐ」

「きみに手出しするつもりはないよ」トリンはやさしく言った。「ここに来たのは――」オリヴィアの胸の中でパニックがふくれあがり、すべてをのみこみそうになった。「追い出して。お願いよ、アーロン。その人を追い出して」

アーロンは喉の奥で低くうなった。「くそっ、トリン、出ていってくれ。おまえが出ていかないと落ち着かないらしい」

どこか悲しげな重いため息が聞こえ、ありがたいことに足音が響いた。

「待て」アーロンが呼び止めたのでオリヴィアは叫びたくなった。「ルシアンはアメリカに瞬間移動して女たちのためにタイレノールを買ってくると言ってたが、行ったのか？」

「ああ、行ったよ」

まだ話しているの？「早く追い出して！」オリヴィアは叫んだ。

「持ってきてくれ」アーロンがオリヴィアの声にかぶせるように言った。

ドアがきいっと開いた。やっと魔物が出ていく。でも人間の薬を持ってまた戻ってくるんだわ。オリヴィアはすすりあげた。こんなことはもう二度と耐えられない。恐怖だけで死んでしまいそうだ。

「部屋に投げこんでくれればいい」オリヴィアの思いを察したかのようにアーロンが言っ

た。

ありがとうございます、天にましますお慈悲深い神よ。オリヴィアがベッドに沈みこむと、ドアがかちゃりと閉まった。

「行ったぞ」アーロンがやさしく言った。「ここにはおれしかいない」

オリヴィアの体の震えがあまりに激しく、ベッドまで揺れている。「置いていかないで。お願い」そんなことを頼むなんて弱っている証拠だ。でもオリヴィアは気にしなかった。アーロンにここにいてほしい。

アーロンはオリヴィアの額から汗ばんだ髪をかきあげた。その手は声に劣らずやさしかった。こんなに甘い声で話しかけ、そっと撫《な》でてくれるのがアーロンであるはずがない。信じられないほどの変わりようだ。どうして変わったのだろう？　まったくの他人である彼女になぜ仲間にしか見せないようなやさしさを見せるのだろう？

「さっき抱いてほしいと言ったな。まだそう思ってるのか？」

「ええ」もちろん思っている。態度が変化した理由がなんだろうが関係ない。今、アーロンがここにいて、長い間求めていたものをくれようとしているのだから。

アーロンはオリヴィアにぶつからないようにゆっくりとそばに来た。彼が腕を伸ばしたので、オリヴィアは少しずつ体を寄せて熱くたくましい肩のくぼみに頭を預けた。体力を奪うほどの痛みが体を貫いたが、アーロンに近づき、ようやく触れることができたのだからそれだけの価値はある。このために彼女はここまで来たのだ。

アーロンは傷に触れないように気をつけながら片手を腰にまわした。温かい息が額を撫でる。「オリヴィア、どうしてきみは治りが遅いんだ？」

アーロンに名前を呼ばれるのがうれしかった。祈りと嘆願をきれいな箱につめこんだみたいだ。「言ったでしょう、わたしは追放されたの。今は人間なのよ」

「人間か」アーロンの体がこわばった。「いや、それは聞いてない。もし聞いてたらもっと早く人間の薬を持ってこられたのに」

その声には罪悪感があった。罪悪感と恐怖。オリヴィアは、なぜ罪悪感なんだろうと思ったけれど疲れきっていて口には出せなかった。次の瞬間、オリヴィアはすべてを忘れた。部屋の中心で琥珀《こはく》色の光がはじけた。その光はどんどん大きくなり……目を細めるほどまばゆくなった。

人影が姿を現した。オリヴィアのローブとよく似た白いローブをまとった筋肉質の大きな体だ。続いて、波打つ白っぽい髪、分厚い肩が現れた。溶けたオニキスのような目、かすかに金色がかった白い肌が見える。最後に目をとらえたのは、きらめく純金色の翼だ。手を振りたかったけれど、かすかにほほえむことしかできなかった。心やさしきライサンダーがようやく慰めに来てくれた。想像力が作り出した幻影でもかまわない。「また夢を見ているんだわ。でもこの夢はうれしい」

「静かに」アーロンがささやきかけた。「ここにいるから」

「わたしもだ」ライサンダーは部屋の中を見まわすと、嫌気が差したように唇をゆがめた。

「残念ながらこれは夢ではない」いつもどおり彼の言葉は真実であり、その声にはオリヴィアと同じく確信があふれていた。

これは現実かしら？「でも今のわたしは人間です。あなたが見えるはずがない」ライサンダーが見えるのは掟《おきて》に反する。絶対神が褒美をくださろうとしたのかしら？ 自分の地位に背を向けたばかりなのだから、それはまずありえない。

ライサンダーはまっすぐ彼女の目を見ている。その目は魂まで見通すかのようだ。「おまえのために評議会にかけ合った。評議会はおまえにもう一度チャンスを与えることに同意したぞ。そういうわけで今のおまえには天使の部分が残されていて、これから十四日間それが続く。この十四日のうちに気が変わればもとの場所に戻ることができる」

雷に打たれたかのように熱い衝撃がオリヴィアの体を駆け抜けた。「どうして」これまで堕ちた天使に二度目のチャンスが与えられたことなどない。

「わからなくていい」アーロンはまだオリヴィアをなだめようとしていた。「おれがついてる」

「わたしは精鋭七天使の一人だ。そのわたしがおまえのために十四日間の猶予を求め、それが与えられたということだ。ここで過ごして楽しみ……戻ってくるための十四日間だ」

彼の立場がすべてを説明すると言わんばかりの怒ったような口調だった。

まだわけがわからなかったけれど、ライサンダーの声ににじむ希望にオリヴィアは悲しくなった。今回の選択で唯一後悔しているのが、この立派な戦士を傷つけたことだ。彼はオリヴィアを愛し、最善を願ってくれている。

「すみません。でも気持ちは変わりません」

ライサンダーは衝撃を受けた様子だった。「その不死の戦士がおまえの手から取りあげられてもか？」

オリヴィアは恐怖の叫びを抑えられなかった。まだ彼を失うわけにはいかない。でもこんなに弱っていてはアーロンを助けようにも何もできない。「あなたが来られたのはもしや――」

「いや、ちがう。落ち着きなさい。この男を殺すために来たのではない」〝まだ〟という言葉こそなかったが、言ったも同然だった。「おまえがここに留《とど》まることを選ぶなら、十四日間が終わるまで新たな処刑人は任命されない」

ということは二週間は確実にアーロンといっしょにいられる。それ以下でもそれ以上でもない。それで満足しなければならない。一生忘れないような思い出ができるだろう。でもそれはアーロンがここに置いてくれたらの話だ。アーロンの頑固さを考えると……。

オリヴィアはため息をついた。「ありがとうございます」彼女はライサンダーに言った。

「わざわざこんなことまでしてくださるなんて」たとえ精鋭七天使であっても、評議会からこれほどの譲歩を引き出そうと思ったら相当厳しくやり合ったはずだ。それなのに、彼女が喜びと情熱を経験してから天界に戻れるようにためらいなくそうしてくれた。戻れないなんて絶対に言えない。たとえ何があろうと。

もし天界に戻るなら、十四日間のうちにアーロンを殺すことを期待されているのはわかっている。それでもとてもできるとは思えない。「どんなにあなたを愛しているかわかってくださいますよね。たとえ何があっても」

「オリヴィア」アーロンはすっかりとまどっている。

「この男には、わたしが見えないし聞こえないし感じ取れない」ライサンダーは説明した。

「おまえが自分に話しかけているんじゃないことに気づいて、痛みによる幻覚だと思ってる」ライサンダーはベッドに歩み寄った。「この男が魔物なのは言わなくてもわかっているはずだぞ、オリヴィア。我々の敵だ」

「あなたの恋人もそうです」

ライサンダーはたくましい肩をそびやかせ、顎を上げた。ライサンダーは頑固な戦士だ。アーロンと同じく。「ビアンカは我々の法を何も破っていない」

「たとえ破っていても、あの人を求める気持ちは変わらなかったはずです。きっと抜け道を探したでしょう」

「オリヴィア？」アーロンが呼びかけた。

ライサンダーは気にもかけなかった。「なぜ人間としてこの男と暮らすことを選んだ？　こいつの腕の中にいるたった数分のために？　心の痛みと落胆しか得られないんだぞ」

今度もまたライサンダーの声には純粋な真実しかなかった。彼らの世界では嘘は許されない――ちがう、彼らのじゃなくて彼の世界だ、とオリヴィアは悲しげに思った。それでもライサンダーを信じたくはない。ここにいれば、あれほど求めていたことを経験できる。人間として生きるだけではなく、人間として感じることができる。

寝室のドアがばたんと開いたので、オリヴィアは返事をせずにすんだ。プラスチックの小瓶が中に投げこまれた。小瓶はライサンダーのサンダルのすぐそばに落ちた。

「薬だ」トリンが呼びかけた。オリヴィアが悲鳴をあげる前にドアが閉まった。

アーロンは立ちあがろうとしたが、オリヴィアはさらに体重をかけた。「だめ」また焼けるような痛みに襲われ、彼女は顔をしかめた。「ここにいて」

オリヴィアを押しやることもできたのに、アーロンはそうしなかった。「薬を取りに行かないと。薬をのめば痛みがやわらぐぞ」

「あとでいいわ」こうして触れ合い、彼の体のぬくもりを感じ、腕に抱かれてなだめてもらっている今、たとえ一瞬でもそれを失いたくなかった。

最初、アーロンは頼みを無視するだろうと思ったけれど、彼は体の力を抜き、抱きしめる腕に力を込めた。オリヴィアは満足の吐息をついてライサンダーの険しい目を見上げた。ライサンダーは顔をしかめている。

「これが理由です」天使は抱き合ったりしない。抱き合いたいと思えばできないことはないはずなのに、誰もしない。どうしてだろう？　天使は互いに兄弟姉妹のようなもので、肉体的な触れ合いは性に合わないのだ。

「理由って？」アーロンはわけがわからない様子だ。

「あなたを好きな理由よ」オリヴィアは正直に答えた。

アーロンは体を硬くしたが、何も言わなかった。

ライサンダーは目を細くし、すっと翼を広げた。月光を受けて翼は金色に輝いた。一枚の羽根が床に舞い落ちた。「今は回復が先だからそっとしておくが、また来るつもりだ。おまえはここにいるべきではない。日がたつうちにおまえ自身もそれに気づくだろう」

5

最初の夜、不可思議な自問自答を終えると、オリヴィアはようやく眠りについたが、また苦痛のうめき声をあげ、むやみにもがいて自分を苦しめた。二日目の夜からは悪魔に向かって何かつぶやいていた。触らないで、汚らわしい。そして泣き、息をのんだ。お願いだから触らないで。三日目の夜は死んだように静かになった。

アーロンは懇願されるほうがまだましのような気がした。

アーロンはずっとオリヴィアのそばにいてなだめようとした。一度は目を覚まさないオリヴィアに向かってパリスから借りたロマンス小説を読み聞かせた。そして砕いた薬と水を無理やり飲ませた。オリヴィアが死んで罪悪感に苦しめられるのはごめんだ。

何より、もう彼の人生から出ていってほしかった。そばにいると強く反応してしまうがそれは関係ない。考えただけでも反応してしまう。アーロンは嘘《うそ》はつけなかった。怪我《けが》が治れば、彼の体が反応する様子を見てオリヴィアは出ていくだろう。

いや、魔物が反応する様子におびえるかもしれない。魔物はオリヴィアを攻撃しようとはせず、彼女のために他人を攻撃しようとする。

罰してやれ。と魔物が言う……もう何百回目だろう？　**彼女を苦しめた奴《やつ》を罰しろ**。アーロンが流血の衝動にとらわれていたとき、魔物はひと言の命令という形で語りかけ、それとともに心に暴力的なイメージをいくつも投影した。だがこの三日間、魔物は長いせりふで意思の疎通をはかるようになり、アーロンはそれになじめなかった。オリヴィアがもたらした平穏はどこへ行った？

天界から追い出された彼女がどんな目にあったのかよくわからなかったが、アーロンは探り出したくなる自分を押しとどめた。魔物が動き出すのを止められなくなるかもしれない。今でさえ危ないのだ。真実を知ってしまえば、魔物を止めたい気持ちもなくなるだろう。魔物の力を楽しむことができればの話だが……。

そんなふうに考えるな。アーロンはこれ以上オリヴィアに対して気持ちをやわらげたくないし、考えや決断を左右されるのもいやだった。それでなくても彼の人生は複雑だ。オリヴィアはもうじゅうぶん重荷になっている。

オリヴィアは楽しみたいという。彼女にも言ったとおり、アーロンは楽しみのことなどろくに知らないし、知るための時間もない。そしてそれを悲しいとも思っていない。本心から。

オリヴィアは愛したいという。アーロンにはとても相手役はつとまらない。ロマンティックな愛など与えられるわけがない。とくにオリヴィアのようなか弱い相手には無理だ。そしてやはりそれを悲しいと思っていない。本心から。

オリヴィアは自由がほしいという。それなら与えられる。町に行けばいい。だからさっさとよくなってくれ！

早くよくなってくれないと、喜んで魔物を解き放つことになるだろう。

彼女を苦しめた奴らを罰しろ。

なぜ魔物はオリヴィアが気に入ったのだろう？　魔物が彼女を気に入っているのはまちがいない。そうでなければ、顔を合わせたこともない相手を襲いたくなる衝動の説明がつかない。そのことを考える時間はたっぷりすぎるほどあったが、答えはまだ出ない。

アーロンは片手で顔を撫《な》でた。オリヴィアのそばを離れたくなかったので、パリスのことはルシアンに任せたままだ。パリスがちゃんと魔物の欲求を満たせるよう、ルシアンが面倒を見ている。代わりにトリンがアーロンの食事の世話をするはめになり、毎食部屋までトレイを運んでくれる。だが部屋に残って話そうとはしない。オリヴィアが目を覚ましてトリンを見たら……アーロンは最初のような恐怖の発作を楽しむ気にはなれなかった。

まずいことに、城の女たちが天使がいることを知り、歓迎しようと押しかけてきた。だがアーロンは中に入れなかった。オリヴィアがどんな反応をするかわからないからだ。それに女たちは誰も天使の手当ての仕方を知らなかった。そう答える女たちに、それなら結構とアーロンはうなるように言った。

だが恐怖の発作でオリヴィアが意識を取り戻したことがわかるなら、発作も我慢するのにと彼は思った。どうして目覚めないんだ？　ぐったりして、まるで……。アーロンはオリヴィアにぶつからないように気をつけながら横向きになり、見おろした。彼女がこちらにすり寄ってこないのは初めてだ。肌は不気味に青白く、血管が明るく浮き出ている。髪は乱れ、もつれている。頬はこけ、唇は嚙《か》んでいたところがかさぶたになっている。

それでも彼女は度肝を抜かれるほど美しかった。ずっとわたしを守って、と訴えるような美しさだ。そんな彼女を見るとアーロンは胸が苦しくなった。罪悪感ではなく、自分こそが彼女を守りたいと思う独占欲だ。そんな思いが体の奥から込みあげてきた。

早く治ってもらってさっさと追い出さないといけない。

「この分だと死ぬだろう」アーロンは天井に向かってうなるように言った。オリヴィアの言う絶対神とやらに言っているのか、よく知っている神々に語りかけているのか自分でもよくわからなかった。「それがあんたの望みなのか？　仲間が苦しみ抜いて死のうとしてるんだぞ。あんたなら助けられるだろう」

なんてざまだ。アーロンは自分がいやになった。人間でも命乞いなどしないというのに。

それでもアーロンはやめなかった。「どうして助けない？」

そのときかすかに何か聞こえたような気がした……うなり声か？　アーロンの体が緊張

した。ナイトスタンドに置いている短剣を一本つかみ、寝室を見まわす。オリヴィアしかいない。無礼な言葉を罰するために聖なる者がやってきた気配もない。

アーロンはゆっくりと肩の力を抜いた。睡眠不足がこたえているようだ。日はとっくに暮れ、バルコニーに続く窓つきのドアから月光が差しこんでいる。心安らぐ光景に体の疲れが加わればこのまま眠ってしまってもおかしくなかったが、アーロンは眠らなかった。眠れなかったのだ。

オリヴィアが死んだらどうしよう？　パリスがシエナを悼んだようにオリヴィアを思って泣くのだろうか？　それはない。オリヴィアは知らない他人だ。おそらく罪悪感を持つだろう。深い罪悪感を。オリヴィアは彼を救ってくれたのに、自分は同じことができなかった。

〝おまえは彼女にふさわしくない〟

頭にそんな言葉が響き渡り、アーロンはまばたきした。これは魔物の声ではない。魔物の声よりずっと低く重々しい……なのにどこか聞き覚えがある。〝疑念〟の番人サビンがローマから帰ってきて、彼の自尊心を攻撃しているのだろうか？　サビンは魔物のせいで無意識のうちにそうする癖があるのだ。

「サビンか」アーロンは試しにきいてみた。

答えはない。

〝おまえは彼女の足もとにもおよばない〟

今度は〝怒り〟の魔物が挑発を受けたように頭の中でうなり声をあげ、うろうろと歩きまわりだした。

ということはサビンじゃない。サビンが戻ったとは聞いていないし、あと数週間は戻らない予定になっている。それに謎の声には機嫌のよさが感じ取れない。サビンの魔物は毒をまき散らすのに無上の喜びを感じるのだ。

となると誰だ？　ほかに誰が心に語りかける力を持っている？

「誰だ？」

〝それはどうでもいいことだ。わたしは彼女を癒しに来た〟

彼女を癒す？　アーロンは肩の力を抜いた。その声にはオリヴィアの声と同じく真実の響きがあった。こいつも天使なのか？「それは助かる」

〝礼はいい、魔物よ〟

天使がこんなに怒るか？　そうは思えない。もしかしたらどこかの神が祈りを聞き届けてくれたのだろうか？　それもありえない。神々はファンファーレが大好きだし、姿を現すチャンスを逃がさず、感謝を求める。これがオリヴィアの絶対神なら少なくとも空気に力の波動が満ちるはずだ。それなのに……何もない。アーロンの五感は何もとらえなかった。

〝彼女が目覚めたらおまえの真実の姿に気づくだろう。わたしはそう信じている〟

オリヴィアが目覚めることを確信する口調を聞いて、アーロンは侮辱されたのも気にならなかった。安堵《あんど》のほうが大きかったからだ。「おれの真実の姿？」答えが気になるわけではない。だが答えの中に相手の正体を知るヒントが隠れているかもしれない。

〝不道徳で悪意に満ち、頑固で愚か、腐りきって呪われた価値のない男〟

「遠慮しないで本音を言ってくれ」アーロンはそっけなく言った。この皮肉でこちらの動きが隠せればいいんだが。アーロンはそっとオリヴィアににじり寄り、自分の体を盾にして彼女を守ろうとした。不道徳で悪意に満ちている――これはハンターの言葉だ。だがハンターなら誰かを助けようとする前にアーロンを襲うだろう。たとえそれが自分たちが仕込んだ囮《おとり》であっても。

やっぱり天使なのだろうか。怒っているし、かなりの憎しみを感じるが。

またうなり声が響いた。〝おまえの無礼さを見ても確信が深まるだけだ。だからこそ彼女の求めを聞き入れ、おまえと知り合う時間を与えた。おまえの真の姿に気づけば気持ちが冷めるだろうと思ったのだ。とにかく……彼女を汚すな。汚したら、おまえもおまえの愛する者も葬り去ってやる〟

「おれは誰かを汚したりは――」

〝静かに。彼女が目を覚ますぞ〟

その言葉を証明するかのようにオリヴィアがうめき声をあげた。その瞬間、理屈に合わないほどの安堵がアーロンの体を駆け抜けた。よく知りもしない、死んでも悲しいとも思わない他人なのに。ただひとつわかっているのは、謎の声の主はオリヴィアをたちまち死のような昏睡《こんすい》から目覚めさせるほどの強い力を持っているということだ。

「感謝する。彼女がこんなふうに苦しむいわれは――」

〝黙れと言っただろう！　彼女の回復を邪魔したら……いや、もうこれ以上はおまえに耐えられない。眠れ〟

抵抗しようとしたが体はその命令に逆らえず、アーロンはオリヴィアのすぐ隣でマットレスに沈みこんだ。まぶたが閉じ、倦怠感《けんたいかん》が体を襲い、手足をばたつかせて抵抗する彼をさっきまで求めていた暗闇へと引きずりこんでいった。だがその暗闇も、オリヴィアに手を伸ばして自分のそばに引き寄せようとするアーロンの手を止めることはできなかった。

ここが彼女の居場所だ。


まぶたは重くて開かなかったけれど、頭上に両手を伸ばし、背中を反らすと筋肉がほぐれた。なんて気持ちがいいんだろう。オリヴィアがにっこりして息を吸いこむと、エキゾチックなスパイスと禁断の夢のにおいがした。雲はいつもならこんな……セクシーなにおいはしない。けだるいほど温かく感じたこともない。

ずっとこうしていたいと思ったが、天使は怠け者ではない。今日はライサンダーに会いに行こう。いつものように秘密の任務に出かけておらず、ビアンカと閉じこもっていなければいいんだけれど。そのあとはブダペストの城に行こう。今日アーロンは何をするつもりだろう？　また矛盾だらけの彼に魅了されるだろうか？　本当なら彼女の存在を感じ取れるはずがないのに、アーロンはまた彼女の視線を感じて怒鳴るだろうか？　姿を見せろ、殺してやる、と。

そんなふうに言われるといつも傷つくけれど、アーロンの怒りは責められない。彼女の正体も意図も知らないのだから。わたしのことを知ってほしいとオリヴィアは思った。彼女は人に好まれるタイプだ。少なくとも天使仲間はそう言う。魔物を宿した戦士が、自分とは正反対の彼女の真の姿を見たらどう思うかはわからない。

でもオリヴィアの目にはアーロンは魔物には見えなかった。彼はレギオンを〝かわいい娘〟と呼び、ティアラを買ってやり、部屋をレギオンの好みに合わせている。戦士仲間のマドックスにレギオン用のソファまで作らせた。そのソファはベッドの横にあって、ピンクのレースがかかっている。

オリヴィアもあの寝室に自分用のレースをかけたソファがほしかった。

嫉妬なんて似合わないわ、とオリヴィアは自分に言い聞かせた。レースのソファを持っていなくても、数えきれないほど大勢の人に笑いと喜びをもたらし、人生を愛するように導いてあげた。その仕事からはかぎりない満足を得ている。でも……今度はそれ以上のものがほしくなった。これまでもそう思っていたのかもしれないけれど、〝昇進〟するまで気づかなかったのだ。

わたしはなんて欲張りなんだろう。オリヴィアはため息をついた。

岩のように固くなめらかなマットレスが体の下で動き、うめき声をあげた。

ちょっと待って。岩のように固い？　動いた？　うめき声？　いっきに目が覚めたオリヴィアは、さっとまぶたを開いた。そして目にした光景に、思わず起きあがった。日の出にかかる濃紺のもやもふわふわした平らな雲も見えない。そこにあるのはむき出しの石壁、木張りの床、つややかな桜材の家具だ。

レースのかかったピンクのソファもある。

現実が押し寄せてきた。わたしは天から追放されたんだわ。地獄に堕《お》ちて、悪魔たちに……悪魔のことを考えるのはやめよう。ところが少し思い出しただけで体が震えだした。今はアーロンといっしょだから安全だ。でも本当に人間になったのなら、なぜこの体がこれほど……しっくりくるのだろう？

もうひとつ思い出した。わたしは本当に人間になったわけじゃない。

十四日間。オリヴィアはライサンダーの言葉を思い出した。天使としてのすべてを失うまでに十四日の猶予がある。ということは……もしかしたら翼も……。

期待するのも怖く、オリヴィアは下唇を噛んで背後に手をまわし、探った。そしてその結果に、安堵と悲しみを同時に感じて肩を落とした。怪我の跡はなかったけれど、翼も再生していない。

わたしが選んだことの結果がこれだ。そう、彼女は受け入れた。でも不思議な気がした。この翼のない体がわたしのものなのだ。永遠の生のない肉体。いいことも悪いことも感じ取る体。

でも大丈夫。オリヴィアは自分に言い聞かせた。ここは戦士たちの城で、アーロンがそばにいる。アーロンが下にいるなんておもしろい。これまでこの体は悪いことしか経験しなかったけれど、いいことも経験してみたい。

オリヴィアはアーロンから離れて横向きになり、彼を見つめた。まだ寝ているせいで顔つきはやわらぎ、片腕を頭上に、もう片方を彼女がさっきまでいた脇に置いている。抱いていてくれたんだわ。オリヴィアの口元に夢見るようなほほえみが浮かび、胸がどきどきした。

アーロンがTシャツを着ていないことに気づいて胸の鼓動はさらに高まる。さっきまで彼女はこの広い胸の上に手足を伸ばし、小さな茶色の乳首と筋肉と興味をそそるおへその上で寝ていたのだ。

残念ながら下はジーンズだった。でも素足で、爪先にまでタトゥーがあるのがわかった。

かわいい。

かわいい？　本当に？　何を言ってるの？　この爪先で人が殺されたのだ。それでもオリヴィアはその爪先を指で撫でてみたかった。あばらの上の蝶《ちょう》のタトゥーのほうは撫でてみた。羽は曲線を描きながら鋭くとがり、優美に見えた幻を打ち砕いた。

触るとアーロンの口からため息がもれ、オリヴィアははっとして跳びすさった。こっそり触っていたところを見られたくない。許しをもらったわけでもないのに。その動きは思っていたより力が入っていたらしく、オリヴィアはベッドから落ち、床にあたって大きな音をたてた。顔にかかった髪を払いのけたとき、アーロンを起こしてしまったことに気がついた。

彼はベッドの上に起きあがり、こちらを見おろしている。

オリヴィアは息をのみこみ、恥ずかしそうに手を振った。「あら、おはよう」

こちらを見ていたアーロンの目が細くなった。「ずいぶんよくなったみたいだな」その声は荒っぽかった。欲望のせいであってほしいとオリヴィアの全身が叫んでいたが、寝起きだからだろう。「治ったのか？」

「ええ、ありがとう」少なくとも自分では治ったと思っている。胸はまだ落ち着かず、なじみのないほど激しく打ち続けている。胸には痛みもあった。背中の痛みのような激痛ではないけれど、違和感があった。胃のほうは震えている。

「三日も苦しんでたぞ。合併症は？　痛みは？」

「三日も？」そんなに時間がたったとは知らなかった。それでも完璧に治るのに三日もかかったかと思うと長かった。「どうしてよくなったの？」

アーロンはうなった。「昨夜誰かが来た。名乗らなかったが、きみを治すと言った。どうやらその約束を守ったらしい。そういえばおれのことを嫌ってたな」

「わたしの師だわ」それもそのはずだ。彼女を癒すのは掟《おきて》を曲げることになるが、その掟作りに手を貸したのはライサンダーなのだ。掟の抜け道を知っている者がいるとすればそれはライサンダーだ。そのうえアーロンを嫌っているとなると師にまちがいない。

もう治ったと言っているのに、まだ怪我を探そうとするかのようにアーロンの視線が彼女をとらえた。その目の瞳孔が広がり、美しいすみれ色をのみこんだ。喜びではないなら……怒りのせい？　また？　さっきアーロンが見せたやさしさをだいなしにするようなことは何もしていない。ライサンダーが彼を怒らせるようなことを言ったのかしら？

「ローブが……」アーロンの声がかすれた。彼はさっと背中を向けた。ふたつ目の蝶のタトゥーが見え、オリヴィアはつばがわくのを感じた。あのとがった羽はどんな味がするだろう？「直してくれ」

オリヴィアは顔をしかめて自分を見おろした。膝を引き寄せていたのでローブがウエストまでずりあがり、小さな白い下着が見えている。まさかこれに怒ったのだろうか。ルシアンの妻で〝無秩序〟の女神アニヤは、毎日もっときわどい格好をしている。それでもオリヴィアはたゆたうやわらかな生地を足首まで引きおろした。立ってアーロンといっしょにベッドに入ってもよかったけれど、落ちたり拒否されたりする危険があるからやめた。

「もう大丈夫よ」

こちらに向いたアーロンの目の瞳孔は開いたままだ。彼はさっきまでの会話を思い出そうとするかのように首をかしげた。「どうして師がいるんだ？」

簡単な質問だ。「人間と同じで天使も学ばなければいけないの。どうやって生きるか、どうやって困っている人を助けるか、どうやって悪魔と戦うか。わたしの師は抜きん出た存在で、そんな人から学べるわたしは恵まれているわ」

「そいつの名前は？」狙い定めて空気を切り裂く鞭《むち》のような口調だ。

アーロンはなぜ否定的な反応を見せるのだろう？「あなたたちとも知り合いだと思うわ。ライサンダーのことは知っているでしょう？」

アーロンの瞳孔がようやく縮まり、すみれ色の虹彩《こうさい》が戻ってきた。引きこまれるような深みに溺れてしまいそうだ。「ビアンカのライサンダーか？」

その言い方を聞いてオリヴィアはにっこりした。「そうよ。わたしのところに来てくれたの」

「独り言を言っているように見えた夜だな」アーロンはそう言ってうなずいた。

「そうよ」ライサンダーはまた来るつもりでいる。オリヴィアはそれは言わなかった。ライサンダーは彼女を愛しているから、今のところはアーロンを傷つけはしない。アーロンを傷つければ彼女を傷つけることになるからだ。少なくともオリヴィアはその希望にすがりついた。

アーロンは顔をしかめた。「オリヴィア、もう天使をここに呼ぶのはやめてくれ。ただでさえおれたちはハンターだの魔物だので手いっぱいなんだ。ライサンダーはきみを助けてくれたし、そのことは感謝してるが、いつまでも邪魔されるのは困る」

オリヴィアは笑った。とても我慢できなかった。「幸運を祈るとしか言えないわ」天使を止めようとするのは風を止めようとするようなものだ。ひと言で言って不可能だ。

アーロンのしかめっ面が大きくなった。「腹は減ってるか？」

話題が変わってもオリヴィアは気にならなかった。それどころかうれしかった。アーロンは仲間と話しているときも同じことをする。前触れもなく話題を変えるのだ。「ええ、ぺこぺこよ」

「それなら食事を持ってくるから、食べ終わったら町まで送る」アーロンはベッド脇に脚を振りおろして立ちあがった。

オリヴィアはその場から動けなかった。まるで岩に縛りつけられたように手足が重かった。アーロンはゴージャスそのものだ。あの筋肉、危険な香り、そそるように色鮮やかな肌。それに……。「まだわたしを追い出すつもりなのね？」

「当然だ」

泣いてはいけない。「どうして？」ライサンダーが何か言ったと思っていたけれど、言ってないのだろうか？

「質問するならこうだ。おれがいつ追い出さないと言った？」アーロンはバスルームに入ったので見えなくなった。服を脱ぐ気配があり、床に勢いよく水があたる音が聞こえてきた。

「でもあなたはひと晩中わたしを抱きしめていてくれたじゃない。三日も看病してくれたわ」そのことに意味がないはずがない。男は相手に夢中になっていなければそんなことはしない。アーロンを見つめ続けてきたけれど、女といっしょにいるところは見かけたことがなかった。もちろんレギオンは別だけれど、レギオンは勘定に入らない。アーロンはひと晩中レギオンを抱きしめたりしないもの。アーロンはわたしを特別な目で見ているはず。そうでしょう？

返事はなかった。まもなく湯気と白檀《びゃくだん》の石鹸《せっけん》の香りがバスルームから漂ってきた。シャワーを浴びているんだわ。そう思うとオリヴィアの鼓動はまた速くなった。彼女はこれまでアーロンがシャワーを浴びるのを見たことがない。彼はいつもオリヴィアの視線がなくなるのを待った。

だから彼の裸を見たいという思いが頭から離れなくなってしまった。脚の間にもタトゥーを入れているのだろうか？　もしそうなら、どんなデザインを選んだのだろう？

蝶を舐《な》めたいと思ったのと同じように、そのタトゥーも舌で愛撫《あいぶ》したいと思うのはなぜだろう？　そんなことをしている自分を想像しながら唇を舐めたオリヴィアは、はっとして我に返った。なんていけない子。そんなことを考えるなんて……。

でも今のわたしは完全な天使じゃない。オリヴィアは自分に言い聞かせた。アーロンを見たいし、味わいたい。それなら見に行こう。運がよければ味わえるかもしれない。あんな目にあったのだから、少しぐらい楽しんだっていいはずだ。いや、少しぐらいではすまないかもしれない。どちらにしてもオリヴィアは、ひと目見てからでなければこの城を出る気はなかった。

オリヴィアは心を決めて立ちあがった。ところが翼がないのでバランスがとれず、たちまち転んでしまった。膝に激痛が走り、顔をしかめた。でもこの痛みなら耐えられる。翼をもぎ取られることに比べればなんだって耐えられるはずだ。

立ちあがったオリヴィアはまた転んだ。痛い！　水音は早くも止まってしまった。濡《ぬ》れた肌が大理石にあたる音がして、金属の上をコットンが滑る気配があった。

急いで！　手遅れになってしまう。

オリヴィアは片足を前に、もう片方の足をうしろに置いて両手を大きく広げ、バランスをとった。そしてそろそろと立ちあがった。左に傾き、右に揺れたが、今度はまっすぐ立てた。さあ、進むのよ！

ところがバスルームから出てきたアーロンを見てオリヴィアはがっかりした。アーロンは腰にタオルを巻き、首にもかけている。遅かった。がっかりだわ！

「シャワー、早いのね。洗い残しがあるんじゃない？」

アーロンはこちらを見ようともせず、目の前のドレッサーを見ている。「ない」そう。

「きみの番だ」アーロンはそう言ってドレッサーの上にTシャツを出した。そして二枚目のタオルでわずかばかりの髪を乾かした。

これまで彼のことをゴージャスって言ったかしら？〝すばらしい〟のほうがぴったりだ。「このローブがきれいにしてくれるの」自分の声がうわずって聞こえるけれど、彼にもこんなふうに聞こえているの？

アーロンは顔をしかめた。まだこちらを見ようとしない。「髪も？」

「そうよ」オリヴィアは震える手でフードを頭にかぶせ、魔法が働くのを待ってから頭を振りあげてフードを脱いだ。フードを取った頭に指を通すと、髪はなめらかそのものだ。

「ほらね？　全身をきれいにしてくれるのよ」

ようやくアーロンがこちらを見た。ところどころで止まりながら全身をとらえるその視線に、オリヴィアの血は熱くなり肌はうずいた。目が合ったとき、アーロンの瞳孔はまた広がり、黒がすみれ色をのみこんでいた。

あんなふうに怒らせることを何かしたかしら？

「なるほどね」アーロンはうなるように言うと背を向けて歩いていき、クローゼットの中に姿を消した。タオルが外に飛んできて床に落ちた。

また裸になったんだわ。アーロンの怒りも忘れてオリヴィアはそう思った。チャンス到来だ。彼女は笑顔で行動に移った。なんとか二歩進んだところでつまずき、床に膝を打ちつけ、そのままうつぶせに倒れてしまい、一瞬息ができなくなった。

「何をしてるんだ？」

オリヴィアは目を上げた。クローゼットの入り口に立ったアーロンは黒いTシャツとジーンズを身につけている。ブーツをはき、筋肉質の体にはいたるところに武器を忍ばせてあるのだろう。彼は疑うように目を細くし、不機嫌そうに口を一文字に結んでいる。

また失敗だ。オリヴィアはがっかりしてため息をついた。

「ま、どうでもいい」返事を待つ気はないようだ。「そろそろ出かけるぞ」

もう？「わたしを町に連れていく気ならやめて」オリヴィアはあわてて言った。「あなたにはわたしが必要よ」

「冗談じゃない。おれは誰も必要としない」

本当にそうかしら？　「別の天使がわたしがし損ねた仕事をやり遂げに来るのよ、忘れた？　あなたはここに来たライサンダーを感知できなかった。別の天使が来てもわからないわ」

アーロンはたくましい胸の上で腕組みした。頑固な男を絵に描いたみたいだ。「きみのことは感知できたぞ」

たしかにそのとおりだ。オリヴィアはなぜアーロンが彼女を感知できたのかまだわからなかった。「でもライサンダーのことはわからなかったでしょう。わたしなら天使が見える。次の刺客が来たらあなたに教えてあげられるわ」もちろん十四日の猶予期間が終わるまでは誰も来ないけれど――いいえ、猶予期間はあと十日だ。もう三日がたってしまったから。でもアーロンにそれを言う必要はない。

アーロンは顎を左右に動かしている。そのせいで顎のタトゥーがゆがんでいる。「腹が減ったと言ったな。食料を探しに行こう」

また話題を変えるつもりだ。今度は変えたくなかったが、これ以上言い争うのも無駄だと思ってオリヴィアは何も言わなかった。それに空腹でもあった。膝立ちになり、そっと立ちあがる。一歩、二歩……三歩……たちまちアーロンの目の前だ。オリヴィアはうまくいったことがうれしくてにっこりした。

「少なくとも転んでいないわ」

「ずいぶんかかるじゃないか。おれのほうが五十歳年上なのに」

オリヴィアは顎を上げた。プライドを捨てることはできない。

アーロンは首を振った。怒ったのだろうか？　そして彼女の手を取った。「行くぞ、天使」

「堕天使よ」オリヴィアは思わず訂正した。温かくたくましい彼の手の感触に体が震えた。

でもこの感覚にかまけているわけにはいかない。

アーロンに引っ張られた拍子に、自分の足につまずいてしまった。さいわいまた床にキスする前にアーロンがぐいっと手を引っ張りあげ、脇に引き寄せて抱き留めてくれた。

「ありがとう」

これこそが人生だ。オリヴィアはせいいっぱいアーロンにすり寄った。数世紀にわたって人間がさもしい欲望に屈するのを何度も見てきたけれど、翼にあの金色の羽根が現れるまで、その理由を深く考えたことはなかった。今ならわかる。ひとつひとつの触れ合いがイブのりんごのように甘いのだ。

オリヴィアはそれ以上を望んだ。

「面倒な奴だな」アーロンがぶつぶつ言った。

「面倒だけれど役に立つわよ」根気よく言い聞かせればアーロンも彼女がどんなに役立つかわかるはずだ。

アーロンは何も答えずに彼女が転ばないよう支えながら廊下を歩いていった。階段を下りるときは抱きあげて運んでくれた。別のことに気を取られていなければもっと楽しめただろう。壁には天と地獄の絵が並んでいた――仲間の天使が雲の間を飛んでいる絵もある。地獄の絵のほうは、あそこで経験したことを思い出したくなくて見ないようにした。


壁には裸の男の絵もあった。ほとんどがシルクのベッドにゆったりと横たわっている。オリヴィアはじっと見つめたが、恥ずかしい気持ちにはならなかった。それどころかそそられるものを感じた。あの肌……筋肉……腱《けん》……全身にタトゥーがないのが残念だ。

「アニヤがいろいろ飾ってるんだ。目をつぶっておいたほうがいい」すっかり見入っていたオリヴィアは、アーロンの深い声で我に返った。

「どうして?」目を閉じるなんて罪悪だ。絶対神に対する冒涜《ぼうとく》になる。絶対神の作りしものを称《たた》えるのが彼女の仕事でもあるのだから。

「きみは天使だろう。こんなものを見ちゃいけない」

「堕天使よ」オリヴィアはまたそう言った。「天使がしてはいけないことなんて、どうしてわかるの?」

「いいから……目を閉じろ」アーロンはオリヴィアを下ろして無理やり立たせ、角を曲がらせた。

ふいに大勢の話し声が聞こえてきて、オリヴィアは体を硬くしてよろめいた。まだアーロン以外の者と会う心の準備ができていなかった。

「危ないぞ」

オリヴィアは歩調をゆるめた。他人は気まぐれだ。アーロンの戦士仲間は輪をかけてそうだ。今の彼女の体はどんな怪我に対しても弱い。肉体的、精神的、感情的にあの人たちに傷つけられても、飛んで逃げることもできない。

天界では誰もが仲間を愛している。憎しみも冷たさも存在しない。ここでは思いやりはつけ足しでしかない。人間はののしり合い、自尊心を打ち砕き合い、わざとプライドを傷つけ合う。

人間としてアーロンと二人きりで過ごせれば、それ以上しあわせなことはないだろう。いいことと悪いことの両方を天秤《てんびん》にかけてよく考えてみたでしょう？　快楽のチャンスのためならなんだって我慢すると思ったはずよ。あなたならできる。やらなきゃ。

「大丈夫か？」

「ええ」オリヴィアは覚悟を決めた。

また角を曲がり、ダイニングルームに入るとアーロンは足を止めた。たちまち話し声がやんだ。さっと見まわすと、食べ物を積みあげたテーブルのまわりに四人が座っている。この四人が拷問者になるのかもしれない。

胸に恐怖が込みあげ、オリヴィアは息が苦しくなった。自分が何をしているか意識がないままアーロンの手を振り払ってじりじりと背後にまわり、視線から隠れた。手のひらを彼の背中に置かないとまっすぐ立っていられなかった。

「やっとお目にかかれたね。新鮮な天使の肉に」一人の女がハスキーな笑い声をあげた。「アーロンの奴はずっと隠しておくつもりかと思い始めたところだよ。もちろんそんなことはさせないけどね。効果絶大のピッキング道具を探し出しておいたんだ。ランデブーは真夜中の予定だった」

〝はじめまして、これからよろしく〟のランデブーか、それとも〝わたしの刃の味はどう?〟のランデブーかどちらだろう? たぶん刃のほうだ。あのハスキーボイスはビアンカの双子の姉でグウェンの姉のカイア・スカイホークだ。盗みと嘘が得意のハルピュイアで、ルシファーの血を引く者。カイアはパンドラの箱を捜す戦士たちに手を貸している。そして脅威とみなした者は誰でも倒す。天使だって同じだ。

スカイホーク家の末娘のグウェンはここでサビンと暮らしているが、オリヴィアが最後に聞いたところによると、二人は今仲間たち何人かとローマにいる。かつてクロノスのものだった聖遺物を捜しに、最近、海から姿を現したタイタン族の神殿に行っているのだ。

愚かなクロノスのことを戦士たちは絶大な力を持つ神と思いこんでいる。本当のことを知っていれば……。

「おれなら黙っておくね」パリスと呼ばれる男がカイアに言った。

「どうして？」カイアは取り合わなかった。「アーロンに襲われるとでも言うの？　そろそろわかってほしいんだけど、レスリングは好きなんだ。オイル・レスリングが」

オイル・レスリングにいやな思い出があるパリスは唇をとがらせた。相手はライサンダーだった。できれば見たかったとオリヴィアは思った。「いや、アーロンが怖いから黙れと言ってるんじゃない。黙ってるほうがかわいいからだよ」

ふんと言う女の声がして、オリヴィアはほほえんだ。気がつくと意外にも苦痛と記憶にとらわれていた自分は消え、魔物への恐怖は薄れつつあった。本当に大丈夫かもしれない。

「で、オリヴィア」パリスが言った。「体調はどう？　怪我はよくなったかい？」

アーロンのうしろからは動けなかったが、オリヴィアは答えた。「ええ、ありがとう」

「きみが本気で感謝するようなものをぜひあげたいね」今度口を開いたのはウィリアムだ。いたずらっぽいハンサムで、黒髪と青い目の持ち主。掟破りの無頼漢で、そのゆがんだユーモアのセンスはときとしてオリヴィアの理解の域を超えていた。

「女性の幸福のためにも、何かを切除したほうがいい人がいるみたいね」それはただ一人の女戦士カメオの声だった。少なくとも暗黒の戦士たちは女戦士はカメオだけだと思っている。〝悲嘆〟の魔物を宿すカメオの声には世界中の悲しみがこもっていた。

オリヴィアはカメオを抱きしめたくなった。ここにいる誰も知らないけれど、カメオはいつも泣きながら眠る。それを見ると心が痛んだ。もしかしたら……もしかしたらカメオとは友達になれるかもしれないとオリヴィアは思った。そしてこんなにも恐怖が薄れたのに驚いた。

「その話はそれぐらいにしておいてくれ」アーロンはそう言うと、またオリヴィアの手を取ってテーブルに近寄った。そして彼女に座らせようと椅子を引いた。

オリヴィアはうつむいたまま首を振った。「結構よ」

「どうして？」

「一人で座りたくないの」アーロンをマットレス代わり、杖《つえ》代わりにするという幸運に恵まれたあとでは無理だ。

アーロンはため息をついて自分で座った。オリヴィアは勝利の笑みをこらえてその膝の上にのった。というより倒れこんだ。杖代わりのアーロンがいなくなって体を支えられなくなったからだ。彼は体を硬くしたが、文句は言わなかった。

オリヴィアはずっとうつむいていたので、一同がこんな姿を見てどう思ったかわからなかった。とりあえず今は気持ちが落ち着いているし、このままでいたい。

「ほかの奴らは？」会話の中断などなかったかのようにアーロンは話を続けた。

「ルシアンとアニヤは町に出て影の女を捜してる」パリスが答えた。「トリンはもちろん自分の部屋で世界を監視しておれたちの安全を守ってる。ダニカは……」その名を聞いてアーロンは身をすくめた。オリヴィアは元気づけようとして彼の手をやさしくたたいた。彼はダニカを殺しかけたことにまだ罪悪感を持っているのだ。「絵を描いてるが、なんの絵か教えてくれない。アシュリンはクロノスが授けた書巻を見ている。書巻に載ってる名前を過去の会話で聞いたことがないか思い出そうとしてるんだ」

その書巻には、パンドラの箱から飛び出した魔物に取り憑《つ》かれた者の名がほぼ全員分記されている。それはオリヴィアも知っていた。数世紀にもわたって天使たちはその者たちを見張ってきたから、居場所も知っている。人に話したら、天使仲間に死の刻印を押されるだろうか？　いにしえの法を破ることになるのだろうか？

「おいパリス、おまえは名前を〝退屈〟に変えたほうがいいんじゃないか。もっと楽しいことをしようぜ。自己紹介は順番にだ。いいな？」ウィリアムが言った。「それが礼儀ってもんさ」

「いつから礼儀なんか気にするようになった？」アーロンが噛みついた。

「今から」

オリヴィアの背後でアーロンが歯ぎしりする気配があった。「こちらはオリヴィア。天使だ」アーロンはとくに誰にともなく言った。その険しい口調に、会話を続ける者はいなかった。

「堕天使よ」オリヴィアはとりあえず訂正した。ぶどうを盛ったボウルを盗み見た彼女は喜びの声を抑えられなかった。三日間飲まず食わずなのがこたえていた。

慎み、分かち合う。そんな人生の信条は消え失《う》せ、オリヴィアはボウルをつかんで胸に引き寄せた。そしてぶどうをわしづかみにして口に入れ、味わい、喜びのうめき声をあげた。ボウルはあっけなく空っぽになり、オリヴィアは顔をしかめた。けれどもすぐに切ったりんごを見つけた。

「おいしそう」オリヴィアは身を乗り出した。よろめきそうになったとき、アーロンのたくましい手が伸びて腰を支え、落ちないように引き留めたので、彼女は身を震わせた。

「ありがとう」

「いいんだ」アーロンの声は荒っぽかった。

オリヴィアはにやりとして皿をひったくり、アーロンの膝に戻った。アーロンは体をこわばらせて彼女の腰をつついたが、オリヴィアは気にも留めなかった。りんごも、しあわせなうめき声とともにたちまちなくなった。人間として食べるほうが食べ物がおいしく感じられる。天使のときより甘い。ただの思いつきで食べるのと必要に迫られて食べることのちがいだ。

ようやく満腹になると、オリヴィアは最後のひと切れを誰かに勧めようとして目を上げた。全員の視線が自分に集まっているのを見て、胃の中の果物が鉛に変わったような気がした。「ごめんなさい」反射的にその言葉が出た。何か悪いことをしてしまったのかしら？

「どうして謝る？」カイアが口を開いた。その声には悪意はなく、純粋な好奇心だけがあった。

「みんなわたしを見ているから、てっきり……」それ以上にアーロンの体がさっきよりこわばっている。

「ハルピュイアで慣れてるから平気さ」ウィリアムが眉を動かしながら言った。「朝食を略奪する女は好きだよ」

略奪って、まさかわたしのこと？

カイアはウィリアムの後頭部をたたいた。「黙れ、女たらしめ。おまえの意見なんか誰もきいてない」そしてオリヴィアに言った。「こっちの言ってる意味がわからないなら言うけど、あんたを見てるのは好奇心があるからさ」

それはわたしも同じだとオリヴィアは思った。ハルピュイアは盗んだものしか食べず、素知らぬ顔で嘘をつき、なんのためらいもなく殺す。ひと言で言えば天使とは正反対の存在だけれど、ハルピュイアは全力で人生を楽しむ。ライサンダーがハルピュイアを伴侶に選んだのもそれが理由だ。

わたしだってすぐに人生を全力で楽しめるようになる。

「ライサンダーを知ってる？　双子の妹の伴侶なんだ」カイアがきいた。

「ええ、よく知っているわ」

カイアがテーブルに肘をつくと、皿ががちゃがちゃと鳴った。「あの男はやっぱり冷酷非情？」その声には嫌悪感があふれていた。

「あなたが思うよりずっとね」

「やっぱり！　ビアンカも気の毒に」カイアの顔が同情で暗くなったが、すぐにぱっと輝いた。「そうだ、二人で知恵を合わせようじゃないか。ゴージャスな頭がふたつ集まれば一人よりずっといいアイデアが出るってものだ。どうやったらあの男の鎧《よろい》を脱がせられるか考えるのさ。あたしたちも相手をよく知ることができる。ひとつ屋根の下に住む女同士、仲よくしないと」

「それは無理だ。オリヴィアを町に連れていくつもりだから」けっして離れないアーロンの手にさらに力がこもった。「知恵を合わせるのも鎧を脱がせるのもなしだな。お互いによく知り合うのももってのほかだ」

オリヴィアは肩を落とした。彼女が気がつかなかっただけで、アーロンはいつもこんなに厳しいのだろうか？　それとも彼女のためを思って態度を変えているだけ？　「本当にわたしを追い払っていいの？　必ず役に立つのに！」

「おれを助けるっていうのか？」それが答えなのに、質問みたいな言い方だ。

オリヴィアはこの頑固な男を揺さぶってやりたかった。「そうよ」

「さいわい、ここには助けてくれる者が大勢いる。だから本気できみを追い払っていいと思ってる」

「あなたをほほえませることもできるのよ。それがわたしの仕事だから」前はそれが仕事だった。オリヴィアはその仕事をなくしたのが悲しかった。「ほほえみたいでしょう？」

アーロンの答えはためらいがなかった。「べつに」

「おれはほほえみたいね」ウィリアムが手をたたいた。「裸でベッドにいるときにほほえむのが好きなんだ。だから彼女を置いておくべきだね」

アーロンの爪がローブ越しに肌に刺さったが、オリヴィアは何も言わなかった。言ったらアーロンは手を離すだろうし、触れていてほしいからだ。「カイアが言ったように、おまえの意見などきいていない」

「だいたい、このえらそうな男がほほえみ方を知ってるかどうか怪しいもんだ」カイアが口を開いた。

「それはこっちのせりふだよ」アーロンが言い返すといっせいに笑い声があがった。

「へえ、むっつり男のくせに」カイアは鮮やかな赤毛を振りやった。「いいか、オリヴィアを町に連れていく必要なんかない。よく聞け、さっき言ったとおり、彼女とよく知り合うことにした。自分の意志で天界から追放されたなんてすごいじゃないか。ぜひくわしい話を聞きたいね」

「わたしも同感」カメオも熱心そうに大きくうなずいた。「オリヴィアとよく知り合いたいわ」

「おれも入れてほしいな」ウィリアムが投げキスを送ると、オリヴィアの頬が赤くなった。

「何も言わなくていい。言いたいことはわかってる。まちがってたら言ってくれていいが、おれと知り合えてうれしくてたまらないんだろう?」

アーロンは喉の奥で低くうなった。「オリヴィアはここには置かないし、誰とも知り合いにならない。さっきも言ったが、今日これから町に連れていってそこでお別れだ」

「どうして?」オリヴィアは口を開いた。戦天使としての仕事は嫌いだし、暗殺の仕事ができたかどうかも怪しいけれど、いつも人の言いなりになるわけじゃない。「これ以上助けてもらう必要はないって言うけれど、次の天使が刺客として送りこまれたら誰もあなたを助けられないのよ」

誰かが賛成してくれると思ったのに、天の暗殺者が仲間を殺しに来ることを心配する者はいないようだ。アーロンも含めテーブルの一同は、暗黒の戦士は無敵だと思っているのだろう。

当然のようにアーロンが答えた。「だからなんなんだ」

オリヴィアはりんごがのっていた皿をカイアよりずっと騒がしい音をたてて戻した。

「わたしならハンターを倒す手助けもできるわ」これは本当だ。

「オリヴィア」うしろを振り返らなくても、アーロンが天井を見上げて〝忍耐をください〟と祈っているのがわかった。実際には、聞きまちがいでなければアーロンがつぶやいた祈りは〝力をください〟だ。「おれたちは魔物で、魔物と天使は相容《あいい》れない。それにきみが出ていかないとレギオンが戻ってこられない」

これぱかりはオリヴィアも反論できなかった。「でも……でも……レギオンとも仲よくなれるようにするわ」彼女の口調からどれぐらいあわてているかわかったとしても、アーロンは表に出さなかった。「それにあなたの友達にも親切にする。しないわけないでしょう？　わたしはあなたを救うために何もかも捨ててきたのよ」

「わかってる」うなり声のような返事だった。

「だからせめて――」

「何もかも捨ててくれとおれが頼んだわけじゃない」アーロンは言い返した。「答えはノーだ。せめてと言われても困る。怪我は治っただろう。これでもうきみに借りはない」

カメオはアーロンを無視してテーブルに肘をつき、オリヴィアのほうに体を乗り出した。

「アーロンの言ったことは忘れて。カフェインが足りないのよ。話を戻すけれど、ハンターとの戦いをどうやって手助けしてくれるの？」

やっと興味を示してくれた。もっともカメオの口調は心強いというよりは陰気だけれど。オリヴィアはまた少し顎を上げた。「まずわたしは、あなたたち以外に魔物を宿した不死の者たちがどこにいるのか知っているわ」ありがたいことにこの事実をばらしても雷に打たれることはなかったし、炎の剣を振りかざした天使たちが現れることもなかった。「あなたたち、たしかその不死の者たちを捜していると言ったわよね？」

あたりが水を打ったように静まり、すべての目がオリヴィアに向けられ……そのまま動かなかった。

「アーロン」カメオが口を開いた。

「だめだ。関係ない」けんもほろろの口調だ。「それなら例の書巻があるじゃないか」

「そうね、でも書巻には名前はあっても居場所はないわ」カメオの視線が突き刺すように鋭くなった。「サビンが戻ってきたらオリヴィアの話を聞きたいと思うわよ」

「残念だが手遅れだ」

「あの石頭のサビンがオリヴィアと話したいって言うなら、大事なグウェニーも話したがるだろう」カイアは指でテーブルをたたいた。「あんたも知ってるとおり、かわいい妹の願いはなんでもかなえさせてやりたいと思ってる。それにこっちは退屈しきっているんだ。城が攻撃されるって話だったのに、誰もやってこないじゃないか」

「おい」アーロンが言い返した。「いつまでもおとなしく聞いてると思ったら大まちがいだぞ。この件に関してはおれに従って、天使から手を引け」

「命令するのはこのおれさまってわけか。まったくほれぼれするよ」カイアはそう言うとさっと腕を突き出し、また皿をがたつかせて卵を何個か握った。そしてそれをアーロンに投げつけた。

オリヴィアはさっと頭をかがめたので、卵はアーロンの顔に命中した。彼は唇をへの字に曲げてつぶれた卵をぬぐった。そしてオリヴィアに手を戻そうとはせず、椅子のアームに手のひらを置いた。

カイアはくすくす笑った。「あたしたちがしつこくオリヴィアを引き留めるのを見て驚いたような顔をするのはやめろ。パリスから聞いたんだ、この前の夜おまえが屋根の上でクロノスに言ったことを。〝おれを苦しめ、拒否する女〟を送りこんでくれってね」カイアはアーロンのまねをして言った。

「へえ、本当かよ？　いつパリスと二人きりで打ち明け話をしたんだ？」ブルーベリーマフィンにバターを塗りながらウィリアムがきいた。

カイアはアーロンを見つめたまま肩をすくめた。「二日前、退屈しのぎを探してたんだ。パリスがさびしげに見えてね」また肩をすくめる。「でもすぐに気分が軽くなったらしい」

パリスは何も言わずにただうなずいた。オリヴィアが見かけた〝淫欲〟の番人はいつも悲しげだった。でもそのときのパリスは……疲れぎみだけれど満足げに見えた。きっとカイアとのおしゃべりで元気が出たのだろう。

「おれだってあんたをベッドに誘ったじゃないか」ウィリアムはすねたようにカイアに言った。

ベッドですって？　ああ、そういうことだったのね。カイアとパリスは二人きりでただおしゃべりしていたわけではないのだ。

「あんたの〈ギター・ヒーロー〉の腕前を見たら手先の器用さは期待できないと思ってね。だいたい、みんなが知ってて大事に思ってる女が先に手を挙げてるじゃないか」

「それは誰？」オリヴィアは思わずそうきいてしまった。

カイアは無視して続けた。「だからこの前は暖を取るのにパリスを選んだってわけ。ビアンカに細かく報告するのが待ちきれないよ」

「おい、だめだ。やめてくれ。筒抜けじゃないか」パリスがあわてて言った。

カイアはゆっくりと意地悪そうにほほえんだ。「まあ見てればいいさ。それはともかく、アーロン、おまえはあの小悪魔に帰ってきてほしいんだろう？　それならおまえが町に行って小悪魔と遊んでくればいい。天使はここに残る」

アーロンの熱い息がオリヴィアのうなじに炎のように感じられた。「こ、こ、はおれ、の、家だ」

「もう家じゃない」

カイアとウィリアムの声が重なった。二人は笑みをかわしたが、ウィリアムのほうはカイアのベッド相手の選択にまだむっつりしている。

「そのとおり」オリヴィアはさらに顎を上げた。「もう家じゃないわ」アーロンにはここでいっしょにいてほしいけれど、一人になって彼女を手に入れた幸運をじっくり噛みしめる時間が必要なようだ。

　これはわたしのわがままじゃない、とオリヴィアは自分に言い聞かせた。真実はわがままとは関係ない。それに、彼女をどれほど必要とし、どれほど求めているか、アーロンは数時間もあれば気がつくはずだ。彼は頭がいい。そうじゃないときもまれにあるけれど。

　どうかわたしといっしょにいたいと言って。

　アーロンの両手がまたオリヴィアの腰に戻った。今度はその力があまりに強いので、オリヴィアは息をのんだ。「オリヴィア、パンドラの箱のありかを知ってるか？」

　それはオリヴィアが答えを知らない唯一の質問だ。「ええっと……あの……知らないわ」

「神のマントと聖なる杖のありかは？」

　唯一ではなくて三つだ。「知らない」オリヴィアは小声で答えた。知っているのは、戦士たちがクロノスの聖遺物をふたつ見つけたことだ。強制の檻《おり》と万能の目。欠けているのは、アーロンが言ったとおり神のマントと聖なる杖だ。絶対神はそんなものに用はないので、天使が聖遺物を捜したことはない。

アーロンはオリヴィアを立たせて手を離した。オリヴィアは倒れないようにテーブルをつかまなくてはならなかった。そして落胆のうめきをこらえるために唇を引き結んだ。触れていてほしいのに。

「これでもまだオリヴィアを引き留めたいか？」アーロンは感情のない声で一同にきいた。「おれじゃなく彼女を選ぶのか？」

一同は悪びれるふうもなく一人ずつうなずいた。

「そうか」アーロンは舌で歯を舐めた。「それなら引き留めて必要な情報を聞き出せばいい。さっきのアドバイスどおり、おれは町に行く。オリヴィアが出ていったら誰かメールで知らせてくれ。それまでは戻らない」

6

おれを怒らせる陰謀でもあるのかとアーロンはむっつりと考えこんだ。まず仲間に追い出された。次に、魔物が出ていくなと叫んでいる。オリヴィアとここにいろ、と。本当なら〝怒り〟の魔物は天使を嫌うはずなのに。アーロン自身嫌って当然だ。それなのに魔物のジレンマが理解できるのだ。

オリヴィアには思わず引きこまれてしまう。

今朝、目が覚めてオリヴィアがすっかり回復したのを見て取ったとき、数日前に封じこめたばかりの欲望がいっきに息を吹き返した。そしてずっと消えようとしない。オリヴィアが床に倒れたとき、ローブがウエストまでまくれあがり、下着が見えた——くそっ、あの下着だ。それは白くてどこまでもピュアだった。歯で引き裂き、身につけているものを少し汚したいと男に思わせる。アーロンはあのローブも引き裂いてオリヴィアをむさぼりたいと思った。

そんな気持ちを彼はどうにか抑えこんだ。

その理由はもしかしたら、前夜に聞いたのがライサンダーの声だという事実にあるのかもしれない――そしてアーロンはその事実を何度も自分に言い聞かせた。ライサンダーがオリヴィアを治したのだ。ライサンダーは彼女に健康でしあわせであってほしいと望んでいる。

「汚しちゃいけない」アーロンはつぶやいた。

ライサンダーは敵にまわせば手強《てごわ》い相手だ。

暗黒の戦士はハンターと戦うことはできる。だがハンターに天使の軍勢が加われば無理だ。

だからアーロンはなんとか自分をコントロールし、オリヴィアの上におおいかぶさって触れ、味わいたい気持ちを抑えてベッドを出た。そしてオリヴィアを追い払えと自分を説き伏せた。オリヴィアが膝の上で身動きし、果物をむさぼっていたとき、痛いほど高まっていたこともありがたいことに忘れることができた。

それなのに魔物は〝もっとくれ〟と言い続ける。

「衝動として存在するだけのほうが好感が持てる」アーロンは魔物にそう言った。

返事代わりにふんと鼻であしらう音がした。これ以上せっつかれないのがせめてもの幸いだ。ついさっき魔物はアーロンの計画に気づいて黙りこんでしまった。

アーロンは、ざらついた指先が頬をこするほど強く顔を撫《な》でた。ここは町にあるジリーのアパートメントだ。富裕層の住むエリアにあって、寝室が三つあり、広々としている。ジリーはダニカの若い友人で、今はブダペストで暮らしている。ハンターがジリーと戦士たちのつながりをかぎつけたときに備え、城で防衛の第一線を担うトリンがこのアパートメントを最新鋭のセキュリティで固めた。ジリーは人間で、無垢《むく》な少女にすぎないが、あのくそ野郎どもは躊躇《ちゅうちょ》なく彼女に手を出すだろう。それにしても、ジリーの無垢さはダニカから聞いた彼女の子ども時代の苦労を考えると奇跡のようだ。

ジリーは今、学校に行っている――学校というのは高校だ。戦士たちと距離を置いた暮らしに満足しているのはまちがいない。今でも戦士といっしょにいると落ち着かないのだ。それも理解できる。ジリーはまだ十七歳だが、自活歴が長く人間の汚い面も見てきた。戦士たちは城の部屋を提供しようとしたが、ジリーは一人暮らしを選んだ。これも都合がよかった。アーロンは暗くなるまで外をうろつかなくてすんだ。これでようやくレギオンを呼び出すことができる。

アーロンはリビングルームの中央に立った。ソファや椅子を片づけてスペースを作り、目の前に円を描くように塩と砂糖をまいた。レギオンが無視できない方法――正式なやり方で召喚するつもりだった。

アーロンは両手を広げて唱えた。「レギオン、嫉妬と欲望の暗黒十字軍、五一六番よ」

レギオンから教わったこの言葉は、複数の言語でレギオンの名、番号、称号を表したものだ。これをすべて唱えないとまちがって別の悪魔を呼び出してしまう。「我は命ずる。ただちに我の前に現れよ」

クロノスは閃光《せんこう》とともに登場するのが好みだが、そんな閃光はなく、時間が止まることもなかった。さっきまでアーロンだけだった部屋に、次の瞬間レギオンが現れ、円の中に立っていた。シンプルきわまりない。

レギオンは息を切らし、うろこに汗を光らせて倒れこんだ。

「レギオン」アーロンは、塩や砂糖がレギオンにつかないように気をつけながら、しゃがみこんで抱きあげた。塩や砂糖はやけどのもとだとレギオンに聞いたからだ。

〝怒り〟の魔物が喜びの声をあげた。

レギオンはすぐさまアーロンの腕の中にすり寄った。「アーロン、大事なアーロン」

このしぐさはオリヴィアを思い出させた。愛らしく美しいオリヴィアは、ゆがんだユーモアのセンスを持つへそ曲がりのハルピュイア、カイアと、悲劇的な声を持つ冷酷な殺し屋カメオといっしょにいる。アーロンは恥知らずのセックス中毒であるウィリアムとパリスのことは考えないようにした。そうしないと怒りの発作でジリーのアパートメントを破壊してしまいそうだった。これは怒りで、嫉妬じゃない。そこははっきりさせておく。奴《やつ》らがあの天使に手出しすればライサンダーの怒りを招く――腹が立つのはそのことであって、オリヴィアが仲間に惹《ひ》かれることじゃない。当然だ。

壁に少し穴を空けたほうがジリーの部屋に似合いそうだ、とそのときアーロンは思った。内装を手伝ってやればジリーも喜ぶだろう。

それにオリヴィアは他人に気を許さないタイプだ——ただし彼にだけはちがう。もちろんそれを得意に思ってるわけじゃない。きっと城ではうまくやっていけないだろう。今も隠れてべそをかきながら彼が戻るのを待っているかもしれない。

ジリーのソファは真っぷたつにたたき割ったほうがきっと座り心地がいいぞ。

心を鬼にしろ。パリスにはできると言ったじゃないか。オリヴィアがどんな気持ちだろうが関係ない。泣いたってどうでもいい。気になるはずがないじゃないか。そのほうが助かるぐらいだ。オリヴィアが城を出ていく日も早まるだろう。

アーロンにとって何より大事なのはレギオンだ。レギオンは、心の奥でほしいと思いながらもあきらめていた子どものような存在だ。あきらめていたのは、女とつき合ったことがないからではなく、赤ん坊というのがどれほど無力かわかっているからだ。父親になるという経験は彼にはなかったが、自分の子どもが衰え死んでいくのを見る苦しみに見合う価値があるとは思えなかった。

レギオンならその心配はない。レギオンは永遠に生きるからだ。

「レギオン、どうしたんだ？」アーロンはレギオンを抱いたままソファに座った。レギオンにまとわりつく硫黄のにおいをかいで魔物はなつかしさにため息をついた。魔物は昔はこのにおいを嫌ったが、パンドラの箱の恐怖を知ってからは地獄が楽園のように思えるらしい。

「追っかけられたの」レギオンが肌をすりむくように彼の胸に頬をこすりつけ、ため息をついた。「今度は捕まりそうになったよ」

先が分かれたレギオンの舌は、いつもさ行の発音で引っかかって間延びするのだが、アーロンの耳にはそれがいとおしく響いた。最初に出会ったときレギオンの言葉は赤ん坊並みで、時制も発音もめちゃくちゃだった。だがレギオンの希望でアーロンが文法を教え直すと、感心するほどの進歩を見せた。

「ここは地獄じゃない。もう大丈夫だよ」アーロンはレギオンの頭の小さな二本の角を撫でた。この角がとても感じやすいこと、レギオンがそれを喜ぶことをアーロンは知っていた。「もう戻らなくていい」

「天使、死んだ?」

「いや、そういうわけじゃない」アーロンはとりあえず質問をはぐらかした。

レギオンが息を落ち着かせる間、二人は黙ったまましばらくそうして座っていた。ようやくレギオンは落ち着きを取り戻し、燃えるようなうろこの熱も冷めた。レギオンは起きあがって赤い目でまわりを見まわした。

「ここ、家じゃない」わけがわからないという口調だ。

アーロンはレギオンの目であたりを見ようとした。家具は虹の色だ。赤、青、緑、紫、ピンク。フローリングの床には花柄のラグが敷いてある。壁には大きさもさまざまな天国の絵がかかっている。これはダニカからの贈り物だ。

「ジリーのアパートメントだよ」

「すてき」心底感心した声だった。

レギオンが女らしいものを好むのを見るたびにアーロンは驚いた。城に戻ったらレギオンに専用の寝室を与えよう。好きなように飾りつけができるように。アーロンは自分の寝室にこれ以上ピンクが増えたら我慢できそうにないと思った。

「気に入ってくれてうれしいよ。しばらくここにいることになるから」

「ええっ？」感心の表情は怒りに変わり、レギオンはアーロンを見た。「今度はジリーと住むの？　ジリーは……ジリーはアーロンが好きなの？」

「ちがう」

レギオンはゆっくりと緊張を解いた。「そう、わかった。でも今すぐ家に帰りたい。家に帰れないとさみしい」

おれも同感だ。「できないんだ。あの天使がいるから」

怒りが戻ってきてレギオンは体を硬くした。「なんでレギオンとアーロンじゃなくて天使が家にいるの？」

的を射た質問だ。「あの天使がハンターとの戦いに手を貸してくれるんだ」

「だめ、だめだよ。レギオンが手伝う」

「わかってる」レギオンは小さいが獰猛《どうもう》だ。レギオンにとって殺しはゲーム同然だ。だがこれまで争いばかりの暮らしに耐えてきたから、アーロンは今は穏やかな時間を与えたかった。レギオンをまた戦いに巻きこむのは忍びないし、そんなことはしたくない。

レギオンの存在はアーロンにとって大きすぎるほど大きかった。

「ここなら二人きりだぞ」

「そうだね」レギオンはまた体の力を抜き、アーロンにもたれかかった。「ここにいることにする。でもレギオンはあの女より役に立つよ」

もしそうでなければ、オリヴィアの命はないということだ。この警告は受け止めておこう。さあ、かわいいレギオンを楽しませてやらなければ。「ゲームするかい?」

にっこりして飛びあがると、レギオンは蛇のようにアーロンの首に巻きついてぐるぐるまわった。「うん、やる、やるよ」

レギオンはいつも遊びたがる。話すのはうまくなったが、子どもっぽさは変わらない。

「何がいいか教えてくれ。なんでもいいぞ」レギオンを撫でようとして手を伸ばしたとき、アーロンの視線が腕に留まった。手首のところに一箇所だけ空白がある。レギオンを思い出すために蛇のタトゥーを入れよう。人生の悪ではなく善を思い出せるように。

それがいい。アーロンはそのアイデアが気に入った。

「それじゃあね……〝自然に帰れ〟ごっこがいい」

この遊びは別名〝アーロンが着ているものを全部引き裂け〟ごっこともいう。「別のにしよう。先週やった美容室ごっこはどうだ？　おれの爪を塗ってもいいぞ」

「やる！」レギオンは見るからに興奮して手をたたいた。「ジリーのマニキュア、取ってくる」レギオンは部屋を飛び出し、角を曲がって消えた。

「ジリーの部屋は右の突き当たりだ」アーロンは呼びかけた。一、二時間ほどレギオンと遊んだら、ハンターの気配がないか、影の女がいないかどうか町を見まわりに行こう。地獄でのレギオンの苦労を思えば、少しぐらい遊んでやって当然だし、それが彼の義務でもある。

義務。その言葉が頭にこだまし、アーロンは毒づいた。義務といえばパリスだ。オリヴィアが出ていくまで城には戻らないと宣言したが、パリスの面倒を見てやらなくてはいけない。どんな理由があってもこの義務だけはなおざりにできないし、この三日はパリスの用はルシアンに任せたままだ。アーロンは情けない思いでため息をついた。ルシアンがパリスを町に連れていってくれたとしても、寝る相手を選べたとはかぎらない。

パリスは一度はカイアと寝たようだが、それで得た力も長くはもたない。朝食のときは笑顔だったが疲れて見えた。疲れはトラブルの最初の予兆だということをアーロンは知っていた。

カイアと寝てからは誰とも寝ていないことに賭けてもいい。このままではいけない。

レギオンがスキップしながらリビングルームに戻ってきた。満面の笑みでプラスチックの紫色のケースを持っている。「アーロンの爪を虹みたいにきれいにしてあげるよ」

虹か。この前は派手なピンクに塗られたが、それよりはましだろう。「レギオン、すまないが遊びはお預けだ。城に戻って用事をすませないといけない。おまえはここにいてほしい」

ケースが床に落ちて音をたてた。「いやだ！」

「すぐ戻ってくるから」

「だめ！　レギオンのこと呼び出したでしょ。遊ぶって言ったでしょ」

「でも、もしおれより先にジリーが戻ってきたら」レギオンの言葉などなかったかのようにアーロンは続けた。「頼むからジリーと遊ぼうとするのはやめてくれ。いいな？」きっとジリーは死んでしまうだろう。「ちょっと取ってきたいものがあるんだ」ものというより人だが。「いい子にして待っていてくれ」

レギオンはそっとアーロンに近づいた。レギオンが彼の胸に手を置くと、かぎ爪が肌を裂き、血がにじみ出た。「レギオンもいっしょに行く」

「だめだよ。わかってるだろう？」アーロンはレギオンの耳の裏をかいてやった。「城には例の天使がいる。翼をなくしているし、目にも見えるが、おまえにとっては危険なことに変わりない。あの天使は――」

レギオンは飛びあがるとアーロンの膝にうずくまって彼を見上げた。ただでさえ大きい目をいっそう見開いている。「もう翼がないの？」

「ああ、ない」

「天から追い出されたんだね？」

「そうだ」

レギオンはまたうれしそうに手をたたいた。「天使が一人追い出されたって聞いたけど、あの天使だとは思わなかった。あの天使をいじめるの、手伝えたのに！　でもまだ遅くない。あの天使から家を取り戻すよ。殺してやるんだ」

「だめだ」その言葉には思ったより力が入ってしまった。

〝怒り〟の魔物もいきりたち、頭の中でうなり声をあげ、初めてレギオンに敵意を見せた。自分こそがあの天使を倒したいと思っているからか？　ちがう。アーロンは首を振った。さっきまで魔物は〝もっと〟と言っていたのだから、それは理屈に合わない。たぶん誰が倒しても気に入らないのだ。この推測も理屈に合わないが、まだしっくりくる。

なぜ魔物はオリヴィアが好きなんだ？

そんなことはあとだ。アーロンはレギオンの顎を両手で包んでこちらを向かせ、天使を殺す夢想を覚まさせようとした。「レギオン、いい子だからこっちを見ろ。それでいい。天使に手出ししちゃだめだ」

レギオンはまばたきした。「いいんだよ！　レギオン、強いもん」

「強いのは知ってるが、手出ししてほしくないんだ。あの天使はおれを殺せと言われたが、殺さなかった」それどころか彼のためにすべてを投げ捨てた。

なぜだ？　数えきれないほど何度もその疑問が頭に浮かんだ。誰がそんなことをするだろう。オリヴィアが彼のために犠牲を払ったと言ったときは鼻であしらってしまったが、本当は困惑したと同時に心を惹かれた。そして申し訳ないと思った。

オリヴィアは彼を知らない。いや、何週間もつけまわしていたから知っているかもしれない――だとするとオリヴィアの決断はよけい不思議だ。何より彼は救うに値しない。善良で正しく非の打ちどころのない天使が救うべき存在ではない。そしてもちろん、彼がけっして自分のものにしてはいけない女にとって、救うべき価値のある男ではない。

「だから？」

「だから、あの天使には親切にしなきゃいけない」

「えっ？　いやだ、いやだ、いやだ！」もし立っていたらレギオンは地団駄を踏んでいただろう。「レギオンがやっつけたいんだからやっつける」

「レギオン」アーロンは威厳たっぷりな言い方をした。「議論の余地はない。あの天使には手を出すな。約束してくれ」

レギオンは顔をしかめてアーロンの膝から飛びおり、目の前にあったカーペットの上を歩きまわりだした。「レギオンが親切にしなきゃいけないのはアーロンの友達だけだよ。ということはあの天使はアーロンの友達なんだね。でも天使なんかと友達になるのはおかしいよ」

その言葉はアーロンに向けられたわけではなかったので、答えなかった。不満をぶちまければ気持ちもおさまるだろうと思い、アーロンはレギオンを止めなかった。

「その天使、きれいなの？　きれいなんだね」

アーロンはこれにも答えなかった。レギオンが彼を守りたがるのも、彼の世界の中心でいたがるのもわかっている。シングルファーザーの子どものように、レギオンはアーロンの目が自分以外に向くのがいやなのだ。

「アーロンはあの天使が好きなんだ」レギオンはアーロンを責めた。

とうとうアーロンは口を開いた。「いや、好きじゃない」そうは言ったものの、自分の耳にもその言葉はあやふやに響いた。この数日、オリヴィアを抱いて寝るのが気に入った。思っていた以上に。朝食のときに膝にのせたのもうれしかった。嵐の空の香りも好きだ。肌のやわらかさと目の純粋さも。やさしさと決意の固さが同居しているのもいい。

まるで救い主を見るようでもあり誘惑の源を見るようでもある視線も気に入った。

「あの天使が好きなんだね」レギオンがそう繰り返した。今度はその言葉のあまりの熱さにアーロンは肌が焦げるような気がした。

「レギオン、おれがもし誰かを好きになっても、おまえへの愛情が減るわけじゃない。おまえが大事な娘なのはいつまでも変わらない」

鋭い歯から毒がしたたっている——レギオンは牙をむき出しにしていた。「レギオンは赤ん坊じゃない！　あの天使を好きになっちゃだめ。絶対だめだよ。レギオンが殺す。今すぐ殺してやる！」そう言うとレギオンは姿を消した。


「感想は？」

オリヴィアは全身鏡の前でぎこちなくまわり、膝丈の黒いブーツ、ぎりぎりまで短いスカート、セルリアンブルーのタンクトップという自分の姿を眺めた。腰ばきのスカートのウエストからは、はくのに苦労した揃《そろ》いのブルーのTバックがのぞいている。セクシーどころじゃない。こんなに肌を露出したのは初めてだ。一人のときでさえこんなに露出しない。そんな必要もなかった。

でもこうしてほしいと言ったのはオリヴィア自身だ。「わたしをきれいにして」アーロンが城から出ていったそのとき、彼女はカイアにそう頼んだ。

「そうこなくちゃ！　小悪魔に変身させてやろう」カイアは答えた。

二人の戦士、ウィリアムとパリスはうめいた。パリスのほうはこっそり、つまらないな、と言って出ていってしまった。ウィリアムは〝手伝う〟つもりで残ろうとしたが、カイアが去勢すると脅したのであきらめた。

そのあとカイアは興味津々でオリヴィアを眺めた。「アーロンにまちがいを思い知らせたいんだね？」

「ええ、お願い」それ以上にオリヴィアは天使というイメージを脱ぎ捨てたかった。そんなイメージとはもうお別れだ。ローブを脱げば恐怖と不安も捨てられると思った。〝小悪魔風〟で身を固めれば、自信たっぷりで積極的な物腰が身につくと思ったのだ。

後ろ姿を見ようとして二度目に振り返ったとき、オリヴィアはその思いは正しかったと思った。正確にはそう思ったのは頭のふらつきがおさまってからだ。さいわい脚の感覚にもある程度慣れて、まっすぐに立っていることができた。

「すてきだわ」オリヴィアはにっこりした。まるで別人に見える。とても人間らしい。何より輝いて見えるし、その輝きを見るとエネルギーのプールで泳いでいるような気がした。

わたしは強い。わたしは美しい。

アーロンはどう思うだろう？　陰から見守っていたとき、アーロンが特定の女性に興味を示す様子は見受けられなかった――もっともオリヴィア自身は別だが。だからアーロンがどんなタイプの女が好きなのかはわからなかった。

でもそのほうがいいとオリヴィアは思った。自分以外の誰かのふりはできないのだから。それができれば今も天にいるだろう。だからアーロンには素顔の彼女を好きになってもらわなければいけない。オリヴィアが何より望むのはそのことだ。アーロンにその気がないなら、時間をかけるだけの価値はない。

きっと好きになってくれる。ならないわけがない。

自信を持つというのは気分がいい。

「男をひざまずかせるスタイルだね」カイアが言った。カイアはこの一時間、オリヴィアにぴったりの服を見つけようとクローゼットをかきまわしていた。「町の小さな店から盗んできた服だよ」

ちょっと待って。「この服、お金を払っていないの?」

「そのとおり」

「本当に?」どうしてそれを聞いてもっとセクシーな気分になったのだろうとオリヴィアは不思議に思った。わたしも魔物みたいに堕落していくのだろうか? その店に少しばかりお金を送ってもいいかもしれない。でもお金なんかない。アーロンのお金を送ることになるかもしれない。

「さあ、座って」カイアは化粧鏡の前の椅子のほうに顎をしゃくってみせた。

カメオがうめいた。「まだ終わらないの?」カメオはベッドに座り、イメージチェンジが終わるのをおとなしく、だが内心いらいらしながら待っていた。「ききたいことが山ほどあるのに」

カイアは肩をすくめた。「メイクしている間にきけばいいじゃないか」

オリヴィアが言われたとおりビロードのクッションに腰を下ろすと、カイアがその前にしゃがみこんだ。すでにアイシャドウのブラシと青のパウダーを持っている。これまで化粧をしたことがないオリヴィアはそんな派手な色が似合うかどうか自信がなかったが、文句は言わなかった。これもここに来た理由のひとつなのだから。世間のすべてを経験する、そのために来たのだ。

「目を閉じて」カイアが言った。目を閉じるとブラシがまぶたの上を軽く撫でた。「カメオ、あんたの番だ」

それ以上の言葉は必要なかった。「わたしたち以外に魔物を宿した不死族がどこにいるか知っていると言ったわね」カメオはさっそく質問を始めた。

「ええ」今度もまた雷に打たれることもなければ天使の軍勢が押し寄せる気配もなかった。

「あなたを助けた夜、アーロンはある女と話したの。どういう意味かわからないけれど、その女は叫ぶ影に包まれていたそうよ。その女のことは知ってる？」

オリヴィアは思わずうなずいてしまった。

「じっとして」カイアが言った。「やり直しじゃないか。これじゃ殴られたみたいだ。あたしは好きだけど、アーロンはどうだか」

「ごめんなさい」オリヴィアは背筋を伸ばして顎を動かさないようにした。「あれはレアの娘スカーレットよ。ああ、知らないかもしれないけれど、レアは自分こそ大地のすべての母だと言う女神で、夫クロノスのせいで苦しんだ妻よ」

「なんですって?」カメオは息をのんだ。「影の女は神の娘なの? それもただの神じゃなく、タイタン族の王と女王の?」

「正確には女王の娘よ。クロノスは父親じゃないわ。クロノスと最初に仲違《なかたが》いしたころ、レアはミュルミドン人のある戦士と禁じられたひとときを過ごしたの」

「どうして仲違いしたんだ?」カイアがきいた。「答えを知ってるような気もするが、天界の政局にはどうしてもついていけなくてね」

説明するのは簡単だ。「クロノスはレアとの子どもであるギリシャ神たちをタルタロスに閉じこめようとしたの。先代の万能の目が、子どもたちが権力を奪うと予言したからよ。レアは子どもたちを地上に追放するだけにしようとしたんだけれど、クロノスは幽閉してしまったの」

カメオは、「なるほど」とつぶやいて続けた。「で、そのスカーレットっていう娘を妊娠したのは……いつ?」

なんて悲しげな声だろう……カメオが発する言葉のひとつひとつに心が痛み、血がにじみ出るかのようだ。「ギリシャ神たちをタルタロスから逃がし、クロノスを倒そうと画策していたときよ。レアの愛人はその計画に協力し、そのために死んでしまったわ。でも最終的にギリシャ神たちは逃げ出すことができた。レアはそのまま天界の覇権を握ろうとしたけれど、レアがクロノスを助けることを恐れたゼウスが二人をタルタロスに幽閉したの。スカーレットはタルタロスで生まれ育ったのよ」

オリヴィアが話す間もブラシャやスポンジやスティックが次々と顔の上を走っていった。不安がふくらみ、胃が苦しくなる。カイアが終わったとき、どうかピエロみたいになっていませんように。

「で、そのスカーレットの魔物は……影？」カメオがきいた。「暗闇？　もしそうだとしても、どちらも悪いものとは思えないわ。呪いというより恵みに思える。いつでも身を隠せて……姿を見られずに敵を襲えるんだから」

「それは極端な考え方ね。あなたの魔物、〝悲嘆〟だって呪いとはかぎらない。痛みがなければ喜びも存在しないから。考えればわかることだわ。マイナスの感情を経験しなければ、誰だって今の自分に感謝することはできないでしょう。あなたの魔物はその感情のひとつで、それはほかの戦士たちも同じ。スカーレットもね。でもスカーレットの魔物は暗闇でも影でもない。〝悪夢〟なの」

「へえ、すごいじゃないか」カイアが言った。「ここの戦士たちのことをラッキーだと思ってたけど、まちがいだったな。悪夢なんてクールな魔物は初めてだ」

悪夢がクール？　とんでもない。「スカーレットが召喚する闇は光がまったくない状態なの。それは彼女の中の混沌《こんとん》であり、涸《か》れることのない陰鬱の泉よ。その泉の中には人間がもっとも恐れるものがひそんでいるの」

衣擦《きぬず》れの音が聞こえ、カメオがベッドの上で身動きしてこちらに身を乗り出した気配があった。「どうしてそんなことまで知っているの？」

「この数世紀の間に何人もの魔物と出会ってきたからよ。元喜びの運び手として、悪魔的な力が人間の人生を滅ぼす様子や理由を見てきたの」

「すごくクールじゃないか。その魔物どもをどうやってやっつけたんだ？」カイアがきいた。「がつんとやって、最後は血糊《ちのり》を拭き取って終わりってわけ？」

このハルピュイアにはほれぼれする。そんなに強いと思ってくれるとは。「わたし自身が戦ったわけじゃないわ。まずわたしが姿を見せて相手が逃げ出さなければ、戦天使を呼び出してやっつけてもらうしかないの」

「ちょっと話を戻すけれど」カメオが言った。「そういう立場だったあなたがスカーレットの居場所や能力をどうやって知ったのか不思議だわ」

痛いところを突かれた。オリヴィアは頬が熱くなった。「長い間アーロンを見守っていたから、彼が自分たち以外の魔物憑《つ》きに会いたがっていたのは知っていたわ。それで近くにいた者たちを調べようと思ったの――いちばん近かったのがたまたまスカーレットだったというわけ。ほかにも数人散らばっているけれど、ほとんどが世界各地に身を隠しているわ」

「おもしろいわね。で、その人たちは――」

「だめだめ。今度はあたしが質問する番だよ」カイアが割って入った。「スカーレットはいい奴なのか悪い奴なのかどっちなんだ？」

オリヴィアは考えこんだ。「それは〝いい〟と〝悪い〟をどう定義するかによるわね。スカーレットは牢獄《ろうごく》で罪人に囲まれて育ったわ。魔物を宿して地上に追放されるまで、スカーレットにとってはそれが世界のすべてだった。何をしたにしろ、すべて生き延びるためにやったことよ」

「わたしたちと同じね」カメオがつぶやいた。

オリヴィア自身はちがう。最近したことはすべて欲求を満たすためにやったことだ。本当ならうしろめたく思って当然なのに……そんな気持ちはなかった。自分のしあわせにつながる道を求めれば、アーロンのしあわせにもつながるかもしれない。

もう〝かもしれない〟はやめよう。新たに身につけた自信が胸に込みあげた。

ようやくカイアが化粧を終え、ブラシの動きが止まった。カイアは両手をたたいて口笛を吹いた。「できた。自分の腕にほれぼれするね」

オリヴィアはゆっくりと目を開けた。鏡を見たとたん、息をのんだ。これまで素顔を輝くように美しいと思っていたなんて……青のシャドウが目の色を引き立て、セクシーに見せている。黒のマスカラで眉に届くほど長くなったまつげはそんな目にぴったりだ。ばら色のチークはベッドから出たばかりと思わせる輝きを与え、真っ赤な口紅はそそるようにつややかだ。

「ありがたいからって最初の子を生《い》け贄《にえ》に捧《ささ》げる必要はないよ」カイアが言った。「あたしが受け取るのは現金だけ。さあ、あんたさえよければこれから町にアニヤを捜しに行こう。あいつはまだあっちにいると思うし、ビールと男を調達してあんたの堕落教育を続けようじゃないの」

オリヴィアはうっとりしたまま指先で目の下の黒い縁取りをたどった。くすんだ色が官能的だ。完璧だわ。

これでも抵抗できるかしら、アーロン？

自信を持つって本当に気分がいい。自信は魂を変える。

「出かけないで」カメオが言った。「まだ質問が終わってないんだから」

カイアはうんざりした顔をした。「それじゃあ、酔いつぶれるほど飲んでいる間にきけばいいじゃないか。あたしは喉が渇いてるし、アニヤを仲間に入れないと首を刎《は》ねられるよ」

「口の減らない人ね」カメオはぶつぶつ言った。

「そのとおり。すごいだろう？」

「全然」

言い合いをしている二人をよそに、オリヴィアは今度は唇を撫でた。アーロンの唇の感触を確かめられるのももうすぐだ。〝かもしれない〟は必要ない。アーロンが抵抗できるはずがない。自分自身も抵抗できないぐらいなのだから。アーロンの唇は固い？　それともやわらかい？　奪うように激しい？　それともやさしい？　どちらでもかまわない。ようやく彼の唇を味わえる。オリヴィアはそれを何よりも求めてきたのだ。

「この女？　これがその天使？　じゃあ教えてやる。おまえは死ぬんだ」ふいに聞き覚えのない声がした。軍隊も倒すほどの憎しみがあふれている。

オリヴィアははじかれたように立ちあがり、なんとか倒れずに振り向いた。小さな悪魔が赤い目に悪意を光らせて寝室に立ちはだかっている。かぎ爪は伸び、とがった牙をむき出しにして、いつでも飛びかかれる体勢だ。緑色のうろこさえ鋭くなり、ガラスの破片のように逆立っている――あれならなんでも切り裂けるだろう。

今度は地獄に堕《お》ちたわけではない。地獄が彼女のもとにやってきたのだ。

やめて！　そう叫ぼうとしたが、外に出ようとした声は喉の奥にからみつき、息がつまったような音しか出なかった。

落ち着いて。アーロンを見守っていたときこの生き物を何度か見かけていたから、レギオンだというのは知っていた。怖がる必要はない。

オリヴィアは肩をそびやかし、バランスをとるために翼を広げようとした――そして翼がないことに気づいた。彼女は息をのんだ。「こんにちは、レギオン。わたしはオリヴィアよ。あなたに……あなたに危害を加えるつもりはないわ」

「悪いけど、レギオンはちがう」

「落ち着いて」カメオがオリヴィアの前に割りこみ、盾となった。「こんなことはおしまいよ。ここでは皆友達じゃない」

「邪魔するならおまえも殺す」レギオンは怒鳴った。「どいて！　その天使はレギオンの獲物だ」

カイアがカメオの隣に駆け寄り、二人で盾を作った。盾というより壁だ。「それならあたしを倒してからだ」

二人は……わたしを守ってくれている？　恐怖の中にあってもオリヴィアの胸は喜びにあふれた。ろくに知らないのに仲間として守ってくれる。戦士の一人とみなしてくれる。

「どうする？　これでもやるつもりか？」カイアが言った。

「おまえの言葉に従う。だからおまえも殺す」次の瞬間、レギオンは……消えた。

よかった。あんなふうに脅されたあとでレギオンが見えなくなるとほっとした。でもどうして逃げたり……。

レギオンがカイアとカメオの間に姿を現した。そして身構える隙も与えずに二人の首に噛《か》みついた。カイアもカメオも床に倒れ、苦痛にうめきながら身をよじった。

オリヴィアは自分の目で見たものが信じられなかった。「よくもこんなことができたわね！　二人ともあなたの友達だと思っていたのに。わたしを守ろうとしただけで、あなたには指一本触れていないのよ」

あの赤い目が憎しみの光を増してじっとこちらを見つめている。「アーロンはレギオンのもの。おまえには渡さない」

「残念だけど、それはどうかしら」オリヴィアは震えていた。たった一人で武器も身を守るものもなく、足もともふらついている。それでも彼女は一歩も引かなかった。「アーロンはわたしのものになるわ」どんな手を使ってでもそうする。たとえ命がかかっていても
オリヴィアは嘘《うそ》をつく気にはなれなかった。

先が分かれた舌がとがった牙を舐《な》めた。「ただじゃすまないぞ。おまえの命をもらう」

レギオンはオリヴィアに飛びかかった。

7

七日。もう七日もたつというのに手がかりひとつ見つからない。〝征服〟の番人ストライダーはタオルで顔の汗をぬぐった。巨大な柱に寄りかかり、周囲を見まわす。太陽はぎらぎらと照りつけ、ブダペストでは経験したことがないほどの暑さだ。ローマ近くのこの島の岸辺に打ち寄せる白波の低い音が、耳にやさしく響く。

この〝語ってはならぬ者の神殿〟で形が残っているものといえば、ストライダーがもたれている柱と同じぼろぼろの柱、そしていまだに赤く染まった祭壇だ。柱は崩れているものもあれば立っているものもある。空気はエネルギーの波動に満ちていた。そのエネルギーがストライダーの髪を逆立てる。祭壇と空気がそんな状態なのに、ストライダーはこの場所になぜか不思議な親近感をおぼえた。多くの人々が彼のことを〝語ってはならぬ者〟と考えている。邪悪で必要のない存在だと思っている。

ストライダーはそうは思わない。〝征服〟の魔物を宿した彼は、どんな小さなことでも挑まれたら負けるわけにはいかない。負けるとひどい苦しみを味わうことになる。それのどこが邪悪だというのだろう？　テレビゲームで勝つためだけに無差別に人を殺すわけではないのだ。

それはさておき、この前ここに来たときは考古学者がすべてをくまなく調べていた。その中にはハンターもいて、クロノスの強力な聖遺物か、もしかしたらパンドラの箱があるのではないかと捜していた。けれどもその姿はここにはもうない。なぜだろう？

この神殿はほんの数カ月前に海からせりあがってきたばかりだが、すでに木々が豊かに生い茂っている。しかし、かつて神殿がそびえ立っていた場所を囲むように立つ木々は、神殿そのものには触れていない。まるで近づきすぎるのを恐れるかのように遠巻きにしている。

前に来たときになかったもの、それは人間の骨だ。おそらく考古学者のものだろう。何が彼らを殺したのかはストライダーにもわからない。肉や血の跡はなかった。この前来てから何カ月かたつから、獣が大勢の人間をむさぼり食った可能性もなくはないが、それならその跡が残るはずではないか？　きっと骨だけということはないだろう。血痕だの腐肉だのがあちこちに散らばっていてもおかしくない。生き延びようとした人間が戦った跡があるはずだし、逃げようとした足跡が残っているはずだ。

ところが何もない。

これほどきれいさっぱりと食い尽くせるのは何者だ？　それは神の創造した生き物だけ

だ。

〝無秩序〟の小女神アニヤは〝語ってはならぬ者〟についてはくわしくないため、人間たちを骨だけにしたのがそいつらだというストライダーの説を裏づけてはくれなかった。アニヤはルシアンの恋人であり、近々妻になる予定でもある――恐ろしいことにこのいたずら好きの雌狐《めぎつね》は自分で結婚式を計画することを決めたらしい。そのアニヤが言うには、神々はけっしてそいつらのことを語らないので、彼女自身その力を知らないらしい。しかし神々がそいつらを恐れていたのは確かだ。

それでもストライダーはここを立ち去ろうとは思わなかった。聖遺物を、そしてパンドラの箱を見つけ出さなければならない。そしてハンターを完全に倒さなければならない。彼の人生はそれにかかっている。それを達成するまで心の平和は訪れない。〝征服〟の魔物は毎日のように声を大きくしていき、ストライダーは毎日のように魔物を宿した最初の日々を思い出す。忘れたいと望む日々を。

ストライダーの魔物は最初は絶え間ない咆哮《ほうこう》だった。出会う者に片っ端から戦いを挑みたくなる燃えるような欲望が彼を突き動かした。結果などおかまいなしだ。友を殺す?やればいい。勝てるなら襲いかかれ。

あのころストライダーは自分が嫌いだった。仲間も彼を嫌っていたにちがいない。いや、どうだろう。仲間たちも、ストライダーと同様に魔物に突き動かされて理性をなくしていた。自分自身をコントロールできるようになるまで数世紀かかった。だが仲間は自分の中の獣を飼い慣らしたが、ストライダーはじりじりと自制心を失いつつあった。

「誰かさんはひと足先に休憩するつもりみたいよ」かすれぎみの声が背後からからかうように言った。

ストライダーは振り向いた。戦士仲間の誰よりも強く凶暴な赤毛の美女グウェンが、水滴を光らせた水のボトルを持って近づいてきた。グウェンはそのボトルを投げ、ストライダーは軽々と受け取った。彼はものの数秒でそれを飲み干した。渇いた喉をうるおすその冷たさはたまらなくさわやかだった。

「助かったよ」

「いいのよ」グウェンがゆっくりとほほえむのを見て、ストライダーはサビンが彼女に惚《ほ》れこんだ理由に納得した。どんな男もセクシーな女にはかなわない。「サビンから盗んだの」

「聞こえたぞ、妻よ」サビンが二人の目の前の柱の陰から現れた。彼は足を速めてグウェンの隣に立ち、肩に腕をまわした。

グウェンはすぐさまサビンの手に指をからめた。そして、身の安全をたくすように彼に頭を預けた。二人は互いをライバルとして楽しんでいるが、気持ちのうえでは一心同体だ。それは誰が見てもわかった。

最初この二人の関係はストライダーにとってはショックだった。事情がどうだろうがグウェンはガレンの娘であり、ガレンは彼らの宿敵の首領だ。それ以上に、サビンが〝疑念〟の番人なのに対して、出会ったときのグウェンはただのおびえた小ねずみにすぎなかった。〝疑念〟の魔物の前ではグウェンはひとたまりもないと思えた。

だが今のグウェンは誰よりも自信に満ちている。二人がどうやって問題を乗り越えてそこまでの関係を築いたのか、ストライダーにはわからなかった。ただ自分が誰ともそんな関係を持っていないことにほっとした。女は好きだ。セクシーじゃなくてもかまわない。女が好きどころじゃない。だが真剣な関係となると話は別だ。

これまで何人か恋人がいたし、最初はそれが気に入っていた。相手を一人に決め、真剣なつき合いを楽しんだ。だが勝ちにこだわるストライダーの性格を知ると、恋人たちのほとんどはそれを自分の有利になるように利用しようとした。

「わたしを本気にさせられないことに賭けてもいいわ」

「永遠にいっしょにいる運命だってわたしを納得させるのは無理よ」

以前のストライダーは何度もそんなゲームに挑戦し、もう勝ち取りたいと思っていない女の心を勝ち取った。今は相手を一度だけ、あるいは二度、いやいや三度ほど楽しみ、さよならをして次の女を見つけることにしている。

「ずいぶん早い休憩じゃないか」サビンはグウェンを祭壇のほうに連れていき、石に寄りかかった。そしてグウェンを前に引き寄せて両腕でぎゅっと胸の中に抱きしめた。グウェンはサビンの顎の下に頭をもたせかけている。

ストライダーは肩をすくめた。「考え事をしてたんだ」本当は、石にシンボルやメッセージが刻まれていないか探せと言われていた。

サビンはストライダーにとって生涯のリーダーだ。もちろん、彼らが天界にいたころ精鋭部隊を率いていたのはルシアンだったが、ストライダーがアドバイスや導きを求めたのはサビンだった。それは今も同じだ。サビンは戦いに勝つためなら自分の母親の首だって刎《は》ねるだろう。もちろん彼らに母親はいない。大人として生まれたからだ。だがストライダーはそこまでの覚悟を立派だと思った。

「誰か休憩って言ったかい？」にやにや笑いを浮かべた〝破壊〟の番人ケインが角を曲がって現れた。茶と黒と金色が交じった髪、そして茶と緑が交じった目が琥珀《こはく》色の日の光を受けて輝いている。

こいつ、いつもこんなにカラフルだったたか？　ストライダーはふと思った。永遠と言っていいほど昔からいっしょにいるが、ケインがこんなに……しあわせそうなのは見たことがない。まるで輝かんばかりだ。神殿と波長が合っているのかもしれない。

ふいに木立から風が巻き起こった。枝が折れ、男たちのほうに落ちてきた。そして当然のようにケインの後頭部を直撃した。こんな災難には慣れっこのケインは歩調をゆるめることさえなかった。やっぱり神殿と波長が合ったわけじゃないようだ。

ストライダーは噴き出した。ケインの災難はこれで終わりではないのはわかっている。ケインが現れると必ず石が落ちてくるし、地面はひび割れてしまう。

背後で砂利を踏みしめる音がしたのでストライダーはまた振り向いた。彼らのグループの最後の三人、アムン、レイエス、マドックスがやってきた。

「休憩か？」アムンの深い声は、ふだんしゃべらないせいでひび割れていた。頭から爪先まで黒っぽいアムンは〝秘密〟の番人で、めったに口を開かない。仲間が立ち直れなくなるほどの悲惨な秘密をぶちまけてしまうのが怖いのだ。だが最近ギデオンの怒りをなだめるためにためこんだ秘密の多くをばらまいてしまってからは、アムンの口数は少し増えた。

その変化にストライダーは気分がよくなった。

「みたいだな」

サビンはうんざりした顔をした。「まだ始めたばかりじゃないか」

「ひと休みして何が悪い？　おれは疲れた。だいたい何をやっても手応えがないじゃないか」マドックスは仲間の中でいちばん危険な男だ。というか、マドックスがアシュリンと出会うまでは危険な男だった。だが今、そのすみれ色の目にはやさしさが加わっている。

そのやさしさが繊細なアシュリンだけにしか向けられないのが残念でたまらない。〝暴力〟の魔物を宿したマドックスは、いったん爆発すると……大変だ。ストライダーは二度ほど相手をたたきのめしたいというマドックスの衝動の犠牲になったことがある。言うまでもないが、そんなときでさえストライダーは勝った。受けた以上のパンチを繰り出し、相手を切り裂いたのだ。自分でも止められなかった。

「地面は捜したし、石の中も何かひそんでいないかX線で調べた。〝語ってはならぬ者〟を生け贄《いにえ》のにおいでおびき出そうとしてみずから血も流したんだぞ」レイエスはアムンと同じく浅黒いが、緊張感は比べものにならない。彼は、生け贄代わりに流した血もなまなましい腕を広げてみせた。生け贄代わりではなく自分を苦しめるために切り刻んだのかもしれない。レイエスの場合、それは誰にもわからない。「これ以上何をしろっていうんだ？」

一同の目がサビンに集まった。

「ダニカが万能の目だと教えてくれたのはこの場所にいる者たちだ。どうして今回も手助けしてくれないのかおれにはわからない」サビンの声にはまざまざといらだちが表れていた。

万能の目のダニカは天と地獄を見通すことができる。神々や悪魔が何を企《たくら》んでいるか、そしてその企みがどんな結果をもたらすか、彼女は見抜くことができる。だがいつもタイミングよく見抜けるとはかぎらない。その情報は時系列を無視していっきに押し寄せるのだ。

サビンはその場でくるりとまわって呼びかけた。「おれたちが知りたいのは残るふたつの聖遺物のありかだけだ。その望みがずうずうしいと言うのか？」

「助けてくれてもいいじゃないか、くそっ」ケインもサビンに続いて叫んだ。

「助けてくれないならこの島からひとつ残らず石を掘り起こして海に投げこむぞ」マドックスも加わった。

「おれも手伝う。おれがその石に先に小便をかけてやる」

岩の間にその声がこだまし、空気が挑発の言葉で重くなったように思えた。木立の中の虫が静まり返った。

「おい、他人の持ち物を壊してやるなんて言わないほうがいいんじゃないか」レイエスがつぶやいた。

まずいぞ。

次の瞬間、一同の周囲の世界が柱と祭壇だけを残して消えた。柱は突然すべてまっすぐに立ち、祭壇は汚れを一掃した真っ白な大理石となって輝いた。

何が起きるのか見当もつかず、戦士たちは体を硬くして武器を握りしめた。

ストライダーは銃にもナイフにも堪能《たんのう》だが、ふだんはナイフで切り裂くのを好む。しかし今日はシグ・ザウエルを使うことになりそうだ。銃口を下げてはいるが、だからと言って反応が遅れるわけではない。ストライダーは瞬時に狙いを定めて撃つことができた。

「どうなってるの？」グウェンがつぶやいた。

「わからないが、油断するな」サビンが答えた。

サビン以外の戦士ならグウェンを背後に押しやって守ろうとしただろう。だがサビンはちがう。サビンにとって男と女は常に平等だ。彼は自分自身よりもグウェンを愛し、勝利を求めるより彼女を守ることを優先しているが、グウェンがこの中の誰よりも強いのは皆が知っている。彼女はこれまでも何人もの戦士を助けた。

だがストライダーはじりじりとグウェンの前に――そして仲間たちの前に進み出た。敵に挑む雰囲気となれば……自分こそが勝たなければいけない。

魔物はすでに歌っている。**勝て……勝て……必ず勝て……負けるわけにはいかないぞ。**

わかってる。勝つさ。

ストライダーは振り返って周囲を見まわした。そしてようやく獲物を見つけた。巨大な人間だ――いや、あれは人間とは呼べない。二本の柱の間に姿を現したのは巨大な獣だった。

胃がぎゅっと縮みあがったが、ストライダーは相手を見極めようとした。その獣は衣服は着ていなかった。いや、衣服など必要ないのだ。肌には馬のような毛が生えている。頭には舌を出した蛇が躍り、細い体が髪代わりになっている。下唇の上には二本の長い牙。手は人間の手だが足の先はひづめだ。

胴体は筋肉隆々で、ふたつの乳首には大きな銀色の輪のピアスが刺さっている。首、手首、足首に巻きついた金属の鎖が獣を柱につなぎ止めている。

「おまえは何者だ？」ストライダーが言った。どういう生き物なのかきく必要はない。これほど醜いものは見たことがないぐらいだ。

返事を期待していたわけではなかったが、沈黙しか返ってこないのには腹が立った。

やがてその獣の隣の二本の柱の間に別の化け物が現れ、突然のことにストライダーはまばたきした。この化け物も雄だが、紫がかった赤い毛が生えているのは下半身だけだ。胸は傷だらけで、やはり鎖でつながれている。

鎖があるとはいえ、二頭の獣からにじみ出る脅威は少しも減らない。

「見ろ、なんだあれは」ケインが指さした。

三頭目の獣が現れた。今度は雌だ。雄と同じ、むき出しの上半身。乳房は大きく、乳首にはやはりピアスがあるが、こっちは銀の輪ではなくダイヤモンドだ。腰と腿はレザーのスカートで隠れている。横向きに立っているので背中に小さな角が並んでいるのがわかった。ストライダーは実を言うと角が好きだ――いざというときつかまるものがあると便利じゃないか。だが顔にあるのは鳥のようなくちばしだ。それでもベッドに誘うか？　答えはノーだ。この雌も毛でおおわれ、鎖でつながれていた。

続けざまに四頭目と五頭目が現れた。二頭とも動く山のように巨大だ。二頭とも髪代わりの蛇はないが、頭は蛇よりひどい。髪のないほうはぞっとするような黒い闇が頭蓋骨からしみ出しているかのようだ。もう一頭のほうは頭に刃が生えている。とがった切っ先が透明でぬるりとしたもので輝いている。

〝語ってはならぬ者たち〟だ。

まちがいない。ストライダーは息を吐き出した。こいつらは〝見られてはならぬ者〟でいるべきだった。理由など言うまでもない。

勝て。

勝負を挑まれたわけじゃないぞ、ばかめ。そう魔物に言い返してからストライダーはひそかに思った。おかげで助かったぜ。こいつらに勝てるとは思えない。

雌の怪物が鎖をじゃらつかせて一歩踏み出した。戦士たちが一歩も引かないのを見て喜んだらしい。にやりと笑うと、剃刀《かみそり》のようにとがった白すぎるほど白い歯がむき出しになった。さいわい柱に縛りつけられているおかげでそれ以上は動けず、戦士までは手が届かない。

「また我らの戸口にやってきたのか」その声には地獄から逃げようとあがく千の魂の悲鳴がにじみ出ていた。怪物から出て神殿に響き渡るその声を聞くと、ストライダーは亡者の涙がしみこんでくるような気がした。「そして我らはふたたびおまえたちの前に降臨した。だがおまえたちの脅しに応じたとは一瞬たりとも思うな。我が神殿を汚すがよい。やってみろ。だがその前に、一物に別れを告げることだな」

勝て！

戦いを挑まれたわけじゃない、挑まれたわけじゃないぞ。こんなせりふで誤解しちゃだめだ。ストライダーは怪物の言葉は本気だと感じた。用を足そうとして〝リトル・ストライディ〟を出せば失ってしまうというわけだ。それ以上の悲劇がこの世にあるだろうか。彼と寝た女にきいてみればいい。

「その件については謝罪する」サビンは緊張を解こうとして言った。

「謝罪を受け入れよう」怪物はすんなり答えた。

その素直さがどこかそぐわない。場違いに思える。

くそっ、ギデオンの出番だというのに、あいつはどこに行った？　〝嘘《うそ》〟の番人のギデオンは、人が真実を話しているか――嘘をついているかを見抜ける。怪物が現れたのを見てストライダーはまずい事態になったと思ったが、今は奴《やつ》らの狙いが気になっている。その疑問が不安を恐怖に高めた。

「さて、我らが降臨した理由だが」怪物は続けた。「敵を倒そうというおまえたちの決意の固さは見上げたものだ。そこで我らはその熱意に対して褒美を与えることに決めた」

褒美？　こいつらが？　縮こまっていた胃が今度はきりきり痛んだ。どう考えてもおかしいとストライダーは思った。

「おれたちを助けてくれるのか？」レイエスがきいた。何を脳天気なことを言ってるんだ。「やっと重い腰を上げてハンターを倒すのを手伝ってくれるのか？」

笑い声があがった。「おまえが言ったように、我らはすでにおまえたちを助けている。しかも見返りも求めずに」怪物の目は黒い穴となって彼を吸いこむかのようだ。その目が動いて彼に留まり、その場に釘《くぎ》づけにした。「そうだろう？」

なるほど、そういうことか。ストライダーはたちまちひらめいた。誰かをドラッグ漬けにしたいなら、まず無料でドラッグを与えればいい。怪物たちの助けはその無料ドラッグだった。戦士たちはすっかりそのドラッグのとりこになってしまったわけだ。

これからは助けてもらうためには支払いを求められるわけだとストライダーは思った。しかも法外な額を。これでやっとすべてが腑《ふ》に落ちた。

「互いに協力し合うっていうのはどうだ」ケインがそう言うと、足もとの地面に亀裂が入った。ケインは黒い穴に落ちないように片側に飛びのいた。

怪物は見くだしたように顎を上げた。「おまえたちからは何も期待していない」

「なるほど」サビンは平然とした口調で言った。だがサビンの頭が忙しく動いているのがストライダーには手に取るようにわかった。「神のマントのありかは知ってるのか？　聖なる杖《つえ》は？」

「ああ」怪物はまたにやりとしてみせた。いつでも発射できる銃を思わせる顔つきだ。

「知ってる」

よし、やったぞ。

勝て！ 魔物がまた叫んだ。

ストライダーは舌なめずりした。ハンターに勝てるという期待でもう骨がハミングしている。ハンターとの勝敗をかけた最終決戦がこっちのものになるのだ。そのふたつの聖遺物を手に入れればパンドラの箱を見つけ出し破壊することができる。それだけではハンターを倒すことはできないが、箱を使って戦士から魔物を引き出し、殺すというハンターの計画をつぶすことはできる。

戦士たちは魔物なしではもはや生きていくことができない。戦士と魔物はふたつでひとつの存在であり、永遠に結びつけられている。〝征服〟の魔物は、リトル・ストライディと同じく彼の一部なのだ。

魔物のほうも同様に戦士に縛りつけられているが、戦士と引き離されても死ぬことはない。だが邪悪な欲求に駆り立てられながらそれを満たすすべもなく、狂気に陥ることになる。

ハンターがバーデンを殺したとき、〝不信〟の魔物はバーデンの体から飛び出し、苦しみに叫びながら出会う者を片っ端から殺した。ストライダーはどうすることもできずその様子を見守るだけだった。

最悪なことにその魔物はまだどこかにいて混乱を引き起こしている。ハンターが戦士を殺すのをあきらめたのはそれが理由だ。魔物が自由の身になり、捕らえることができなくなるのは困る。だがパンドラの箱があればそれは防げる。

だがダニカの幻視のおかげで戦士らはハンターの新しい企みを知ることができた。ハンターはどうやら〝不信〟の魔物を発見したらしい。いかなる手を使ったのか魔物を捕らえたハンターは、別の者の体に魔物を押しこもうとしている。もしそれが成功したら……ストライダーは身震いした。ハンターはパンドラの箱を見つけるまでもない。戦士を殺して魔物をみずから選んだ者の体に閉じこめ、好きなように操ることができる。

ハンターは世界から邪悪なものを消し去りたいと主張しているが、もし魔物をコントロールできるようになっても同じことを言うつもりだろうか？　ありえない。権力は、いったん手にしたらあきらめられるものではない。ストライダーはそれをよく知っている。自分だって力を手放すのは無理だ。勝つのが好きなのだから――それも魔物のせいばかりではなく。

「で、そちらの望みはなんだ？」サビンは慎重になっている。「聖遺物の情報と引き換えに何がほしい？」

ストライダーは笑いそうになった。サビンは誤解を嫌う。何を話しているのか誰でもわかるように、事実をはっきりさせたがる。

怪物は笑った。さっきよりずっと冷酷な笑いだ。おそらく作り笑いなのだろう。「それほど単純な話だと思うのか？　対価を差し出せば望みのものが手に入るとでも思ってるのか？　勘違いもいいところだぞ、魔物よ。我らが差し出すものを求めるのはおまえたちだけではない。見よ」

祭壇の上の空気が濃くなり、色彩が鮮やかに輝いたかと思うと、ぐるぐると混じり合って映画のようなものを映し出した。ストライダーは映像をとらえようと必死に目を凝らし……ガレンの姿を見つけてはっとした。白っぽい金髪、ハンサムな顔、白い羽毛の翼。いつものように白いローブを着ている。まるで彼らと同じ魔物憑《つ》きの戦士ではなく、本物の天使だと言わんばかりに。

その隣にはすらりとした長身の女がいた。力強さを感じさせる美人で、シャープな顔立ちと黒髪、白い肌の持ち主だ。一度見たことがある気がしたが、古代ギリシャ、古代ローマ、その他これまでの長い人生で訪れたあらゆる場所の記憶を探ってみても何も思いあたらない。最近の記憶の中にも……いや、あった。ダニカだ。ダニカの絵に出てきた女。敵だ。

くそっ。ダニカは二十年ほど前の光景としてこの女を描いたが、それ以来何も変わっていない。顔にはしわひとつない。

ということは人間ではない。

黒革に身を包んだ女は台の上に縛りつけられているが、もがく様子はない。決然とした顔つきで何かを目で追っているが……まさか、そんなはずはない。見まちがいに決まってる……ありえない……だがよく見ると幽霊のようなものが部屋の端から端へと飛びまわっているのがわかる。目は赤く、顔は骸骨のようで、歯は長くとがっている。

まちがいない、あれは魔物だ。ストライダーに取り憑いているのと同じ、高位の魔物だ。

ストライダーは息をつめた。全身の筋肉が骨を締めつける。

「バーデン」めったに声を発しないアムンがかすれ声で言った。その口調にこもる思慕の念は聞いている者の心を締めつけた。バーデンには戦士仲間全員を惹《ひ》きつける何かがあった。その何かを皆が必要とした。戦士たちは自分自身を愛する以上に、互いを愛する以上にバーデンを愛した。

死んでしまった今もそれは変わらない。

「そんなはずない」ケインが乱暴なほど激しく首を振った。

ストライダーも同感だった。そんなはずがない。あの魔物に友の魂は宿っていない。ありえない。それなのにあの幽霊みたいな生き物はどこか親しみを感じさせる……胸を締めつけられてしまう。

「女の中に入れ」ガレンが命じた。「入れば苦しみは終わるぞ。ついに宿主ができるのだ。感じ、におい、味わうことができる。そのすばらしさを忘れたのか？　そして本能の命じるままに人間の信頼を引き裂くことができるのだ」

人間の信頼を引き裂く。それが〝不信〟の魔物の本能だ。いや、そんなはずはない。ストライダーはまた否定した。

その生き物はうなり声をあげて速度を増した。挑発されていらだっている。事のなりゆきを理解しているのだろうか？　次の宿主をほしがっている？　それとも狂気にとらわれるあまり何もわからないのだろうか？

「お願いするわ」女が口を開いた。「あなたが必要なの。どうしても必要なのよ」

なるほど、女はみずから宿主になろうとしている。だからといってその願いがかなったらどうなるか知っているとはかぎらない。少なくとも最初の一世紀は自分という存在はあとかたもなくなる。魔物が人格を支配し、そのせいで大勢の人間が苦しむことになる。

「やれ」ガレンが言った。「それが望みだろう。この女に触れさえすれば苦痛から解放される。これ以上簡単なことはない」

魔物は理解しているのだろうかとストライダーは思った。ガレンは〝希望〟の番人だけあって、本人が希望したこともない未来像を描いてその気にさせてしまう力がある。この力には魔物もたちうちできない。ガレンはこの力を使い、戦士がいないほうが世の中がよくなると信じこませ、平和と繁栄のユートピアを描き出し、ハンターを組織したのだ。

ガレンの甘い言葉を聞いているとストライダーまでその気になってしまった。あの女に触れたい。そうすれば解放される……未来は約束される……よりよいものが待っている……。

魔物は女に走り寄ったかと思うと気を変えてまた離れた。そうだ、魔物は理解している。やめろ。ストライダーはそう念じた。友に戻ってきてほしい気持ちはやまやまだ。世界中の何よりもそれを求めている。そしてある意味で〝不信〟の魔物は友だ。バーデンの魂が宿っていようと宿っていまいと関係ない。だがストライダーは友が敵の体に宿るのは耐えられなかった。

「やれ！」ガレンが怒鳴った。「さあ、触れるんだ！」

魔物は部屋の天井をくるくるまわり続けている。

ガレンはしびれを切らして両手を挙げた。「いいだろう。もう終わりだ。これからの永遠をこれまでの数千年と同じように過ごすがいい。満たされない飢えを抱えてみじめに生きるがいい。我々はもう行く」ガレンは女のいましめを解こうとして手を伸ばした。

うめき声、そしてうなり声があがり、魔物は速度を増して部屋の隅から隅へと走りまわりだした。その姿はぼんやりとかすんで一本の線のようだ。その線がじりじりと女に近づいていったかと思うと、とうとう腹の中に飛びこんだ。

縛られていなければ女は自分で自分を傷つけてしまっただろう。女はそれほどの勢いで突然もがき始めた。手足の動きはどんどん激しくなっていく。歯を食いしばってうなり声をあげ、筋肉を痙攣《けいれん》させ、顔をゆがめている。女は叫びだした。

ああ、やめてくれ。ストライダーは膝をつきそうになった。

ガレンは邪悪な顔でほくそ笑んだ。「ようやく成功した。あとはこの女が生き延びるかどうか見守るだけだ」

ドアがばたんと開き、ガレンの部下たちがつかつかと部屋に入ってきた。完璧なタイミングだ。モニターで近くから様子を見ていたにちがいない。

「神殿に戻るのですか、偉大なる方?」先頭にいた者がきいた。

ガレンの答えは聞こえず、映像は揺らいで消えてしまった。

恐怖と衝撃にからめ取られ、ふいに時間が止まったように思えた。

まずサビンが我に返った。「今のはいったいなんだ?」

今のは何か? 地獄の門が開き、ストライダーが恐れていたことが突然現実になってしまった。あの女が生き延びれば、ストライダーの予想どおりハンターは報復に走るだろう。もう戦士を傷つけるだけでは満足しない。死を求めるはずだ。そして戦士から解き放たれた魔物は捕らえられて新しい宿主に押しこまれる。ガレンは魔物を宿した不死族の軍隊を傘下におさめることになる。

「映像を戻してくれ」マドックスが命じた。「その先を見せろ」

「そのような口調はおのれを不利にするだけだぞ、〝暴力〟の番人よ。おまえの敵も同じものを求めている。聖なる杖を」一雌の怪物は両腕を広げた。長い爪が反り返って指に届いている。「そのような幸運を誰に授けるかは我らが決める」

マドックスは顎を動かしていたが、やがて頭を下げた。「申し訳ない」

「おれたちから何がほしい？　なんでもいい、言ってみてくれ」ストライダーは怪物たちが何をほしがろうがかまわないと思った。なんだろうと差し出すつもりだった。

まさにその言葉を待っていたかのように怪物はにやりとした。「聖なる杖を手に入れたいなら、おまえたちの王の首を持ってこい」

ふたたび恐怖の沈黙が訪れた。

「待って。あなたたちは……クロノスの首がほしいのね？」グウェンは戦士を見まわした。

「神の王の」

「そうだ」ためらいはなかった。

ストライダーにできるだろうか？　クロノスは何度か戦いに手を貸してくれた。クロノスは彼の味方であり、ガレンとハンターを倒すためならなんでもするだろう。そのクロノスを……殺す？　並ぶ者のない強力な不死の神を殺す？　失敗したら今度はクロノスを敵にまわすことになる。

「どうやって殺せというんだ？」ケインが言った。

「ひと筋縄ではいかないと言っただろう。クロノスは神であり、クロノスを倒すのはおまえたちにとってもっとも難しい仕事になるはずだ。だがクロノスはおまえたちにとてもよく似ている」怪物はそう答えた。「おまえたちが知っている以上にな。その知識をうまく利用すればよい」

ケインが首を振ると、髪が目に入った。「だがクロノスは味方だ」

「そうか?」また冷酷な笑い声があがった。「利用価値がなくなったらさっさと殺されるとは思わないのか? ともかく、おまえたちが断るなら敵がクロノスの首を持ってくるだろう。そして敵が褒美を受け取ることになる」

ストライダーは目を見開いた。これでもうひとつの答えがとうとうあきらかになった。ガレンがクロノスの首を狙っているのはそれが理由だ。ダニカが予言した光景もこれを意味していたのだ。

ガレンに手柄を横取りされるわけにはいかない。犠牲になるものが大きすぎる。クロノスを怒らせるどころではすまない。くそっ、くそっ! どんな呪いの言葉もこの思いには追いつかなかった。

「なぜクロノスの死を望む?」ストライダーはそうきいた。いつもサビンが言っているように、情報は力だ。答えの中に抜け道があるかもしれない。

怪物は歯を食いしばった。「あいつは我らを奴隷にした。そんな運命を耐え忍ぶつもりはない。おまえたちならわかるはずだ」

たしかにそのとおりだ。ストライダー自身、長い間、魔物の奴隷だった。だが怪物の答えに抜け道はなかった。奴らの心は決まっている。その決意は揺らがないだろう。

この怪物が自由になったらどうなる？　鎖をはずして歩き出したら？　きっとろくなことにはならない。それだけはストライダーにもわかった。

「おまえたちには考える時間が必要だ」怪物は続けた。「その時間を与えよう。我らの意図の高潔さを証明するためにもうひとつ贈り物を与えてやる。きっと気に入るぞ」

最後に怪物の不気味な笑みが見えたかと思うと、次の瞬間ストライダーたちは別の場所に飛ばされていた。ジャングルだ。気がつくと一同はハンターに囲まれていた。

8

オリヴィアとレギオンは距離を置いてにらみ合った。レギオンが飛びかかったが、オリヴィアがさっと身をよけたのでレギオンは壁に激突した。オリヴィアは敵を観察した。このタイプの生き物が倒されるのを見たことがある――あれは小さな悪魔、地獄のしもべだ。天使なら、世界に平和と喜びをもたらすのを唯一の目的とする者であっても、皆見たことがあるはずだ。だがもちろんオリヴィアはこの小悪魔と戦ったことはなかった。

戦天使にとっては地獄のしもべを倒すのは簡単なことのようだ。腕を差しのばせば炎の剣が現れる。その炎がうろこに触れただけで地獄のしもべの体は砕け散ってしまう。この炎は地獄で生まれたものではなく、絶対神の口から噴き出したものだ。絶対神の息は悪魔が愛する炎よりずっと熱い。でもレギオンはそう簡単には倒せそうにない。

倒れたまま身をよじっているカイアとカメオの肌がうっすらと緑がかってきた。天使の力があったときなら二人の痛みを自分の体に取りこんで消滅させ、癒すことができた。でもこの脆弱《ぜいじゃく》な肉体にとらわれていては何もできない。

ただ見ているだけだ。でも戦うしかない。

生き延びたいなら、今まで経験したことも歓迎したこともない感情が必要になる。それは激怒だ。人間を強くするのは激怒のはずだ。怒りの感情を抱いているときの人間は力を増し、攻撃力を増して相手を倒すように思えた。

それなら……どうすれば怒りをかき立てられる？　そうだ、地獄での出来事を思い出せばいい。

こんなことをするなら目をえぐり出すほうがましだと思ったが、オリヴィアは地獄の記憶を頭の中によみがえらせた。炎……悪臭……ねっとりしたうごめく手……胃がむかつき、恐怖と嫌悪感が怒りをぱっと燃えあがらせた。そのあとは本能が理性を押しのけ、カイアとカメオがひどい目にあったことの衝撃が加わり、恐怖を麻痺《まひ》させた。ありがたいことにそこには怒りだけがあった。

「おまえは今日死ぬんだ、天使め」

オリヴィアは両手を握りしめた。わたしは強い。「いくらアーロンと恋人になりたいと思っても無駄よ」嘘《うそ》に囲まれて育った小悪魔にとって、その言葉にひそむ真実はさぞ耳に痛いにちがいない。「傷つけるために言っているんじゃないの。そうじゃなくて――」

「うるさい、黙って！」レギオンは爪をむき出しにしてオリヴィアを引っかこうとした。

オリヴィアは背中を丸めて爪をよけた。翼がなくてバランスがとれず、よろめいて倒れそうになった。

「アーロンはレギオンを愛してる。アーロンがそう言った」

オリヴィアの怒りはほとんど消えてしまったが、どうすることもできなかった。生まれつき思いやりが強いせいで人を傷つけることよりしあわせにすることを選んでしまう。彼女もレギオンも同じものを求めている。「そのとおりよ。アーロンはあなたを愛してる。でもそれは男女の愛じゃなくて娘を思う父親の愛なのよ」

「ちがう」レギオンは足を踏みならし、いらだちの声をあげた。「レギオンはいつかアーロンと結婚する」

「もしそうなら、わたしは今までの暮らしを捨ててまでここへ来てアーロンを助けようとはしなかったわ。アーロンといっしょになりたいとも思わなかった」オリヴィアはできるだけ穏やかに話した。レギオンの感情を傷つけたいわけじゃない。どんな事情があろうとアーロンはこの……生き物を愛している。でも悪魔のことならよく知っている彼女は、ちゃんと説明しないとレギオンが彼女を非難し続けるとわかっていた。「わたしはもう彼のベッドで寝たの。ぴったりとくっついてね」

レギオンは嘘だと言わなかった。言えるわけがない。天使が嘘をつきたがらないことを知っているからだ。レギオンは動きを止め、唖然《あぜん》としてオリヴィアを見つめた。その息が浅く、速い。牙からは毒液がしたたっている。

「あなたのほしいものは手に入らないわ。あなたは嫉妬し、切望する。そういう性質だから。わたしは今までなかったほどその気持ちがよくわかるの。わたしがここにいるのはまさにそれが理由だからよ。わたしは嫉妬し、切望した。でもあなたは知らないでしょう。あなたがアーロンといっしょに地獄を出たためにアーロンに死刑宣告がくだされたことを。わたしがアーロンのもとに送りこまれたのはあなたのせいよ。わたしが彼を殺せと命令されたのも、わたしの代わりに次の天使が暗殺者として送りこまれるのもあなたのせい」オリヴィアは息を吸いこんだ。「あなたのせいでアーロンは殺されるのよ」

「ちがう、ちがう！　次の汚らしい天使もレギオンが殺す。おまえを今殺すのと同じように」

それが最後の警告だった。さっきまで目の前にいたレギオンが、次の瞬間、体にのしかかり、二人は倒れた。オリヴィアはまともに衝撃を食らい、頭は暖炉の角にぶつかり、肺からは熱探知ミサイルが飛び出すように空気が押し出された。目の前でちかちかと光が明滅したが、首を狙って近づいてくる牙はなんとか見分けることができた。

翼に黄金の羽根が生えてきたその日、ライサンダーはオリヴィアが戦士になるための訓練を始めた。そのときの知識のおかげで彼女はレギオンの顎に手のひらをつけて押しやり、上下の歯をぶつからせた。

悪魔との戦いを楽しみに待ったことなど一度もない。とくにライサンダーの話を聞いてからはそうだ。ライサンダーはこう語った。戦士は仕事から距離を置かなければならない、敵を倒すときは心を鋼にし、決意だけで向き合わなくてはならない。彼女にそれができるだろうか？

手に冷たい衝撃が走り、腕を這《は》いあがり……胸に忍びこみ……その冷たさが今度は恐怖以上のものを麻痺させた。残っていたわずかばかりの怒りも、思いやりも嫌悪感も流し去った。

そうだ、わたしならできる。それは衝撃だった。

やるべきことをなせ。頭の中に声が響いた。おまえは天使であり、相手は悪魔だ。本能の導きに従え。信じる気持ちに身をまかせろ。

一瞬、ライサンダーが隣にいるのかと思った。けれどもそのときレギオンのうなり声が聞こえ、安堵《あんど》の気持ちを吹き払った。もう覚悟はできている。なじみのない感情に頼るのではなく、さっきの声の言うとおり、自分にとって自然なもの、信仰と愛に身をまかせた。これこそ本当の力だ。

さっと腕を突き出すとレギオンが部屋の向こうに吹き飛んだ。レギオンは壁に激突し、ずるずると床に落ちた。その間も赤い目はこちらをにらみつけて離れない。

さあ、立ちあがれ。

オリヴィアは飛び起きて暖炉に背中を押しつけた。この体勢だと動く範囲はかぎられるが、いざとなればバランスをとることが……。

　レギオンが飛びかかってきた。

　オリヴィアがさっとしゃがみこむとレギオンはまた壁にぶつかった。その体が跳ね返り、ほこりとなって舞いあがったしっくいが鼻に入ってオリヴィアは咳《せ》きこんだ。それでもためらわずにキックを繰り出し、レギオンを転ばせた。信仰――これなら勝ち取ることができる。愛――邪悪に対抗する善だ。オリヴィアのかかとがあのうろこも貫いたらしく、レギオンの胸骨から血がしみ出している。

「あなたにやられるつもりはないわ」

「止められるものなら止めてみて」

　ふたたびレギオンがジャンプした。飛びかかった体がオリヴィアに蔦《つた》のようにからみつく。牙が音をたて、かぎ爪が肌を引っかく。オリヴィアは左、右、そして前にも拳を突き出し、レギオンとの間に膝をねじこんで距離を開けようとしたが、立っているだけでせいいっぱいだ。レギオンは頭を左右に動かして拳をよけたものの、よけきれるものではなかった。頬骨が砕け、鼻が折れた。

　部屋の向こうでガラスが砕ける音がした。次の瞬間、翼のある黒い影がそこに立ち、部屋を見まわして……もみ合っている二人を見つけた。アーロンだ。目が合ったとき、ふいに時間が止まったように思えた。アーロンは顔をしかめて唇を引き結んでいる。タトゥーは黒々として、まるで影が肌をおおっているかのようだ。

体の中で興奮がはじけ、オリヴィアは集中力を失った。あたらないようにと避けていたレギオンの口に手がぶつかった。レギオンはすかさずそのチャンスをとらえ、噛《か》みついた。とがった牙が深く食いこみ、毒液がじかに血管に流れこんだ。

オリヴィアは悲鳴をあげた。酸と塩と炎が混じったような熱い痛み……ああ、絶対神よ。きっと手が灰になったにちがいない。だが見おろしてみると、肌はほとんど切れずに出血もなく、ただ少し腫れているだけだ。

「オリヴィア」アーロンが叫んでオリヴィアに駆け寄った。

膝から力が抜け、体重を支えることができず、オリヴィアは床に倒れこんだ。そしてふいに息が苦しくなった気がして胸をつかんだ。まるでまた翼をもぎ取られるようなすさまじい痛みだ。

さっきの戦いの最中、目の前に星がちらついた。今度は黒い点が見えた。こっちのほうが千倍も悪い。点は大きくなってからみ合い、視界を奪い、彼女を孤独と痛みと暗闇の中に突き落とした。

「彼女に何をした？」アーロンの怒鳴り声が孤独の闇を切り裂いた。怒っているようだが、オリヴィアはその声を歓迎した。

「自分の……自分の身を守っただけよ」オリヴィアは震える唇でなんとかそう言った。

「きみに言ったんじゃない」今度はその声はやさしかった。ざらついた指がやはりやさしく彼女の眉を撫《な》で、目にかかった髪をかきあげた。

手はまだ燃えるようにうずいていたが、オリヴィアは弱々しくほほえんでみせた。アーロンは彼女には城にいてほしくないと思っているし、実際、背を向けたが、気遣う気持ちはあるようだ。アーロンはカイアもカメオもかえりみずにまっすぐわたしのもとにやってきた。

新たに感じた自信もけっして見当ちがいではなかった。

足音が聞こえた。「アーロン、大事なアーロン、そんな女は放っておいて――」

「オリヴィアを放っておくのはおまえだ。レギオン、そばに寄るなと言っただろう。手出しするなと言ったはずだ」アーロンの手が離れたのでオリヴィアは見放された気がしてうめいた。「言いつけを守らなかったな」

「でも……でも……」

「部屋に行ってろ。今すぐにだ。このことはあとで話し合おう」

沈黙。やがてすすり泣きが聞こえた。「アーロン、お願い」

「口答えはなしだ。行くんだ」服がこすれる音がした。アーロンがこちらに向き直ったにちがいない。「レギオンはきみに何をした?」

「手……手が」オリヴィアはかちかちと歯を鳴らしながら言った。体はまだ燃えているような気がするのに、同時に氷のように冷たかった。「噛まれたの」

　あのざらついたたくましい手が戻ってきて、今度は彼女の手首をつかみ腕を持ちあげた。怪我《けが》を調べるためだろうけれど、どうでもいい。彼の行動にオリヴィアの血の流れは速さを増した。そのせいで痛みが強まり、オリヴィアはあえいだ。

「おれが治してやる」

「ほかの二人が先に噛まれたの。二人を治してからにして」

　アーロンは答えなかった。そして温かい唇を傷口にあてて吸い始めた。このしぐさはやさしくなかった。オリヴィアは頭を振りあげ、悲鳴をあげた。手を振りほどこうとしたが、アーロンはぎゅっと握りしめたまま吸い続け、吸っては吐き出している。

　痛みはじょじょに引いていった。焼けつくような熱さは冷め、氷は溶けていき、オリヴィアは人形のように床に崩れ落ちた。ようやくアーロンは毒を吸い出すのをやめた。

「これから向こうの二人の面倒を見る」その声はかすれていた。

　視界から黒が消えていったので、オリヴィアはカメオのほうに向かうアーロンの姿をぼんやりと見守った。アーロンはまた首の傷から毒を吸い出し、吐き出している。カメオの痙攣《けいれん》がおさまって安堵のため息をつくのを見届けると、アーロンは今度はカイアのほうに向かった。

　アーロンが最後のひと口を吐き出したとき、ドアがばたんと開いて二人の戦士が駆けこんできた。パリスとウィリアムだ。二人は武器を抜いて室内を見まわした。パリスが持っているのは銃でウィリアムは二本の剣だ。

「何があった？」パリスが口を開いた。「おまえがカイアの部屋の窓を突き破って中に入ったとトリンからメールが来たぞ」

「最高のタイミングだな」アーロンが皮肉っぽく言った。

「何を言ってる」ウィリアムはすました顔で返した。「わざとゆっくり来てやったんだぞ。おまえが倒錯した愛のプレイを楽しんでると思ってな」

「あの怪物め……まったく……殺してやる！」カイアが顔をしかめてよろよろと立ちあがった。「あいつ、噛みつきやがった！」

「レギオンのことはおれがなんとかする」アーロンも立ちあがった。その顔つきは冷たいが決然としていた。「あんたは引っこんでてくれ」

カイアはアーロンの胸に人差し指を突きつけ、爪先立ちになった。それでも視線を合わせるには足りなかった。「いや、おまえはいつもと同じであいつを甘やかすだけだ」

「おれがなんとかする」アーロンは頑固に言い張った。

「静粛に。おれは四人の女の喧嘩《けんか》を見逃したってわけだ。しかも噛んだ奴《やつ》がいる」ウィリアムの視線がまだ床に寝ているオリヴィアに向いた。「噛んだのはあの麗しい天使だと言ってくれ。それを聞いたらいっそう気持ちが募りそうだ」

アーロンは喉の奥で低くうなり、オリヴィアに近づいてしゃがみこんだ。「ウィリー、出ていってくれ。おまえは呼ばれてもいないし必要でもない」

「おれの意見はちがうぞ」ウィリアムはむっとした。

「アーロンがあなたを殺すのは困るから、外に出ながらわたしが事情を話してあげるわ」

カメオは顔を撫でおろし、起こしてと言わんばかりに手を差し出した。

ウィリアムは眉を上げただけだった。渋い顔のパリスが前に出てカメオの手を取り、引っ張りあげた。

「ありがとう」カメオはむっとしてウィリアムをにらんだ。

ウィリアムは肩をすくめた。「きみはおれのタイプじゃない。だから手を貸す気になれなかったんだ」

カメオはうんざりした顔をした。「女なら誰でもいいくせに」

本当なら部屋の全員が笑うところだが、カメオの悲劇的な声を聞いて誰もが身をすくめた。

アーロンはオリヴィアを抱きあげた。これはいい。オリヴィアは体から力が抜けきっていた。筋肉は余震のようにまだ震えている。出ていくと言いながらまだ部屋に残っている仲間に声ひとつかけず、アーロンはオリヴィアを廊下に連れ出した。

「きみは会うたびに怪我をしてるな」

そのとおりだ。でもアーロンに近づかないでと言うつもりはない。「助けてくれてありがとうと言うべきなんでしょうね」

「素直に言えばいいじゃないか、天使よ」アーロンはこばかにするように言った。

そのとおり、素直にお礼を言うべきところだ。でもオリヴィアはそれを認めるつもりはなかった。アーロンはまた彼女を天使と呼んだ。つまり現在の姿ではなく過去の姿で彼女を見ているということだ。天使のやさしさはあのローブどともに脱ぎ捨てたことを思い知らせないといけない。

「そんな態度ではわたしから感謝の言葉は引き出せないわよ」

答えはなかった。

オリヴィアはがっかりしてはいけないと自分に言い聞かせた。「それで？」

「それでって何が？」

どうしようもない人だ。「わたしが弱くて簡単にやられる女だと思った？」

また返事はなかった。つまり答えはイエスということだ。オリヴィアは顔をしかめた。アーロンは弱さを心底嫌っている。ずっとこんな調子ではアーロンのベッドに潜りこむのは無理だ――ただのベッドじゃなく、裸のアーロンのいるベッドに。

本当はどれほど強いか、見せつける方法を考えなくては。

信仰と愛という言葉が脳裏をよぎった。でもアーロンがそのふたつを受け入れられる状態だとは思えない。それにアーロンを愛しているわけじゃない。それとも愛している？　オリヴィアにはわからなかった。彼への気持ちは今まで誰にも感じたことのないものだけれど、これまでロマンティックな意味で誰かを愛したことは一度もない。

そういう愛について知っていることといえば、相手のためなら死んでもいいと思う気持ちだということだけだ。アシュリンはマドックスのために死のうとしたし、アニヤももう少しでルシアンのために死ぬところだった。わたしはアーロンのために死ねるかしら？　だめだ。そうは思えない。評議会に対して〝わたしが死にます〟と言うチャンスはあったけれど言わなかった。言えば評議会も受け入れてくれたかもしれないのに。自己犠牲には必ず報いがあるものだ。

「どこに行くの？」オリヴィアは話題を変えた。体がぐったりして頭が働かない。何よりアーロンの寝室にはレギオンがいるし、今はまだ戦える状態じゃない。もしアーロンが自分の部屋に行くつもりなら……。

「おれの部屋だ」それを聞いてオリヴィアの胃は縮みあがった。

ああ、やっぱり。「でも――」

「レギオンはいない。いつものようにまた言いつけにそむいたらしい。レギオンがこの次元からいなくなったのを感じるんだ」

オリヴィアは驚いて目を丸くした。二人の間につながりがあるのは知っていたけれど、まさかここまで……驚きだ。「あなたはそんなに強くレギオンとつながっているのね？」

アーロンはうなずいた。

レギオンの言うとおりかもしれない。きっとアーロンといっしょになるのはレギオンなのだ。そんな思いがまた毒液を注がれたようにオリヴィアの血管を駆け巡った。わたしだってただの知り合い以上、友達以上の存在になりたい。アーロンの恋人になりたい。アーロンのたくましい腕に抱かれ、胸にぎゅっと引き寄せられている今ほどそうはっきり思ったことはない。耳にはアーロンの心臓の鼓動が聞こえ、熱い息が肌を撫でている。でもアーロンをほしい気持ちがどれほど強くても、彼をレギオンと共有したいとは絶対に思わない。

共有する必要なんかない。わたしは自信に満ちた積極的な女。ほしいものをひたすら追い求めればいい。

そのとおりだ。

「きみに怪我をさせてすまない」アーロンのぶっきらぼうな声にオリヴィアは驚いた。

「レギオンはほんの子どもで、まだ――」

「ちょっと待って。それ以上は言わせないわ」アーロンの謝罪を聞きたいのはやまやまだけれど、だめだ。「レギオンは子どもじゃない。あなたとそれほど年も離れていないはずよ」

つかの間アーロンはまばたきして彼女を見つめるだけだった。「でもあんなに無邪気なんだぞ」

無邪気？　今度はオリヴィアが笑う番だ。「レギオンを無邪気だと思うなんて、あなたはいったいどんな人生を送ってきたの？」

階段をのぼるアーロンの唇が引きつった。彼女の体の重みをなんとも思っていないようだ。「ただ……話し方が舌足らずだからかな。それにドレスを着てお姫さまごっこをするのが好きなんだ」

「レギオンは地獄で悪魔や虐げられた魂に囲まれて育ったのよ。お姫さまごっこは楽しいでしょうけれど、だからって心まで子どものようとはかぎらないわ。レギオンはあなたを愛してる」少なくとも本人はそう言っていた。レギオンならアーロンのために命を投げ出すだろうか？「あなたに男女の愛を求めているのよ」それは疑いの余地がない。

アーロンは次の廊下の真ん中で片足を浮かしたまま止まった。頭を傾け、彼女と目を合わせる。すみれ色の虹彩《こうさい》が荒れくるっている。「それは誤解だ。レギオンはおれを父親だと思ってる」

「いいえ、あなたと結婚する気でいるわ」

「ちがう」

「そうよ。あなたもわかっているはずよ」

アーロンの顎の筋肉がぴくついた。「もしきみの言葉が本当なら――」

「本当よ。あなたにも真実の響きが聞こえているでしょう」

アーロンは息をのみ、オリヴィアの言葉を振り払うかのように首を振った。少なくとも今度は否定しようとしなかった。「レギオンと話して、ロマンティックな関係はありえないと言い聞かせる。きっとわかってくれるはずだ」

こんなふうに自分をごまかせるのは男だけだ。

アーロンは黙ったまままた歩き出した。部屋の前まで来ると彼は肩でドアを押して入った。オリヴィアは緊張したが、アーロンの言うとおりレギオンはどこにもいない。ほっとしてため息をつくと、やわらかなマットレスの上に下ろされた。

「アーロン」彼が離れようとしているのを感じ取ったオリヴィアは、行かせまいとして呼び止めた。

「なんだ?」アーロンは彼女の上におおいかぶさるように立ち、片手で髪をかきあげてくれた。

その手に顔を寄せながらオリヴィアは喜びの吐息をついた。「さっきのは本気じゃないわ。感謝しないと言ったこと。助けてくれたことは本当に感謝しているの」

いったい何を言ってるの？　天使らしさを何度も見せつけたら、アーロンはけっして恋人候補にはしてくれない。

「ああ、わかってる」アーロンは見るからに気まずそうに咳払《せきばら》いし、体を伸ばした。

「ほかに怪我はないか?」彼はオリヴィアの返事を待たずに体を眺めまわした。新しい服を着ているのをちゃんと見たのはこれが初めてだったらしく、アーロンはふいにぽかんと口を開けた。「それ……その服は……」

恋人候補の地位はそれほど危うくないかもしれない。自信を持つのよ。「すてきでしょう? カイアが手伝ってくれたの」こちらから攻めるのよ。オリヴィアは、これがアーロンの手ならいいのにと思いながら、両手で胸からおなか、おなかからヒップを撫でおろした。鳥肌が立つのがわかる。ああ、これは意外だ。こんなに気持ちいいなんて。本当に気持ちがいい。こういうふうに自分に触れることを覚えておかないといけない。

「ああ、すてきだ」アーロンは熱く言った。

「メイクのほうはどう?」アーロンの目が顔に向くのを見て、オリヴィアは指先で唇を撫でた。「レギオンのせいでめちゃくちゃになっていないといいんだけれど」

「いや……なってない」アーロンの声は今度も熱かった。

それはいいこと? 悪いこと?

どちらでもいい。彼女はアーロンを求めている。追いかけると決めた。いつかきっと手に入れる。

唇を舐《な》めるとココナツの味がした。オリヴィアは片肘をついて起きあがり、もう片方の手をアーロンに差しのべた。その手が鼓動を打つ心臓の上に重なる。オリヴィアの中にはこんな大胆さを恥ずかしいと思い、手を引っこめなさいと叫ぶ自分がいた。でももう一人の自分はもっと続けてと言っている。

安全地帯から外に出なければ大きな喜びは得られない。オリヴィアはそう自分に言い聞かせた。

だから出るのよ。「キスしたければキスしてもいいのよ」お願い、どうかアーロンにその気持ちがありますように。

一瞬、アーロンの息が止まった。少なくとも胸は動くのをやめた。その目に炎が燃えあがり、瞳孔を押し広げ、手のひらの下の筋肉が動いた。「そんなことは許されない。きみだってだめだ。天使なんだから」

「堕天使よ」オリヴィアはまたそう言った。「あの日に死んでいたかもしれないし、今日死んでいたかもしれない。どちらにしても、あなたの味を知らないまま死んでいたのよ。今まで本当に願ったのはそれだけなのに、そうなってしまったらどんなにつらかったか」

「許されないことだ」アーロンはそう繰り返しながらもゆっくりと近づいてきた。ところが残念なことに唇が触れる寸前で止まってしまった。

オリヴィアは欲求不満の叫びをこらえた。もう少しでようやく望みがかなうというのに。

「理由を教えて」教えてくれればその理由をひとつずつくつがえすことができる。

「よけいなことを考えたくないんだ」アーロンが離れなかったのがせめてもの慰めだ。「女は必要ない。必要なものなんか何もない」

こんな理由はくつがえせない。これほど頑固に一人でいたいと思う男がいるだろうか。オリヴィアは反論せず、ただこう言った。「そう、わたしはよけいなことを考えたいわ」そしてアーロンの首に手を滑らせた。安全地帯からただ出るだけではない。飛び出すのだ。

オリヴィアは心を決めてアーロンを引き寄せた。

アーロンは抵抗することもできた。オリヴィアを止めることも。だが止めなかった。何もせずにただオリヴィアの上にかぶさった。二人は長い間その姿勢のまま、ただ互いを見つめていた。体と体が重なり、二人ともまともに息ができなかった。

「アーロン」ようやくオリヴィアがかすれ声で口を開いた。

「なんだ?」

「どうしていいかわからないわ」その言葉からはアーロンに寄せる思いのすべてがにじみ出ていた。

「おれはばかかもしれない。だがこうすればわかる」そう答えると、アーロンは彼女の唇を奪った。

9

オリヴィアは弱い。人間と同じようなものだ。いや、人間より弱い。舌をからませながらアーロンは自分にそう言い聞かせたが、思い直す気にはなれなかった。考えるのはあとだ。後悔するだろうが、今ほしいのは……オリヴィアだけだ。大事なレギオンが嫌う女、たった今倒されたばかりの女――正直に言えば、オリヴィアは彼に気を取られるまではなんとか戦っていた。そして彼がすぐにでも城から追い出すつもりでいる女。

オリヴィアが〝怒り〟の魔物を静め、魅了することを思い出すと気分が落ち着かなくなる。今この瞬間も魔物は喜びに喉を鳴らし、なりゆきを楽しみ、この先を心待ちにしている。

ばかげてる。よけいなことを考えている余裕などない。あの言葉は嘘《うそ》じゃない。オリヴィアを心配したり、困ったときに助けたりするのは時間の無駄でしかない。だが彼女はトラブルに巻きこまれるだろうし、一人では生きていけない。そして何があっても楽しむと決めている。

オリヴィアを喜んで助けようという男もいるだろうとアーロンは考えた。両手でオリヴィアのこめかみを撫《な》でおろし、シーツを握りしめる。ウィリアムを見ろ。セックス中毒のウィリアム。あのろくでなしめ。

この天使はおれのものだ。

魔物が所有権を主張している？　笑えるじゃないか。

おまえのものじゃないし、もちろんおれのものでもない。だがアーロンはそうでなければいいのにと思わずにいられなかった。

新しい服装のせいで、オリヴィアのみずみずしい素肌や危険なカーブがむき出しだ。どちらもまちがいなく罪であり、男なら絶対に抵抗できない誘惑だ。アーロンも例外ではない。オリヴィアはキスを求めていて、彼の中の何かがそうしろと命令する。今度ばかりは自分を抑えることができない。ただ唇を重ね、舌で彼女の歯を開かせて奪うことしかできなかった。この甘さを、無垢《むく》さを奪え。このキスですべてを奪え。

ああ、なんという味わいだろう……甘さの中にもぴりっとした刺激があるぶどうのようだ。オリヴィアの舌がおずおずと彼の舌を捜している。胸の先端は硬く、快楽の中心を彼の高まりに押しつけるように腰を動かしている。刈りこんだ短髪にやさしく両手を滑らせて愛撫《あいぶ》し、キスを続けている。

アーロンの好みどおり、オリヴィアはきっとやさしい恋人になるだろう。

アーロンは、濃密な触れ合いのときに引っかいたり噛《か》んだり殴りつけたりする女を好む仲間がいるのがどうしても理解できなかった。自分自身そんなことをしたいと思ったこともない。なぜ戦場の暴力を寝室に持ちこむ？　納得できる理由は見あたらない。少なくともアーロンには見つけられなかった。

過去、ほんの数人だけ存在した恋人たちは、彼が与える以上の激しさを期待した。おそらくバイク乗りのような外見の彼が、恐れを知らない戦士であり殺し屋であると打ち明けたせいだろう。だがアーロンは、もっと速く、もっと激しくという恋人たちの言葉を聞き入れようとはしなかった。

その理由のひとつに、彼が強すぎる代わりに相手が弱すぎるということがある。下手をすればあっけなく傷つけてしまう。ふたつ目の理由は、激しく速くと自分を駆り立てれば魔物を目覚めさせる危険があることだ。いつもコントロールできるとはかぎらない魔物も交えて愛の時間を楽しむつもりはなかった。そんなことになれば恋人ではなく復讐《ふくしゅう》鬼となり、相手の女を傷つけてしまう。

それでも……本音を言えばアーロンの中にはある小さな欲望があった。オリヴィアに一線を越えさせたい、自制心を失うまで追いつめたいという欲望だ。クライマックスに達するためならなんでもするという状態、攻撃し懇願する状態に追いこみたいという欲望があった。

魔物の喜びの声が大きくなった。

おれはいったいどうなってる？　魔物はどうしたというんだ？　魔物の存在がこんなに大きくなると、これまでの恋人以上にオリヴィアを傷つけてしまう不安がふくらむはずだった。だがそんな不安はなかった。アーロンはキスを深め、オリヴィアが差し出す以上のものを奪おうとした。

そうだ、もっとだ。

魔物の声はささやきにすぎなかったが、アーロンに現実を突きつけた。彼はオリヴィアから頭を上げた。おれは血に飢えてなんかいない。おまえは黙ってろ。

続けろ！

レギオンがいると魔物はおとなしくなるし、レギオンもオリヴィアと同じく魔物をなだめる力があるが、魔物がレギオンとキスしたいと言ったことは一度もない。

どうして魔物はオリヴィアにはこんなふうに反応するんだ？　オリヴィアは天使なのに。ペースを落とさないといけない。ほかにどう言っていいかわからず、アーロンはそう魔物に告げた。

大好きなおやつを断られた不機嫌な子どものように、魔物は不平を鳴らした。**頼むからもっと天国をくれ**。

天国……だと？　アーロンの目が丸くなった。そういうことか。魔物にとってオリヴィアはけっして歓迎されないあの場所を意味するにちがいない。手の届かないものが自分のものになりそうな錯覚をおぼえるのだ。もっとも、正直言ってアーロンはこれまで魔物が天使の故郷に行きたがっていると思ったことなど一度もなかった。天使と魔物は敵同士なのだから。

だがその考えはまちがっているのかもしれない。そうでなければ説明がつかない……オリヴィアに対する魔物の好意に。

「アーロン？」オリヴィアの目がぱっと開いた。豊かな黒いまつげが抜けるように明るい青い目を縁取っている。彼女はつややかな赤い唇をゆっくりと舐《な》めた。「あなたの目……その瞳は……怒ってもいないのに」

瞳がどうしたっていうんだ？「ああ、怒ってなんかいない」どうして怒ってると思ったのだろう？

「怒ってるんじゃなくて……興奮しているのね」オリヴィアの口元がゆるやかに笑みを形作り、アーロンは返事をまぬがれた。「どうしてやめたの？　わたしが何かおかしなことをした？　もう一度チャンスをちょうだい。必ずやり方を覚えるから」

アーロンはまた少し体を離してオリヴィアを見おろした。「ファーストキスだったのか？」どうしてわからなかったのだろう。オリヴィアは〝どうしていいかわからない〟とさっき言ったじゃないか。それなのに今になるまでその言葉の本当の意味に気づかなかった。天使というものはこういうことはまったく無経験なのか？　ビアンカがライサンダーといっしょに天界にいるのもうなずける。これは……やみつきになってしまう。

オリヴィアはうなずいた。そして意外にもまたほほえみを見せた。「わからなかったのね？　経験ずみだと思ったのね？」

そういうわけではないが、アーロンはオリヴィアの興奮に水を差したくなかった。それに経験がないことがむしろうれしい。最初の相手、ただ一人の相手になれたことがうれしかったし、すべてをのみこむほどの所有欲も気に入った。

こんな所有欲を感じるのはいろんな意味でまちがっている。「こんなことはもう――」

「もう一度お願い」オリヴィアがいっきに言った。「わたしも同意のうえよ」

無垢さと情熱が愛らしさの中に同居している。ああ、まさに男を夢中にさせる魅力だ。

「おれが言いたかったこととはちがうな。ここでやめたほうがいい」キス以上のことにオリヴィアを引きずりこんでしまう前に。

自分自身を――そして魔物を天国に送りこんでしまう前に。そんなことをしたらもう帰りたくなくなってしまう。

「ただし、今度は」アーロンが何も言わなかったかのようにオリヴィアは言葉を続けた。「わたしが上になるわ。ずっとそうしてみたかったの。あなたに会ってからずっと」

オリヴィアは見た目よりずっと元気だったらしく、アーロンをうしろに倒した。むき出しの肌に綿の感覚がひんやりと冷たい。オリヴィアは許可も求めずに彼の上に馬乗りになった。短いスカートが腿をずりあがり、その奥に見えてはいけないものがちらりと見えた。今度はタンクトップと同じ青で、とても小さい。

つばがわくのを感じたアーロンは、気がつくとオリヴィアの膝を持ってさらに脚を押し広げ、思わず高まりをこすりつけていた。なんという快感だろう。くそっ。まるで天国だ。こんなことをしちゃだめだ。

続けろ。

オリヴィアはうめき声をあげて頭を振りあげた。シルクの髪がアーロンの肌をくすぐる。胸を前に突き出しているので先端が硬くなっているのがシャツ越しにわかる。下着はつけていないようだ。

アーロンは喜べなかった。

オリヴィアが魂まで焼き尽くすような目でこちらを見た。「さっき〝よけいなことを考えたい〟と言ったのは冗談じゃないわ。レギオンに襲われたとき、地獄で悪魔にされたことを思い出したの。あれを忘れたい。忘れなきゃいけないのよ」

「悪魔に何をされたんだ?」気がつくとアーロンはそうきいていた。知りたい気持ちなどないと自分に言い聞かせたのに。

オリヴィアの目から情熱のかすみが薄れ、美しい虹彩《こうさい》が曇った。彼女は首を振った。

「そのことは話したくないわ。したいのはキスよ」

オリヴィアは身を乗り出したがアーロンは顔をよけた。「話してくれ」快楽よりも真相を知ることのほうが急に大事になった。

「いやよ」オリヴィアの唇がとがった。

「話すんだ」教えてくれれば復讐することができる。それだけのことだ。

〝怒り〟の魔物も同意するように歯をむき出した。

オリヴィアがうなり声をあげたのでアーロンも魔物も驚いた。「男がおしゃべりを選ぶなんて誰が思う？　ほかに……することがあるのに」

アーロンは歯を食いしばった。なんて頑固な女だ。「キスをしたとしても、セッ……それ以上のことはしないぞ」そのときを待っていたかのようにライサンダーの言葉が脳裏によみがえった。〝彼女を汚すな。おまえもおまえの愛する者も葬り去ってやる〟

アーロンは体を硬くした。こんな脅しをよくも忘れられたものだ。

「それ以上のことをしてくれなんて言ったかしら？」潔癖そのものの口調だ。「さっきも言ったとおり、もう一度キスしたいだけよ」

本当かもしれないし、嘘かもしれない。オリヴィアの口調は本当だと言っているが、アーロンは信じようとしなかった。信じたくなかった。もっともそんなことを口に出して認めようとは思わない。オリヴィアはあきらかに彼と寝たがっているが、もしそうなったら彼女はそれ以上のものを求めるだろう。女というのは、喜ばせようと喜ばせまいと、必ずそれ以上のものを求める。だが彼はそれ以上何も与えられない。オリヴィアに強力な師がついているからだけではない。おれは複雑な関係など必要としていない。アーロンはそう自分に言い聞かせた。

続けろ！

「もう一度キスしても」黙れ、さっさと黙れと思いながらアーロンは言った。「そのあとできみを抱くことはない」キスは〝それ以上〟ではないと彼は自分に言い聞かせた。キスで人を汚すことはできない。キスはただのキスであり、オリヴィアは彼の上にのっている。「二人の関係は何も変わらない」それは今理解したほうが身のためだ。「それから、地獄でどんな目にあったのか教えてほしい」

この取り引きに乗ってくるだろうか？

「わたしは自信たっぷりの積極的な女だから、二人の関係が変わらなくてもかまわないわ」オリヴィアはさりげなく肩をすくめた。無理やりそうしたようにも見える。「それにあとで仲よく寄り添えなくてもいいの。でも地獄のことは約束できないわ」

この〝自信たっぷり〟で〝積極的〟な女は、本当にキスのあと寄り添わなくてもかまわないのだろうか？　本当にキスだけしか求めていないのだろうか？　そう思うとアーロンはうれしかった。本当だ。がっかりなんかしていない。ほんの少しも。

「今はあなたの唇と体を利用したいだけ」オリヴィアは顔を赤くして言った。見た目ほど自信たっぷりではなさそうだ。「でも心配しないで。少し肌を触れ合わせるだけだから。この会話を終えたらすぐにも取りかかりたいの」

オリヴィアがキス以上のものを期待していないことにがっかりした——ではなく喜んだアーロンだったが、それでも血に火がついて体中に広まった。血管はたちまち溶岩の川と化し、筋肉は引き締まって燃えだした。体を利用する？　頼むからそうしてくれ。

続けろと言っただろう！

オリヴィアの中に無垢と快楽が同居しているのが不思議だった。

そしてアーロンの中には不本意な気持ちと熱意が同居している。

自分でも止められなくなる前にやめるべきだ。

自制心か。くそっ。自制心を発揮して理性的に行動しなくてはいけない。オリヴィアとのことをああでもないこうでもないと考えている場合ではない。こんなことはきっぱりとやめて部屋を出ていけ、そう自分自身と魔物に言い聞かせなければならない。

「さっき言ったとおり、きみは今日死んでいたかもしれない」アーロンは暗い声で言った。いいぞ。死ほど彼を動揺させるものはない。「きみは簡単に殺されてしまう」実際に殺されることはなかったものの、その危険はある。

「だから？」

「だから、だと？」アーロンは首を横に振ることしかできなかった。いつも観察している人間同様、オリヴィアも気にしていないらしい。ひざまずいてもっと時間をくださいと頼むこともないし、そうするつもりもないらしい。アーロンは痛いほど歯を食いしばった。頼むべきなのに。

「まだ話をするつもり？」オリヴィアはまた顔を赤くした。「それなら自分で自分を触ってもいいのよ。さっきもそれが気に入ったし、また気に入るかもしれない」アーロンの返事を待たずにオリヴィアは両手で胸を触り、うめいた。「ああ、やっぱり好きだわ」

さっき顔を赤くしたのは恥ずかしさのせいではないのかもしれない。たぶん快感で紅潮していただけなのだ。

アーロンは息をのんだ。「話はまだ終わってない。どうしてきみは死ぬのが怖くないんだ？」

「何事も、誰にでも終わりはあるわ」オリヴィアは胸から手を離さなかった。「あなたはいずれ殺されるし、そんなことは考えただけでいやだけれど、かといってわたしは泣いたりしない。先のことがわかっていても、変えられないことは受け入れるわ。生きられるうちに生きればいい。あなたも同じよ。悪いことばかり考えていたら喜びの芽を摘んでしまうだけ」

アーロンは目の下の筋肉が引きつるのを感じた。「おれは殺されるつもりはない」

オリヴィアの動きが止まった。その顔からいくらか輝きが消えた。アーロンはそれを惜しむまいとした。「何度言ったらわかるの？　あなたを殺すために送りこまれる天使には、勝つことはできないわ」

「それならほかの話をしよう。きみは楽しむために永遠の命をあきらめ、おれのもとに来た。つまりおれが楽しませてくれると思ったわけだ。おれが殺されるのなら、どうしてそんなことをした？　なぜたくさんのものをあきらめてまでおれに頼った？」

オリヴィアは悲しげなほほえみを見せた。「わたしは、何もないよりはたとえ短い時間でも誰かといっしょにいるほうを選びたいの」

オリヴィアの言葉はあの夜のパリスの言葉を思い出させた。アーロンはむっとした。まちがってるのはおれじゃない。この二人だ。「おれの仲間と言ってることがそっくりだ。あいつは手の施しようのないばかだよ」

「その人を選ばないわたしもばかね。ゲームを外から見てるより、中に入ってプレイするばかな人のほうがいいわ」

アーロンは歯をむき出した。オリヴィアがほかの男とつき合うことなど考えるだけでも許せない。そう吠《ほ》えたかった。

魔物も怒りを爆発させた。オリヴィアにではなくパリスにだ。そして皿にのったパリスの首のイメージを投影してみせた。その首に体はない。

アーロンははっと我に返った。冗談じゃない、やめてくれ。パリスには手を出すな。**この女はおれのものだ。**

ちがう、おれのものだ。そう言い返してからアーロンは自分の言葉の意味に気づいた。そうじゃない、オリヴィアはおれのものでもおまえのものでもない。さっきも言っただろう。頼むから黙っててくれないか?

「もうおしゃべりはおしまいにしましょうよ」オリヴィアは人差し指をたいらな腹部に滑らせ、へそのまわりに円を描いた。「まだ続けるなら、もっとおもしろい話がいいわ」彼女は下唇を噛んで考えこんだ。「そうだ、こんな話題はどう? 人は快感のあまり死ぬかどうか」

ああ、冗談じゃない。質問だけじゃすまないぞ。

オリヴィアを汚してはいけない。「それはおれたちにはわからないことだ」アーロンは起きあがり、オリヴィアを下ろして立ち去ろうとした。体はその気だが、少なくとも一人になれる。友を殺してやりたいという気持ちも、ライサンダーの脅しの言葉も欲望の火を鎮めてはくれない。あとは退却するしか道が残されていない。

「かもしれないけれど、わたしは答えを出すつもりよ」

アーロンは凍りついた。この天使はどこまでその答えを追い求めるつもりだろう? そう思うと下半身がうずいた。脚を広げ、その間に自分の手を伸ばし、指を深く沈めるオリヴィアのイメージがすべてを追い払った。ああ……やめてくれ……。

「だめだ。行儀よくするんだ」アーロンの声はかすれていた。「おれはもう行く」

やめろ！ 魔物が叫んだ。

アーロンは結局離れられなかった。まるでベッドにつながれているかのように、理性を取り戻す間もなく葛藤は消え失《う》せた。

「そう。でもわたしは……絶対に離さない」オリヴィアはきっぱりと言った。「終わったら出ていってもいいわ。終わったらね」オリヴィアの腕が首にからみつき、手は髪を押さえ、爪が食いこむ。「何をすればいいかはもうわかってる」オリヴィアは彼の唇を引き寄せて奪い、すぐさま舌を深く潜らせた。

オリヴィアはたしかに覚えが早い。

彼女が唇の角度を変えると歯がこすれ合った。このぬくもり……濡《ぬ》れた感触。アーロンの理性は砕け、のみこまれた。ほしいのはこれだけだ。ただひとつの言葉を残してあらゆる思いは消し飛んだ。その言葉は、〝最後まで行け〟だ。

そうだ、いいぞ！ 続けろ。

オリヴィアがうめき声をあげ、彼はそのセクシーな音をのみこんだ。彼女が腰を突き出したとき、服越しでもどんなに高まっているかわかった。アーロンのやさしさは消えた。尻込みする気持ちもなくなった。オリヴィアの動きに合わせてみずから腰を突きあげる。

それだけでは足りなくなると、アーロンは彼女のヒップをつかみ、もっと速く激しく深く動かした。

「あなたのすべてに触れたい」唇を重ねながらオリヴィアは息を切らした。「すべてを味わいたい」

「おれが先だ。おれが――」だめだ、絶対にだめだ。オリヴィアを汚すな。汚してはいけない。

オリヴィアは彼の顎を軽く噛み、そのまま首筋へと愛撫をやわらげながら続けていった。

そうだ、頼む。昼も夜も彼女を汚すんだ。

続けろ。魔物がまた言った。

そうだ、続けるんだ――だめだ！　冗談じゃない。魔物よ、オリヴィアを脅せ。そうすればおれはここから出ていく。

続けろ。

それしか知らないのか？

黙って続けろ。

アーロンはうなった。今日は誰一人として彼の言うことを聞かない。

「どうしておれなんだ？」理性を取り戻そうとしたアーロンは、下向きになってオリヴィアを組み敷いた。だが彼女の首筋に顔を埋《うず》めて舌で肌を愛撫してしまった。脈打つ血管にそそられて我慢できなかったのだ。ばかな男。ばかな魔物。そして美しい女。

手が意思を持つように動き、アーロンは彼女の胸を愛撫した。とんでもないまちがいだ。その丸みは完璧で、先端は思ったよりずっと硬い。会話を続けろ。手を離せ。「おれはきみたちがさげすむものをすべて体現している」アーロンの全身には邪悪な行いのすべてが刻みこまれ、見る者の視線にさらされている。

「わたしが知っている善、そしてわたしが求める楽しみ、あなたはそのふたつを持ち合わせているわ」オリヴィアは両脚をからませ、二人の間に残っていたわずかな隙間もなくした。「嫌いになるわけがないでしょう?」

くそっ。体がぴったりと合っている。「おれは善人じゃない」オリヴィアとは比べようもないし、誰と比べても劣る。これまでしたこと、これからすることの半分でも知ったらオリヴィアは逃げ出すだろう。「きみたちみたいな者の目から見て善良なわけがないじゃないか。きみは天使なんだぞ」誰よりもそそる天使だ。

天国だ。

「堕天使よ。忘れた? それに〝きみたちみたいな〟という言い方にはうんざりだわ。いらいらするの。天使をいらつかせるのがどんなに難しいか知ってる? その天使がたとえ堕天使でもね」オリヴィアの手が彼の背中にまわり、翼を隠すスリットをおおった。指がその隙間に入り、繊細な薄膜に触れた。「わたしのお仕置きのせいで気を悪くしたなら悪いと思うけれど――いいえ、悪いなんて思わないわ！」彼女は撫で続けた。

アーロンの口から至福のうめきがもれた。何かに爪を立てたり殴りつけたりしたくなる衝動を抑えようとして、彼は頭上に手を伸ばしてヘッドボードをつかんだ。くそっ、もうおしまいだ。こうなったら抵抗できない。

肌に汗が浮かび、血はさらに熱くなった。今まで誰も……こんなことはこれが初めてだ……どうしてオリヴィアは知ってるんだ？

「もう一度」彼は命じた。

続けろ。魔物も声を揃《そろ》えた。

オリヴィアの指先が隠れた翼を撫でた。その快感にアーロンは息ができず、また吠えた。最初に触れられたとき、理性はばらばらになった。ふたたび触れられて理性は欲望のこだまとなって形を変えた。最後まで行ってしまえ。

キス以上ということか？　あたりまえだろう。その先をオリヴィアに与えるのだ。

続けろ。続けるんだ。

オリヴィアは頭を上げ、舌先で彼の乳首を舐めた。「ああ、ずっとこうしたかったの」そしてまた舐めた。さらにもう一度。けれどもそれだけでは足りなくなり、小さなつぼみを歯で愛撫した。

アーロンは止めなかった。女にこんなことをさせたのは初めてだ。自制心を失い、止めることなどできなかった。止めたくないと思う自分もいた。その自分は魔物と同じくこれ以上のものを求めている。ちがう、一部じゃない、全身全霊で求めている。自制心なんかくそくらえだ。

オリヴィアはもう片方の乳首に目を向けた。今度は舌ではなく歯で愛撫した。その刺激を求めて身を寄せようとする自分にアーロンは驚いた。こんな気持ちは魔物の血に飢えた欲望を思い出させるだけだといつも思っていたのに、そうではないことにも驚いた。女と過ごした初めてのときも思い出さなかった。そっちのほうはむしろ忘れたい記憶だ。

アーロンはもっと激しく速くと思った。

続けろ！

アーロンはヘッドボードから手を離し、オリヴィアを上にのせたまままた仰向けになった。オリヴィアの歯の愛撫は腹部に下りてゆき、爪が肌を削った。その荒い息遣いが耳に響く。アーロンは彼女のタンクトップの裾をつかんで荒っぽく引っ張りあげ、頭から抜いて見事な乳房を解き放った。さっきはタンクトップという憎らしい邪魔物越しに触れることしかできなかったが、今は砂糖をまぶしたプラムみたいな先端が見える。アーロンは飢えていた。視線を移し、オリヴィアの体を持ちあげる。腹部はたまらなくやわらかい。

ああ、そのとおり、やわらかだ。温かい肌の上に手のひらを広げながらアーロンは思った。こんなにも繊細な肌の上に置くとタトゥーの入った手は汚らわしくさえ思えるが、手を離す気にはなれなかった。悪名高いおまえの力はどこへ行った？

自制心といっしょに消え失せたらしい。

オリヴィアは彼の手に自分の手を重ね、そのコントラストを見おろした。無垢と邪悪。

「きれい」オリヴィアは息をのんだ。

きれいだって？

「わたしもピアスしてもらうつもりよ」オリヴィアは指先で彼の手をたどった。

アーロンは情熱でうっとりしたオリヴィアの顔をさっと見た。「どこに？」

「おへそに」

「だめだ」汚してはいけない。ゴージャスな宝石が肌の上で光れば、彼の目はすぐさまそこに吸い寄せられるだろう。舌で愛撫したくなるはずだ。その愛撫は下に向かう。彼女を汚しながら。「そんなことをしちゃいけない。きみは天使なんだぞ」

「堕天使よ」オリヴィアはゆっくりと小悪魔のようにほほえんだ。「おしゃべりはおしまいだと思ったわ。わたしの大好きなことを二人で始めたから、それを続けたいの。味わいたいのよ」オリヴィアは彼の脚の上であとずさり、タトゥーの上に舌で円を描きながらへそを舐めた。

アーロンは体の力を抜いてマットレスに沈みこんだ。いたずらな舌は熱く、歯は鋭いが、もうすっかりその感触のとりこだ。続けてくれ。それは今度はアーロンの懇願の声だった。

もしかしたらこれまでも全部自分の声だったのかもしれない。

そのとき……オリヴィアの手がジーンズのボタンにかかり、現実が戻ってきた。このままでは最後まで行ってしまう。だめだ、そんなことは許されない。アーロンは自分に言い聞かせた。失うものが多すぎる。

現実が憎い。

理性を取り戻せ。アーロンはオリヴィアの手をつかんで止めた。「何をしている?」もつれたようなこの口調はおれの声か?

「見たいのよ、あなたの……」オリヴィアはまた頬を染めて唇を舐めた。「分身を」

アーロンは息がつまりそうになった。汚してはいけない。理性を取り戻せ。

「そして唇で感じたいの」その声はかすかに震えていた。

ああ……やめてくれ……アーロンはまたそう思った。誰かライサンダーに言ってくれないだろうか、オリヴィアはすばらしい意味で半分汚れていると。最後まで行ったとしても、アーロンのせいではないと。「そんなことはさせない」

ばかめ!

ほう、魔物は〝続けろ〟以外の言葉も知っていたらしい。

オリヴィアのいたずら好きな指先が腹部をたどって乳首をまわった。その指は口調と同じぐらい震えている。「でもしたいのよ。どうしても」

「きみは天使だろう」もう何度目かわからないがアーロンはまたそう言って、力を込めるように首を横に振った。彼は殺し屋かもしれないが、遊び人ではない。

遊び人になったっていいじゃないか。

そうだ、心底なってみたい。

「だめだ」それが全員のためだ。彼のため、オリヴィアのため、魔物のためにいちばんい い。さあ、もう引っこんでろ。アーロンは魔物を怒鳴りつけた。これ以上いても邪魔になるだけだぞ。最高に行儀よくしていたとしてもだめだ。

「ああ、何度言えばわかるの？　天使じゃなくて堕天使よ」

「わかってる。だがきみの堕落の原因になりたくない」

オリヴィアは目を細くして彼の胸を拳でぶった。「そう。わたしは自信たっぷりの積極的な女だから、ほかの誰かを見つけたっていいのよ。本当はあなたがよかったけれど、この数日でわかったように、いつも望みのものが手に入るとはかぎらないわ。ウィリアムはわたしを誘惑しようとしていたし、見るからに乗り気だった……セックスに」

その脅しを実行しようとするかのようにオリヴィアが立ちあがりかけたので、アーロンは怒りのうなり声をあげ、その腕をつかんだ。オリヴィアが最後の言葉で少しためらったところを見ると、見せかけほど自信たっぷりでも積極的でもなかったようだが、この頑固な小悪魔はきっと本気でそうするつもりにちがいない。アーロンは彼女をベッドに引き戻した。

ウィリアムには触らせない。絶対に。

オリヴィアの体の揺れがおさまると、アーロンは全体重をかけて押さえつけた。「きみに好きなようにさせないからといって、おれが好きなようにしないわけじゃない。おれはもう堕落してるからな」そう言いながらアーロンは片手で彼女の腿を撫でてあげた。やわらかく……温かい……。

おれのものだ。

また魔物が言ったが、アーロンは何も言い返せなかった。オリヴィアの膝がみずから開いた。温かい？　ちがう、〝熱い〟だ。アーロンは下着の奥にあるぬくもりの源を目指した。したたるほど濡れていて、完璧だ。震えるアーロンの親指が快感の中心に触れた。

「そうよ」オリヴィアはあえいだ。「とてもすてき……想像したとおりだわ……」彼女は目を閉じてアーロンの背中に爪を突き立てた。

その手は翼には触れなかったが刺激的だった。指を一本そっと入れるつもりだったが、オリヴィアのあえぎ声……言葉……爪……それらのすべてにアーロンの欲望はいちだんと高まり、思わず乱暴に突き入れてしまった。気をつけろ。だがオリヴィアはなんとも思っていない。それどころか喜んでいる。

「ああ」今度はうめき声がもれた。オリヴィアの膝が彼の腰を撫でる。「もっと」

従う以外にどうしようもなく、アーロンは二本目の指を入れた。オリヴィアが相手だといつもその言葉に従ってしまう。彼女は身をよじった。身の危険を感じさせるほどの激しい反応だ。ありがたいことにアーロンの下半身はまだ解放されていなかった。解放されていたらその瞬間にオリヴィアの中に身を埋めていただろう。

いや、ちがう。下半身がまだ解放されていないのはありがたくもなんともない。オリヴィアに体を重ねられないのだから。

身を埋める。アーロンはオリヴィアの中に入りたくてたまらなかった。

これが終わったら、この腕の中でオリヴィアが叫び、懇願し、彼の名を呼びながらはじけ飛んだら、彼女を追い出さなければいけない。オリヴィアがいると問題が山積みになり、常識が揺らぎ、集中力がなくなってしまう。

汚しちゃだめだ。アーロンは自分に言い聞かせた。汚さないままで町に連れていかなければ。

手放したくない。魔物が言った。

黙れと言っただろう。アーロンは怒鳴りつけた。今は魔物とも、自分の欲望とも闘っている余裕はない。

だいたいどうして魔物はこんなにうるさいんだ？　アーロンはまたそんな疑問を持った。誰かを罰するわけでもなく、一人の女のことで騒いでいる。たしかにオリヴィアが意味するものを魔物が好んでいるのはもうわかっている。オリヴィアが意味するもの、それは天国だ。考えてみればおかしな話だ。だが魔物は異常なほどしつこい……。

もしかしたら、アーロンが思っている以上に魔物は彼に似ているのだろうか？　みずからの行い、つまり人を殺すことを好むと同時に憎んでいるのだろうか？　魔物は血の衝動を楽しみ、その結果を楽しんでいるとアーロンはいつも思っていた。だが魔物も彼と同じように無力感にさいなまれているのだろうか？　許しを求めているのだろうか？

「アーロン？」

「ああ」オリヴィアの声で彼は我に返った。

「止まってるわ」オリヴィアは荒い息遣いの中から言った。「もっとほしいの。お願いだから続けてくれない？」

天使らしい丁寧な言い方が戻ってきた。なんて魅力的だろう。だがアーロンは〝もっとほしい〟などという言葉は聞きたくなかった。決心が鈍るだけだ。魔物の声も聞きたくない。

アーロンは自分にできるただひとつの方法で二人を黙らせた。オリヴィアにキスしたのだ。

彼はいつものようにやさしくしようとした。そのほうが自分の手に負える。だがオリヴィアはそんなことはかまわずみずから身を乗り出し、舌をからませ、歯を滑らせた。

オリヴィアはすぐにまた身をよじり、うめき始めた。それどころか二人の間に手を伸ばし、服の中に手を潜りこませ、彼の分身を握った。アーロンは快感と痛みに歯を食いしばった。オリヴィアのしぐさにやさしさはなかった。初めての経験で動作も荒っぽかったが、その感触の快感に、気がつくと彼は腰を動かしていた。自分でも止められないほどに激しく速く。

ドアにノックの音がした。

アーロンは止まらなかった。止められなかった。オリヴィアの手で先端を愛撫され、ほんの数秒で彼は戻れない一線を越えてしまった。今度ばかりは現実の入りこむ余地はなかった。

「やめないでくれ」

「ああ……もう少し……もう少しよ」オリヴィアの手の力が強くなった。「アーロン」

アーロンはまた快感にあえいだ。ふたたびノックの音が聞こえ、彼は叫びたくなるのをこらえた。

「お願いだからやめないで！」オリヴィアはそう言うと、アーロンの唇の中に舌を戻し、体中に爪を立て、膝で締めつけた。

アーロンは指を動かし続けた。オリヴィアの手の力がさらに強まって肌を引っ張ったが、その感覚さえすばらしかった。最高だ。アーロンの親指がまた快楽の中心を探り出したとき、オリヴィアは大きな叫び声をあげた。それを聞いてプライドの波が彼をのみこみ、同時に彼自身絶頂を迎えた。

あまりにもすばらしいゴールに、オリヴィアの上に熱いものをまき散らしてしまったのも気にならなかった。不敬な言葉を叫んだことも、片手を木のヘッドボードにたたきつけて割ってしまったことも気がつかなかった。ライサンダーの目から見れば、たった今したことが地獄堕《お》ちに値することもどうでもよかった。

三度目のノックが響き、アーロンはオリヴィアの上に倒れこんだ。体からはすっかり力が抜けている。汗まみれになって息を切らしながら、彼はオリヴィアをつぶさないようにごろりと横になった。

しばらくしてオリヴィアがベッドに沈みこみながら口を開いた。「あなたのおかげで〝やることリスト〟の項目がひとつ消せたわ。普通の男性はあとで寄り添って楽しむみたいだけれど、あなたはさっきそんなことはしたくないと言ったから……」

これでおしまいというわけか。アーロンは目を見開いた。あっけないな。

いや、そんなことはさせない。アーロンはオリヴィアを引き寄せ、無理やり寄り添おうとして身を乗り出した。そのときまたノックの音がした。アーロンはいらだちに顔をしかめ、オリヴィアの体にシーツをかけると、ドアのほうに歩いていった。誰かがもうすぐ死ぬことになるぞ。

10

いったい誰かしら？

裸のアーロンがドアをばたんと開けるのをオリヴィアはためらいもせずに見守った。背中に乗るように舞っている美しい蝶《ちょう》、彼女はあれに触れた。それどころか爪で引っかいたところが赤く腫れて血が出ている。本当なら恥ずかしく思わなければいけないのに、恥ずかしさはなかった。誇らしかった。アーロンに印をつけた。追い求めた男に。そして彼は応えてくれた。絶頂にのぼりつめた。オリヴィアはまた繰り返したいと思った。今度はもっとほしい。最後まで行きたい。

邪魔者が許せない。

誰がなんの目的で来たのだろう？　生死にかかわる問題でないなら、あとで階段から転げ落ちてほしい。

自分らしくない暴力的な思いに気がついて、オリヴィアははっとした。でも自分らしくないとは言い切れない。彼女は新しい女となって生まれ変わったのだから。

普通の恋人たちは寄り添うのを楽しむものだとちくりと言っただけでアーロンは気を変えたけれど、もしかしたらあれは生まれ変わった彼女の力かもしれない。正直に言って寄り添うのがどんどん楽しいことに思えてきた。わたしは今ぬくもり、力、むき出しのセックスアピールを身にまとっている。

今度に期待しよう。今度があればの話だけれど。アーロンは一回きりだと固く心に決めているようだ。

「なんの用だ?」アーロンが噛《か》みつくように言った。彼の大きな体が視界をさえぎり、オリヴィアは相手の姿を見ることができなかった。

「悲鳴が聞こえたんだけれど」カメオが一歩脇に寄って部屋の中を見ようとしたので、オリヴィアの無言の疑問に答えが出た。寝乱れたオリヴィアの姿を見たカメオは、あっけにとられて口をぽかんと開けた。

オリヴィアはにっこりして手を振った。アーロンとのことを恥ずかしいと思う気持ちはなかった。とにかく、思っていたほどではない。喜びのほうがずっと大きい。地上に降りて肉体の栄光を経験するために知っているものすべてを捨てたのだから、抵抗を感じることはなかった。

それにオリヴィアは昔からずっと人間の営みを見つめてきた。セックス、ドラッグ。すばらしいもの、ろくでもないもの。さっき経験したことは美しかった。恥ずかしがる必要なんかない。

「元気そうね」オリヴィアは声をかけた。

「あなたも」カメオの声がこれほど悲しげでなければ、その口調の奥に笑いが聞き取れたかもしれない。

「こっちを向いてくれ」アーロンはなぜかいらいらしているようだ。「なんの用で来た？」

カメオは唇をぴくつかせてアーロンに目を戻した。「トリンが昨夜録画した映像の中に〝悪夢〟の番人を見つけたの。見たかぎりでは、ある建物の中に入ってそれっきり出てこなかったそうよ」

「なんの話だ？」

「例の影の女よ。オリヴィアが教えてくれたでしょう、あの女は〝悪夢〟の魔物を宿しているって。とにかく、これから町へ行って、その……」カメオの視線がさっとオリヴィアに向けられた。「おしゃべりしてこようと思うの、その女と。あなたは来る？　来ない？」

アーロンは体を硬くした。一瞬の沈黙があってから彼は口を開いた。「行く」そして肩越しにオリヴィアのほうに振り返った。「のんびりしてる場合じゃないぞ。おれたちといっしょに行くんだ。町に行って、きみがこの先住む場所が見つかるまでの仮宿を探すから」

なんですって？　まだわたしを追い出す気でいるの？　さっきあんなことがあったの

に？　たしかに彼女は二人の間は何も変わらないと言ったけれど、あれは事情が変わる前のことだ。快楽をひと口味わっただけではとても足りない。

さっきはベッドで堂々と主張したじゃない。あれを繰り返すのよ。「悪いけれど、それは無理。たぶんまた死にそうな目にあうだろうし」アーロンが目を丸くするのを見てオリヴィアは笑いだしそうになった。アーロンは彼女がいつ死ぬかわからないと思って真剣に悩んでいる。「わたしはここにいるつもりよ」あなたもそのほうが気に入るわ。オリヴィアは彼に向かってそう念じた。世の中にはどうすればしあわせをつかめるかわかっていない人がいる。アーロンもまちがいなくその一人だ。計画どおり、わたしがその方法を教えてあげなければ。

アーロンはうなじをもんだ。「そのことはもう話し合ったはずだ。きみはここにはいられない。おれたちの間に何があってもそれとは関係ない」

「わかったわ」オリヴィアはシーツを体に引き寄せ、ベッドの脇に脚を振りおろして立った。

「じゃあいっしょに町に行くんだな？」アーロンは見るからに疑っている。怒りと安堵《あんど》もあった。不思議な感情の組み合わせだ。

「もちろん行かないわ」膝を震わせながら一歩前へ、また前へと足を動かすのは難しかったが、なんとか転ばずに歩き通した。アーロンの脇を通り過ぎ、すれちがいざまカメオに笑顔を向けると、ウインクが返ってきた。ああ絶対神よ、すれちがったときのアーロンのぬくもりとたくましさは言葉にできなかった。

彼女は肩越しにアーロンに向かって言った。「城の探索に出かけようと思うの。ああ、それから、あの〝悪夢〟の番人はスカーレットというんだけれど、もし彼女を見つけられなくても帰ってきてからわたしにあたるのはやめて。キスで機嫌をとるつもりなら別だけれど。それならかまわないわ」

オリヴィアはアーロンの返事を待たずに角を曲がった。

「オリヴィア」アーロンが呼んだ。

オリヴィアは無視して歩いていった。アーロンは喧嘩《けんか》腰だ。体には彼が与えてくれた快感の余韻がまだ漂っているのに、喧嘩になったらそれがだいなしになる。

「オリヴィア！　それじゃあ裸同然だぞ」

裸？　彼女は胸元を押さえたシーツを見おろして息をのんだ。アーロンといっしょにいるときなら半裸もいいけれど、ほかの人にでくわすかもしれないのにこれはまずい。自信がないからじゃないわ、とオリヴィアは自分に言い聞かせた。

たしかに、アーロンと過ごした時間のおかげで地獄での出来事を忘れることができた。このふたつの出来事には類似点はない。アーロンは快楽を求め、悪魔は苦痛を求めた。でも、人の目に欲望が浮かぶのを見たらあのときの記憶がよみがえるかもしれない。

ため息をつくと、オリヴィアは部屋に駆け戻った。アーロンがむっとした顔で立っていたが、声はかけなかった。カメオはもう行ってしまった。シーツを落とし、タンクトップをつかんで頭からかぶる。さいわいスカートと下着はまだつけていた。

「これでいいわ」オリヴィアはうなずいた。

「いや、よくない。これからやることを考えたらそれじゃだめだ。おれといっしょに来いと言ってるんだ」

オリヴィアは彼に近づいていき、爪先立ちになって頰にキスした。「あとで会いましょう。気をつけてね」そう言うとオリヴィアはまた廊下を歩いていった。

「オリヴィア」

目の前にいくつも並ぶドアに気を取られ、オリヴィアはアーロンを無視した。なんの部屋なのかわからず、最初のドアから中をのぞいてみると、トレーニングルームだった。予想できたことだったけれど、こっそりここに来たときはアーロンだけしか見ていなかったので気がつかなかった。

「オリヴィア」またアーロンが呼んだが、その声にはあきらめがあった。「わかった。ここにいろ。好きなようにするがいい。おれには関係ない」

嘘《うそ》つき。少なくとも彼女はそれが嘘であってほしいと思った。

ふたつ目の部屋は空き部屋だった。三番目の部屋はのぞく前から声が聞こえてきた。恐怖も不安も抑えつけてオリヴィアは中をのぞいた。

アーロンの部屋と同じく寝室だったが、ピンクもレースもなかった。黒っぽい壁、木製ではなく金属の家具、何よりちがうのは片隅のカラオケマシンだ。女が一人大きなベッドの脇に座り、寝ている男に本を読み聞かせている。

音をたててしまったらしく、男の視線が上がって彼女をとらえた。男が起きあがろうとすると女が止めた。「ギデオン、どうしたの？　寝てなきゃだめよ」

ギデオン。オリヴィアは記憶を探った。〝嘘〟の番人かしら？

「寝てるさ」ギデオンはかすれ声で答えた。「ここにはおれたちしかいない」

そうだ、まちがいなく〝嘘〟の番人だわ。少しでも本当のことを言おうものなら激しい苦痛に襲われる戦士。そのうえとてもキュートだ。青い髪、電気を帯びたような目、ピアスをした眉。でも怪我《けが》をしているのがはっきりわかる。手があるはずの場所に包帯が巻かれている。

自信満々で積極的にいくのよ。「お邪魔してごめんなさい。ちょっと……近くを通りかかったから」これは本当だ。「わたしはオリヴィア」そう言って手を振った。トリンのときと同じように彼女はギデオンに対しても警戒心を抱いたが、出ていってと怒鳴ったり逃げ出したりはしなかった。トリンのときは怪我をしたうえ恐怖の記憶にとらわれていた。

今はあのときより強い――人間の体としては、という意味だけれど。今度は大丈夫だ。

「アーロンのところにいるの」

これは嘘ではない。アーロンはここへ来た理由のひとつだ。ついさっきまで同じベッドに寝てキスしたし、胸はまだその記憶で高鳴っている。オリヴィアはアーロンがほかの女とそんなことをしているのを一度も見たことがなかった。

オリヴィアの心はあっけなくさっきの出来事へと戻っていった。本当に……信じられない。アーロンの体は硬かったが、唇はばらの花びらのようにやわらかかった。手で体中を愛撫《あいぶ》され、たくましい高まりに腰を押しつけた。そしてあの指が中に入った。快感……ぬくもり……驚くほど奔放な時間……あんな経験は初めてだ。

これでわかった。人は快感で死ぬこともあるということが。

アーロンは甘くスパイシーなミントの味がした。甘さと刺激が混じり合って完璧な媚薬《びやく》となり、五感を圧倒した。最後まで行くことだけが生きる理由となった。

「あなたは例の天使ね」女性が歓迎のほほえみを浮かべて声をかけたので、オリヴィアは我に返った。

「ええ、堕天使だけれど、そうよ」

ギデオンは枕にもたれかかった。「最高だな」

「この人のことは気にしないで。退屈のあまり愚痴っぽくなってるの。そうそう、わたしはアシュリン」金色の髪と目を持つアシュリンはアイリスのように可憐《かれん》だ。「マドックスの妻よ」

「〝暴力〟の番人のマドックスね」黒髪とアーロンそっくりのすみれ色の目を持ったくましい戦士マドックスは、いかにも短気そうだ。「結婚しているの？」

「二人きりの式を挙げたの」アシュリンは頬を染め、立ちあがった。「彼、悪い人じゃないわ。わたしが約束する」アシュリンは丸いおなかを撫《な》でた。「知り合いになればやさしいのよ」

オリヴィアは自分を止められず、アシュリンに近づいておなかに手をあてた。自分が絶対に子どもを持てないとわかっているからこそ、いつも妊婦に興味を引かれるのだ。子どもはオリヴィアのひそかな望みのひとつだった。天使は生まれるのではなく創造される生き物であり、仲間の天使に欲望を抱いたとしても妊娠することはできない。

でも今は人間だ……もしかしたら子どもを持てるかもしれない。

アーロンと？　希望を持つのは自由だ。つかの間オリヴィアは二人の子どもを夢想した。生まれつきあのタトゥーがないのは残念だけれど、アーロンの美しいすみれ色の目と翼を受け継ぐかもしれない。人は皆たとえ一度きりでも空を飛ぶ喜びを味わってみるべきだ。アーロンの根性と意志の強さを持つ子どもは、母親である彼女を怒らせると同時に惹《ひ》きつけるだろう。

オリヴィアはため息をついて目の前の現実に戻った。

「あなたの双子は二人とも元気いっぱいだわ」母親はこういうニュースを聞きたがるものだ。「炎と氷。トラブルに巻きこまれないようにするのはひと苦労だけれど、その分、親としての喜びもひとしおよ」

アシュリンはあっけにとられ、しばらくじっとオリヴィアを見上げていた。「双子ですって？　どうして双子だってわかるの？」

ああ、しまった。もしかしたら待つ楽しみをだいなしにしてしまった？「天使なら誰でも子宮の中の存在を感じ取る力を持っているのよ」

「そんな……ありえないわ」アシュリンの肌から血の気が引き、ところどころ青く染まった。「おなかには一人しかいないはずよ。経過は順調のはずなのに。そうでしょう？」

どこまで言っていいだろう？　落ち着かせるだけにとどめておいたほうがいい。「いいえ、普通より遅いわ。おなかの子は不死族で、妊娠期間が長いの。でも心配しないで。今度はわたしが約束するわ。男の子も女の子も元気よ」

「男の子？　女の子？」

やってしまった。楽しみをだいなしにしたようだ。

アシュリンは震える手ではちみつ色の髪をかきあげて耳にかけた。「ちょっと横になりたいわ。マドックスを呼んで、それから……それから……」アシュリンはあわててギデオンのほうを見やった。「本当に悪いけど、今日はこれで……」

「そうだ、本当に悪いぞ」ギデオンはにやりとした。

アシュリンはゆっくり息を吸いこんだ。「ありがとう」美しいアシュリンはオリヴィアには目もくれず、夢遊病者のような足取りで部屋を出ていった。

「残念だわ」オリヴィアはアシュリンに声をかけた。そう言った理由はひとつだけではなかった。これで〝嘘〟の番人と二人きりだ。まさかこんな状況になるとは思ってもいなかった。でも怪我人を放っておくわけにはいかない。「あの、わたしが続きを読みましょうか？」答えを待たずにオリヴィアはアシュリンが置いていった本を手に取った。あら、ロマンス小説だわ。なんてセクシーな好みなんだろう！　オリヴィアはアシュリンが座っていた椅子に腰を下ろした。

「ぜひとも読んでもらいたいね。きみの声は……身の毛がよだたないから」

つまり、身の毛もよだつ声だから読んでほしくないということだ。拒否された。

オリヴィアはがっかりした気持ちを隠そうとしてページをぱらぱらとめくった。「わたしの声の特徴は真実の響きがあることよ。それは自分では変えられないの。嘘をつくことはできるけれど、つきたいとは思わないわ。どうしても口になじまないの。それに嘘は厄介よ。感情を傷つけるし、喧嘩になることもある」

「ああ、そのことならよく知らない。嘘は最高だ」ギデオンはそう答えたが、同意してくれたのはわかった。うらやましそうな口ぶりだ。「おれは……何もいらない。何もほしくない」

かわいそうに。きっとほしいものがたくさんあるんだわ。「やっぱり出ていってほしい？」

「ああ」

「よかった」進歩だ。「本を読みましょうか？」

「ああ」ギデオンはまたそう言った。「話すより読むほうがいい」

ということはロマンス小説には手を出せないわけだ。「なんの話がいい？」

「きみのことじゃない。どうしてきみがここにいるのか知りたくない」

「助けてくれるの？」オリヴィアは期待を抱いた。こんなにも早く恐怖が欲求に変わるとは。どうしてもやり遂げたいという決意の強さの表れかもしれない。

「ああ、もちろんだ」

その嘘は無視することにした。頭の中で助けられないと思ったことがついうっかり口に出てしまっただけかもしれない。オリヴィアは天界を捨てたこと、手に入れたいと思ったもののこと、アーロンと進展があったことをギデオンに話した。偏見のない第三者に話を聞いてもらうのはよかった。

「ということはあいつを憎んでるんだな？」ギデオンがそう言ったので、愛しているかどうかをきかれているとわかった。

愛。アーロンを愛しているかしら？「いいえ。そうよ。たぶんね」自分でもまだわからない。「いつもアーロンのことを考えるわ。いっしょにいたいし、自分のすべてを捧《ささ》げたい。つまり性的にね」ギデオンがわからないかもしれないと思い、オリヴィアは顔を赤くして言い足した。自信を持たなければ。「でもアーロンはセックスするつもりはないって言うの」

「かしこい奴《やつ》だよ、アーロンは」ほほえみが浮かぶのはゆっくりだが、ギデオンの笑顔はいたずらっぽくてセクシーだ。「いいか、役に立たないアドバイスをしよう。今夜あいつの寝室に潜りこむな。敵とまちがえて殺されないように大きな音をたてちゃいけない。あ、裸でもいけない」

「すてきなアドバイスね。ありがとう」オリヴィアは顔を輝かせた。そして足をベッドにのせた。ブーツの黒いレザーが光を受けて輝いた。「男って裸が好きみたいね。アーロンはほかの人に見せたがらないの……わたしの胸を」

新しく生まれ変わっても恥ずかしいという感情は消えないものだとオリヴィアは思った。

「それはきみの勘違いだ。ああ、オリヴィア、そうやってるとスカートの中が見えないぞ」ギデオンはおもしろがっている口ぶりだ。

自信を持ちなさい。堂々とするのよ。「気に入った？」

ギデオンはびっくりしてまばたきしている。きっと彼女が足を下ろすと思ったのだろう。

「見たくもない」

「本当に?」恥ずかしいことなんかないとオリヴィアは思った。それどころか勇気づけられた。「おみやげにほしい? アーロンのベッドに裸で潜りこむから、わたしにはもういらないの」

ギデオンは笑った。「いや、いらないよ。みやげにするのはまっぴらだ。おれがガールフレンドのパンティを持ってるとアーロンが知ったら、さぞ喜ぶだろうよ」

アーロンのガールフレンド。ギデオンの立場から見れば嘘になるが、それでもオリヴィアは体がとろけそうになった。「それならあげるわ。出ていく前に渡すことにする」

また笑い声があがった。「きみのこと、本当に気に入らないよ」

オリヴィアはにっこりした。「わたしも。自分のことは話したから、今度は彼のことを話して。アーロンのことよ。何者なのか知っているけれど、過去のことは何ひとつ知らないの。アーロンを理解したいのよ。わたしがいずれ死ぬことを不安に思ってほしくないの」そして自分の死も受け入れてほしい。

「だめだ」つまりわかったということだ。

ギデオンは身動きした。ヘッドボードにはさまっていた青い髪が引っ張られ、ギデオンは顔をしかめて手を伸ばしたが、包帯を巻いた手では髪一本つかむことができない。もどかしげなうなり声を聞いてオリヴィアはさっと動いた。

足を下ろし、身を乗り出して、はさまった髪をそっと抜く。「これでいい？」

「いや」ギデオンはぶっきらぼうに答えた。

「よかった。ところでわたしは青が大好きなの。わたしも髪を青に染めようかしら」あとで考えようと思い、オリヴィアは髪のことを心の奥にしまった。へそのピアスの件もいっしょだ。今はアーロンのことを知りたかった。昔はどんな人で、どうして今のような男になったのか。

「アーロンのことだが……どこから始めてほしくない？」

「あなたたち戦士が天界から古代ギリシャに追放されたことは知っているわ。あなたたちが災厄を引き起こしたこと、罪のない人間を殺したこと、片っ端から拷問し、襲撃し、略奪し、破壊したことも聞いたことがある」

ギデオンは肩をすくめた。「それは誤解だな。おれたちは魔物を完璧にコントロールし、流血の衝動に負けなかった。そしてようやくコントロールを失ったとき、自分たちがしでかしたことに最低限の罪悪感しか持たなかった」

罪悪感。なんという重荷だろう。オリヴィアが見たかぎりでは、この戦士たちは一人の男が背負える以上の罪の意識を抱いている。これからの彼らには平和な日々がふさわしい。

「アーロンは戦士じゃなかった。だが不当な行為であっても自分の行いがあいつを苦しめた。あいつは自分のしたことを愛し、そのために自分を愛した。あいつは最低限の仕事だけをこなし、神の王を守るための汚れ仕事をおれたちに押しつけた」

オリヴィアはてきぱきとギデオンの言葉を翻訳した。アーロンはときとして自分の行いに入れこみすぎて自己嫌悪に陥ったが、仲間を愛し、仲間の重荷を取りのぞくために仕事を肩代わりした。そのことでおそらく苦しんでいたにちがいない。

罪悪感。そのころでさえアーロンは大きな罪悪感を抱いていた。他人を傷つける者を罰するのを楽しみながら、自分も相手に劣らぬ悪人だと考えていたにちがいない。

アーロンが死ぬ前に、そしてわたしが死ぬ前に、そうじゃないことを教えてあげよう。アーロンは悪人ではない。守り手だ。彼女の死を考えるたびにアーロンが不安になるのも当然だ。アーロンにとって死は守りきれなかったことを意味する。なんてやさしい人だろう。

「続けて」

ギデオンはうなずいた。「人の死はアーロンを苦しめなかったし、何かを見るたびに死を思うこともなかった。それからおれたちの宿敵バーデンが首を刎《は》ねられなかったとき、アーロンは思ったんだ、不死族は永遠に生きられると。そのせいであいつは震えあがらなかった」

なるほど。仕事として死をもたらすうちにアーロンは死への恐れを深めた。大事な仲間が首を刎ねられたことがとりわけ大きなきっかけになった。そしてそばにいる者がいつかは死ぬこと、でも自分は何もできないことを知った――オリヴィアがつい最近知ったように、何をしても友を守ることはできないことを。

力やたくましさを重く見る男であれば、そういう無力感は相当こたえるにちがいない。レギオン以外の者と距離を取ろうとするのもそれが理由だろう。大事に思う人が少なければ、助けなければと思う相手も少なくなる。

それならレギオンはどうやってアーロンの心の壁を乗り越えたのだろう?

それ以上に不思議なのは、レギオンがどうやってアーロンの魔物の懲罰欲をかわしたのかということだ。レギオンは罪のない暮らしを送ってきたとはとても言えない。無実のオリヴィアに対してしたことがいい証拠だ。

「レギオンのことだが」彼女の思いを読んだかのようにギデオンが話しだした。「おれが思うに、アーロンはひそかに家族を求めてなかった。そしてレギオンはその思いに応えなかったんだ」

アーロンはひそかに家族を求めていた――彼女と同じだ。そしてある意味でレギオンが家族代わりになった。わたしだってアーロンの家族になれるとオリヴィアは思った。レギオンの継母になりたい気持ちはないけれど、アーロンといっしょにいる喜びのためならそんなおぞましい呼び名にも耐えられる。

「きみがすっかり乗り気になってないのを見るとうれしいよ。これだけは言っておくが、あいつは天界にいたときからワイルドな女が好みだ。きみはワイルドじゃないと思わせたがっているが、心の中はワイルドそのものだとおれにはわかる。アーロンはワイルドなのが好みだと思いこんでるが、おれの目から見ればおとなしい女がふさわしい」

そんな……オリヴィアは自分を否定された気がした。アーロンはおとなしい女が好みだけれど、ギデオンはアーロンにはワイルドな女が合うと思っている。そして、彼女が何を言い何をしようと心の中はワイルドではないし、この先もなれないと思っている。

「どうしてわたしを追い払おうとするの？　ついさっきどうやってアーロンを誘惑すればいいか教えてくれたばかりなのに」

「アーロンだってたまにはちょっと苦しんでほしいんだ」

たまにはちょっと楽しんでほしいということだ。ギデオンは彼女をそういう目で見ている。

ギデオンは誤解している。以前の彼女はやさしかったかもしれない――やさしくありたいと思っていたかもしれない。でもこの城で過ごせば自分をもっと深く知ることができるだろう。

オリヴィアはこれまでずっとやさしかった。ライサンダーもやさしくしてくれた。天使の仲間もそうだ。彼女も仲間にやさしくした。

アーロンの腕の中で彼女は生き返った。もっと激しくもっとめちゃくちゃで、コントロールできないものをほしがるようになった。ワイルドになりたいと思った。アーロンは何度かペースを落とそうとした。愛撫の手をやわらげ、やさしいほうが好きだというギデオンの言葉を裏づけた。

オリヴィアはアーロンが翼を愛撫してくれと頼んだことを思い出した。あの愛撫はやさしさとはほど遠かった。

けれどもアーロンは彼女がへそにピアスをするのをいやがっている。本当にピアスをしたらどう思うだろう？　タトゥーも考えているけれど、アーロンの反応は？　タトゥーは蝶の模様にするかもしれない。アーロンはもう二度とキスしてくれないかしら？

「話しているうちに気が滅入《めい》ってきたわ。あなたと話すのが楽しくなかったわけじゃないのよ。くわしく話してほしいって言ったのはわたしだし、感謝してるけれど、あなたさえよければそろそろ本を読みたいの。気持ちを集中するものがないと、キッチンに行ってお酒用の戸棚のボトルを片っ端から試したくなりそうだわ」いやなニュースを聞いたとき、多くの人がそうしている。

「二人でいっしょにそうしなくてもいいんだぞ」ギデオンはそう言ってドレッサーの上に並ぶボトルのほうに手を振った。

「本当に？」オリヴィアはすっかりその気になって立ちあがり、部屋を歩いていった。そして中身が多めに残っているボトルを持てるかぎり手に取った。中身が揺れ、さまざまな香りが立ちのぼった。りんご、梨、レモン。妖しいスパイス。「いつも〝くすくす笑いジュース〟って呼んでいたの。飲んでみたくてたまらなかったのよ」

「これでチャンスができなかったな。頼むからおれの喉に流しこまないでくれ」

「喜んで」口元でボトルを傾けると、ギデオンはごくごくと酒を飲んだ。残りを口に入れたオリヴィアはむせそうになった――期待していたようなおいしいものではなかった。彼女は椅子に座ると適当なページを開いた。

文字がかすかにぶれた。

「〝彼女は胸をつかんでぎゅっと握った〟」これはおもしろい本だ。「〝先端が彼の両手を求めてうずく。欲望のあえぎが口からもれた。ふだんならこんな声を出すことに嫌悪感を抱いていたが、その瞬間、彼女は情熱に支配されていた〟」

わたしにもこの感覚がわかるとオリヴィアは思った。残念ながらもう二度と味わうことはできないかもしれないけれど。

オリヴィアは二本目のボトルを飲み始めた。

アーロンは両手をぎゅっと握りしめてつかつかと城の中を歩いていった。あたりを見まわしもせず、空腹なのにキッチンに行こうともしなかった。彼は階段をのぼり始めた。

「どこに行くの？」アーロンと歩調を合わせながらカメオがきいた。

「オリヴィアを捜しに行く」質問するためだ。この数時間キスしたいと思い焦がれたが、キスはしない。〝悪夢〟の番人を捜すことよりオリヴィアのことばかり考えていた。ダニカを殺そうと思いつめたときと同じように今度はオリヴィアのことを思いつめている自分が怖かった。

オリヴィアのことを殺したいわけじゃない。

二人がベッドで始めたことを最後までやり遂げたいとアーロンは思った。二人とも絶頂に達したが、オリヴィアの中に身を埋《うず》めていない。すべてを奪っていない。

それでも汚してしまったのはまちがいない。彼女の体の上に熱いものをまき散らしたのだから。きっとライサンダーの怒りを買っただろう。だからといってそんなことはもう気にならなかった。ライサンダーが乗りこんできたわけでもない。愛し合ったからといって何か悪いことが起きるだろうか？

そう思った瞬間アーロンの気が変わった。オリヴィアを見つけたら、質問するんじゃなく服を脱がせよう。ほら、また考えてるぞ。仕事を片づけるどころかオリヴィアのことばかりだ。

魔物がまだ口を閉じないのも気に障った。あと一度でも〝続けろ〟という言葉を聞いたら、流血の衝動が爆発してしまいそうだ。

集中しろ。オリヴィアに質問する。それがおれの仕事だ。服を脱がせるなんてとんでもない。もちろん服がきついなら別だ。それなら息が楽になるように脱ぐのに手を貸してやろう。

くそっ、集中しろと言ってるだろう。オリヴィアに質問するんだ。オリヴィアは影の女は見つからないと言った。〝悪夢〟の番人。スカーレット。呼び名はなんでもいい。オリヴィアは正しかった。あの女があとかたもなく消えてしまったことをオリヴィアはなぜ知っていたのだろう？

やっぱりオリヴィアが必要らしい。アーロンは顔をしかめてそう考えた。だからといってそばに置いておくつもりはない。冗談じゃない。だが服を脱がせて……。

アーロンは壁を殴りつけた。

「驚いたわ。そんなに彼女が好きなのね？」カメオが信じられないといった口調できいた。「あの人といちゃついていたのは知っているけれど、一人の女のことをこんなに思いつめているあなたは見たことがないわ」

「彼女のことは話したくない」

「いいわよ。やめましょう」

「だがどうしてもと言うなら……オリヴィアのことを理解できないせいで正気を失いそうなんだ」

アーロンはめったに仲間に悩みを打ち明けない。それでなくても仲間は手いっぱいなのだから。でもそのときはほかにどうしていいかわからなかった。助けがほしかった。完全に自分を失ってしまう前に。

踊り場で足を止めるとカメオも立ち止まった。アーロンは片手で顔を撫でた。「オリヴィアといると、これまで感じたことのないものを感じてしまうし、ほしいと思ったこともないものがほしくなってしまう。クロノスがおれを痛い目にあわせようとしてるとしか思えないんだ。そうでもなければオリヴィアになぜこんな気持ちを持つのか説明できない」

こんなふうに彼に近づき、がんじがらめにした女はいなかった。「追いかけたくなるような女を送りこめとクロノスを挑発したのがまちがいだったんだ。ただおれはオリヴィアを追いかけたことはないから、クロノスが送りこんだとは思えない。いったいなんなんだこれは。おれはどうかしてる」

カメオはアーロンの肩をやさしくたたいた。悲嘆の刻みこまれた顔に理解の表情が浮かんだ。口を開こうとしたカメオは、女性の泣き声を聞きつけてやめた。

二人は不審そうに目を見かわした。アーロンはすぐに動いた。悲しみに彩られていても、セクシーで豊かな声には聞き覚えがあった。その声が聞こえてくるのは彼の部屋でも隣の部屋でもなかった。

次に男の笑い声が聞こえ、アーロンは顔をしかめた。ギデオンが笑っている。最近ギデオンがどれだけ苦しんだかを考えれば喜んでいいはずだ。だがアーロンは喜ぶ気にはなれなかった。

アーロンは急いで角を曲がり、ギデオンの部屋に飛びこんだ。オリヴィアがいた。ギデオンの隣に横になり、彼の肩に顔を埋めて体を震わせている。無神経そのもののギデオンはまだ笑っている。

「何があった?」アーロンは飛び出しながら言った。ちがう、火のように血管を流れているのは嫉妬じゃない。怒りだ。負傷した友に面倒をかけたオリヴィアに怒っている。そうだ、オリヴィアに対する怒りだ。短剣をギデオンの心臓に突き刺したいわけじゃない。

「ここにいる全員が後悔するようなことをおれがしでかす前に説明してくれ」

おれのものだ。魔物がうなり声をあげた。

〝続けろ〟よりはましだとアーロンは思った。

「アーロンなの?」オリヴィアは涙のあふれる目で彼のほうをちらっと見たが、すぐに目をそらした。それどころか、両手をギデオンの首にまわしてぎゅっとしがみついた。涙でギデオンのシャツを濡《ぬ》らしながら激しく体を震わせている。「ああ、信じられない。今度は怒らせてしまったわ」

「オリヴィアを傷つけたりしたら……」アーロンはうなるように言った。そうだ、認めよう。ギデオンに短剣を突き刺してやりたい。

わざと仲間を傷つけたいと思ったことなどこれまで一度もない。戦ったことならある。お互い、相手の頭を壁にたたきつけたりするのは健康的なストレス解消法だ。だが彼はサビンに文字どおり背中から刺されたことがある。あれは純粋な怒りからきたものだ。そのときアーロンは、もう二度と友に裏切られたと感じさせてはいけないと誓った。

だが今は自分を止められそうになかった。これは魔物のせいにはできない。悪徳に満ちたイメージが脳裏に浮かぶわけでもなく、罪人を罰したいという強い欲求もない。ただ自分を見失うほどの怒りがあるだけだ。

この女のことを心配してはいけない。放り出すチャンスがあればすぐに放り出せ。アーロンはそう自分に言い聞かせながらオリヴィアを抱きあげた。オリヴィアは泣き声を張りあげてギデオンにしがみつこうとした。

アーロンはその手を振りほどいた。「ギデオン！　何があったか答えろ。オリヴィアに何をした？」

「なんでも。酒を飲んで笑ってるだけだ」ギデオンは悪びれたところのない顔で笑った。

純粋で愛らしいオリヴィアが酒？　おれ以外の誰かが彼女を堕落させたのか？

これはまちがいなく怒りだ。どす黒い怒りが広がっていった。驚きもあった。そしてもう否定しようのない嫉妬も。

「ああ、アーロン」オリヴィアはしゃくりあげながら言った。ようやくギデオンではなく彼に慰めを求める気になったらしい。「ひどい話だわ。翼をなくしたわたしを、あなたはたった一人で外に放り出そうとしてる。レギオンの意地悪ぶりには一瞬腹が立ったわ。これまで怒ったことなんか一度もなかったのに。怒るのは嫌いなの。わたしの知識があればあなたが思ってる以上に助けることができるのに、あなたは助けなんかいらないと思ってる。ライサンダーの言うことが正しかったのかもしれないわ。わたしはもう天に帰ったほうがいいのよ」

最初に見つけたときのオリヴィアが翼を引き抜かれて血まみれだったことをアーロンは思い出した。レギオンが噛んだときはひどい痛みに苦しんだ。アーロンの中で罪悪感がすべての感情を押し流した。おれはもっと……。待てよ、天に帰ったほうがいいだって？

「また戻れるのか？」アーロンは驚いてきいた。

「ええ、そうよ」オリヴィアは鼻をすすりあげた。「十四日以内なら……いいえ、十日以内だわ。もう日にちもわからない。たしか三日間寝込んでいたって言ったわよね？　でももし天に戻ったらあなたを殺さないわけにはいかなくなるわ。天界に迎え入れてもらうにはそうするしかないの」

オリヴィアが天界に戻ったとしても、彼を殺さなければならないのは同じだ。少なくとも殺そうと努力しなければいけない。それなら受け入れられる。オリヴィアは手の届かないところに行き、彼の邪悪な影響力や暴力的な衝動から離れ、安全になる。

「おれは自分の身は自分で守れる」そう言うと、オリヴィアはまたわっと泣きだした。

「いつもそうしなくてもいいのよ、アーロン。あなたがいつも仲間を守るように、誰かがあなたを守らなくちゃ」

こうやって涙と思いやりでオリヴィアは彼を殺すだろう。もう胸に鋭い痛みが走っている。アーロンは常に守り手として仲間の安全を確保してきた。誰かから守られることを考えると、抵抗できないほど惹かれてしまう。「体を休めろ」アーロンはまだにやにやしているギデオンにそう言うと、しっかりした足取りで部屋から出た。

そのとき頭の中で、オリヴィアに劣らず動揺した魔物のうめき声が響いた。**おれのものだ。傷ついてる。治せ。**

せいいっぱいやってるところだ。「きみの問題を全部解決するのは無理かもしれないが、地獄で何があったか教えてくれたらおれが復讐《ふくしゅう》してやる。前にもそう言っただろう？」

オリヴィアはわずかにひげの伸びた顎に額を寄せた。「キスしたときのことね」

「そうだ」アーロンの手に力が入った。くそっ、必要なら喜んで繰り返そう。「教えてくれ」

オリヴィアはすすりあげた。「いいえ、言いたくないわ」

「ギデオンには言ったのか？」

「いいえ」

なるほど、酔っていても秘密を打ち明ける気にはならなかったのか。もっと問いつめてもよかったが、アーロンはそうしなかった。もう涙はたくさんだ。これ以上見たくない。

寝室に入ると彼はオリヴィアをやさしくベッドに寝かせた。オリヴィアは彼を見上げて言った。「今から愛し合いたい?」そしてしゃくりあげた。「下着をギデオンにあげたから、ちょうどいいわ」

「ギデオンに下着をやったのか? あいつは受け取ったのか?」信じられない思いだった。アーロンはスカートの下を確かめたくなる衝動と闘い、ギデオンの部屋に戻って襲いかかりたい衝動が募るのをこらえた。

「ええ、そうよ。それで、するの? しないの?」

残念ながらアーロンはその気だった。目は腫れていて肌はところどころ赤くなっているが、オリヴィアは魅力的で……そそられた。体はまだ彼女を求めているし、今これほど慰めを必要とする者はいない。だがアーロンはどうやって慰めるのか知らなかった。それに酔っ払ったまま初めてのときを迎えるのはひどい話だ。

「オリヴィア、もう寝るんだ。朝になったら……」朝になったら、オリヴィアには天界に戻るまでに九日間しか残されていない。「話し合いたいことが山ほどある」

11

レギオンは涙をこらえて地獄の業火と悲鳴の中を走り抜けた。ここはかつてのふるさとであり、今は憎い避難場所だ。レギオンは四つん這《ば》いになって駆け続けた。こうすれば体は地面に近くなり、人目につかず、スピードを出せる。それにレギオンのような者に許された姿勢はこれだけだ。立って歩けば、そばにいる高位の悪魔が一人残らずこの無礼なふるまいを罰しようとするからだ。

その高位の悪魔たちはレギオンの周囲で地獄に落とされた人間の魂を苦しめている。ありったけの血と苦痛を楽しみ、高笑いしている。

レギオンがここを嫌っているのを知っていながらアーロンは気にもしない。もうそんな気持ちはないのだ。なぜそう思えるのだろう？　アーロンはあの天使を助けた。レギオンの敵だ。その天使を守っただけでなく、慰めている。

どうして？　どうしてアーロンはレギオンを守ろうとしないの？　どうしてレギオンを助け、慰めようとしないの？　涙がこぼれ落ちて毒液と混じり、レギオンのうろこを焼いた。

影と岩の隠れたくぼみに着くと、レギオンは足を止めて立ちあがり、ごつごつした血まみれの壁に背中を押しつけた。息をするのも苦しい。心臓は——アーロンのひどい仕打ちのせいでふたつに裂けた心臓は、どきどきと鼓動を速めている。

先の割れた長い舌が現れ、涙の粒を舐《な》めた。どんな相手も泣きながら命乞いをさせる威力を持つこの猛毒も、舌をひりひりさせただけだった。この毒であの天使が死ねばいいのにと思ったが、死ななかった。アーロンは何があってもあの女を助けるつもりだった。そしてアーロンは自分の意志を貫き通す。いつもそうだ。

これからどうすればいいの？　初めてアーロンに会ったとき、鎖につながれ血に飢えた姿を見てレギオンは彼を好きになった。アーロンは流血の衝動と闘い、そんな自分を憎んでさえいた。レギオンはそれまで殺すより助けるほうを選ぶ者に会ったことがなかった。アーロンなら自分も救ってくれるかもしれないとレギオンは思った。

一瞬の判断でレギオンはアーロンと暮らすことに決めた。結婚し、毎晩彼のベッドに寝て、毎朝隣で目を覚ますつもりだった。けれどもアーロンは仲間のマドックスに頼んでレギオンのベッドを作らせた。それでもレギオンはアーロンのすべてであろうとした。必要なのは時間だけだと思っていた。

でものんびりしたことは言っていられない。アーロンがあの天使を家に入れたから、家には戻れない。カールした長い髪と雲のように白い肌を持ったばかで醜い天使。レギオンだけでなく、どんな悪魔もあれほど善良な存在のそばには長くはいられない。苦痛に襲われるからだ。

でもアーロンは痛がっていないとレギオンは皮肉っぽく思った。どうして痛くないんだろう？　アーロンはあのあばずれを歓迎している。もしかしたら、〝怒り〟の魔物は人間の中での暮らしが長かったから、普通の悪魔みたいに天使をいやがらないのかもしれない。

どちらにしても、アーロンにはもっとレギオンの苦しみを思いやってほしかった。心配もしてくれないなんて、もう愛していない証拠だ。アーロンはレギオンを追い出した。

「どうしたんだ、大事な子よ」

ふいに声をかけられてレギオンは息をのみ、驚きの目で声の主を見上げた。物音など何も聞こえなかったのに、宙から現れたかのように目の前に男がいた。もしかしたら目に見えないだけでずっとそこにいたのかもしれない。

レギオンの背筋に震えが走った。逃げ出したかったがうしろは岩だ。ひどい、ひどい。最悪だ。とても生きて逃げられそうにない。

「あっちへ行って！」レギオンは、ふいに喉をふさいだかたまりをなんとかのみくだした。

「わたしを知っているか？」男は気を悪くしたふうもなく、なめらかに言った。

もちろん知ってる。だから泣きそうになっている。この男はハデスの兄弟であり、大勢の悪魔を従えた闇の王子、ルシファーだ。この男こそ純粋な悪だ。

ルシファーは〝大事な子〟と言った。よくもそんな！　背を向けたらその瞬間に、笑いながら背中を刺してくるだろう。アニヤの言い方を借りれば〝おもしろ半分〟に。レギオンは息をのみこんだ。

「どうだ？」ルシファーが指を鳴らすと、次の瞬間、二人はルシファーの玉座の間の真ん中に立っていた。ルシファーの宮殿の壁は石やしっくいではなく火花を散らす炎だ。「簡単な質問だ。わたしを知っているか？」

「う、うん。知ってる」レギオンはここには二度しか来たことがない。一度目はこの世界に生み出されたときで、一度来ただけでもう二度と来るものかと思った。二度目は罰を受けたときだ。人間の魂を苦しめるのを拒んだせいでこの罰を受けることになった。

「集中しろ」ルシファーが言った。

レギオンはまばたきして我に返った。床や壁や台座の上の玉座からも黒い煙が立ちのぼり、亡者の指のようにレギオンを取りまいている。煙の中には悲鳴が閉じこめられており、その悲鳴がレギオンをあざけった。

なんと醜い、と声が言った。

愚かだ。

誰からも必要とされない。

ほしがる者も求める者もいない。

「次の質問をしたぞ、レギオン。答えなさい」

ルシファーのほうだけは見たくないと思ったが、レギオンは無理やり目を向けた。ルシファーは長身で、つややかな黒髪と金色がかったオレンジ色の目をしている。アーロンのように筋肉質でハンサムだが、ハンサムといってもアーロンほどではない。ルシファーの表情にはいつも業火がくすぶっている。

次の質問ってなんだろう？　そうだ、思い出した。何をしているかきかれた。「レギオンは……」どう答えればいい？　嘘《うそ》は嘘でもルシファーが信じる嘘じゃないといけない。

「ただ遊びたかっただけ」

「遊びか」ルシファーの唇がゆっくりと皮肉っぽくゆがんだ。彼はレギオンをまわるように歩いて近づいていき、値踏みするように見つめた。そしてあきらかに落胆したらしい。

「わたしにいい考えがある」

ルシファーの熱い息がうなじに届き、レギオンは身震いした。刺されるかと思ったけれど、少なくともそれはなかった。「いい考えって？」

「わたしとおまえで取り引きをしよう」

レギオンは胃をぎゅっとつかまれたような気がした。ルシファーの取り引きは有名だ。必ずルシファーの得になるからだ。ルシファーはその手を使って一年間地獄を抜け出し地上で過ごした。この地底の牢獄《ろうごく》を囲いこむ壁の強さをつかさどる〝憂鬱〟の女神と取り引きしたのだ。この女神は高位の悪魔を大勢逃がしてきた。女神はその後命を落とし、その骨はパンドラの箱を作るのに使われた。

「いやと言ったら？」レギオンはいやと言い切るつもりだったが、口を開くと質問になってしまった。

ルシファーはまたレギオンの前に来て舌打ちした。「そうあわてるな。まだこちらの条件も言っていないじゃないか」

どうせこちらの不利になるような条件にちがいない。「もう……もう行かなきゃ」

「まだだ」ルシファーは振り返って玉座に歩み寄ると、迷うことなくゆったりと腰を下ろした。煙がそのあとを追いかけて包みこみ、炎もそれに続いた。炎はルシファーのそばにいられるだけでうれしいとでもいうように躍っている。

レギオンはもじもじと足を動かそうとした。ところが気がつくと両足は張りついたように動かなくなっている。これでは出ていけない。ルシファーの用が終わるまでいるしかない。しかしレギオンはあわてなかった。これまでたたきのめされても生き延びてきた。ひどい言葉を投げつけられ、笑い物にされたこともある。底なし同然の穴に投げこまれたり、氷原に蹴り出されたり、瞬間移動できなかったこともある。

「ほしいものを手に入れるのを手伝ってやろうじゃないか」ルシファーが言った。「おまえがなんとしてもほしいものを」

　何を言っているんだろう。ルシファーがそんなもの……。

「アーロンのハートを射止めるのを手伝ってやる」

　一瞬レギオンは呼吸を忘れた。肺と喉が焼けつくように熱くなったので無理やり口を開け、息を吸いこんだ。今……なんて言った？

「おまえは暗黒の戦士のために地獄の偵察をしているが……」〝暗黒の戦士〟と言うときのルシファーの口調は苦々しかった。「わたしは地上を偵察するのが好きなんだ。おまえは、我が親愛なる〝怒り〟の魔物を宿したアーロンに夢中なんだろう」

　ばかにした響きを聞きつけてレギオンは顎を上げた。「アーロンもレギオンを愛してる。そう言ってくれた」

　ルシファーは眉を上げた。「本当にそうか？　おまえがあの大事な天使を傷つけたせいで、アーロンはかんかんじゃないか」

　あの豚みたいな天使に〝大事な〟という言葉が使われたのを聞いて、レギオンの目の前に赤い点がちらついた。アーロンが大事にしているのはレギオンだ。ほかの誰でもない。

　ルシファーが重々しく片手を振ると、レギオンの目の前の空気が濃くなって揺らぎ、ほこりが輝いた。そこに色彩が生まれた。次の瞬間、目の前にアーロンがいた。腰をかがめ、天使の手首をやさしく持って口にあてている。レギオンが噛《か》みついたときの毒を吸い出しているのだ。

いまいましい邪魔者に辱をつけているアーロンを見ると、目の前の赤い点は明るさを増し、怒りが込みあげた。

「どうやって手伝ってくれるの?」気がつくとレギオンはそう言っていた。映像は消え、レギオンはルシファーを見つめた。取り引きするのもそう悪くないかもしれない。ルシファーを出し抜けるかもしれない。こちらには知恵がある。

「現実を直視しよう」ルシファーはうろこにおおわれたレギオンの体を眺めた。「おまえほど醜い生き物はいない」

レギオンはぽかんと口を開けた。心の痛みが次から次へと押し寄せ、レギオンは逃げ出して隠れたくなった。醜くなんかない。アーロンとちがうのはわかってる。天使ともちがう。だからって醜いわけじゃない。

「おまえの頭の中が透けて見えるようだ。それに答えようじゃないか。いや、おまえは醜いぞ。醜いという言葉ではまだ親切なぐらいだ。見るに堪えない。この会話の間、吐き気を抑えるためにおまえを直視しないようにしないといけないほどだ」

ということは醜いのだ。悪魔その人でさえ見るに堪えないと言う。レギオンの目に涙があふれた。「どうやって手伝ってくれるの?」レギオンはまたきいた。

「わたしの力をもってすればおまえを美しくできる」

「どうやって？」レギオンは繰り返した。

「まず、ふわふわしたシルクのような髪をやろう。好きな色を選べ。あの天使よりずっときれいな髪だ。そしてなめらかでクリームのような肌。色はおまえの好きな色でいい。男なら抵抗できないセクシーな目。ほっそりした長身と豊かな胸。男は大きな胸に目がないからな。先の割れた舌はベッドでは役立つが、なくしたほうがいいだろう。舌足らずの話し方は耳障りだからな」

本当にきれいにしてくれる？　アーロンを振り向かせられるほど？　レギオンの胸に希望がわきあがった。夢の男といっしょになれる、夫婦として暮らせると思うと、レギオンのためらいは少しずつ消えていった。「見返りに何がほしい？」

「ああ、それか」ルシファーはたいしたことじゃないと言わんばかりに肩をすくめた。

「おまえの新しい体を支配したいだけだ」

レギオンは顔をしかめた。「どういうこと？　レギオンが……レギオンじゃないなら、どうやってアーロンを自分のものにする？　ルシファーがレギオンなら、どうやってアーロンを手に入れる？」

ルシファーは鼻梁《びりょう》をつまんだ。「どうやら頭も足りないようだから、そこも直そう。おまえの新しい体をすぐに支配するわけじゃない。おまえがアーロンを手に入れるのに失敗したらの話だ」

レギオンはさらに顔をしかめた。きれいになるだけじゃだめなのか？

黙っているとルシファーが首を振った。「子どもに説明するように噛み砕いてもだめらしいな。これ以上どうすればいい？」

レギオンの頬が熱くなったが、それは周囲の炎とは関係なかった。レギオンはばかじゃないし子どもでもない！「わざと話をややこしくしてるね」

「そういうわけじゃない。あとで責められたくないだけだ。よく聞け。アーロンを誘惑するのに九日間を与えよう。愛してると言わせるだけでいいと言いたいところだが、それはもうクリアしている。おまえに足りないのはアーロンからの性的な関心だ。アーロンの自由意思でベッドに誘いこめば取り引きはおまえの勝ちだ。新しい体はおまえのものになり、ハッピーエンドだ。わたしが出ていくことはない」

何もかも公平で完璧なまでにすばらしい。タイミング以外は。「どうして九日間？」

「理由が気になるのか？　取り引きには関係ないぞ」

もちろん気になる。「教えて」レギオンは引かなかった。

「わかった。九という数字が好きなんだ」

嘘に決まってる。問いつめたってよかったけれど……何よりもほしいチャンスを手にすることより真実を知るほうが大事？

そんなことはない。

「もし失敗したら？」ルシファーは目的をあきらかにしたが、レギオンは細かいところまで知りたかった。

「そうだな」ルシファーは玉座の腕置きに指先で円を描いた。「約束の期間内に奴《やつ》をベッドに誘いこむことに失敗したら、おまえは新しい体をわたしに明け渡さねばならない。わたしがいいと言うまでずっと」

なるほど。これが真相だ。ルシファーは好きなだけ新しい体を支配できる。言い換えれば、永遠に。

でもどうしてルシファーは……。その答えに気づいてレギオンははっとした。ルシファーはレギオンを地獄から抜け出すためのチケットだと思っている。レギオンは地獄ではなくアーロンと結びついているから、地獄を出ることができる。ルシファーはちがう。地獄に縛りつけられている。

体の乗っ取りを許せば、ルシファーは自由に地獄を出られる。ルシファーの望むように体は動く。意識は残るけれど、レギオンの希望はどうでもよくなってしまう。

レギオンの体を乗っ取り、逃げるために使うだけなら、ルシファーはわざわざ取り引きをしようとはしないだろう。でも悪魔は許可がないと肉体を乗っ取ることはできない。パンドラの箱の魔物たちでさえ、戦士に乗り移るには神々の祝福が必要だった。

「すべてはおまえの自信にかかっている。どうだ？　わたしはできると思ってる。だから取り引きを持ちかけることすらばかばかしい気がする。そんなことをすること自体まちがってるかもしれない」ルシファーは流れるような動きで立ちあがった。「ほかにもいるかもな、取り引きを持ちかけようと思えば――」

「待って」レギオンがさえぎった。

ルシファーはゆっくりと座り直した。

こんなチャンスを逃すわけにはいかない。嘘をつけない天使が言っていた。アーロンはレギオンを子どもだと思ってると。レギオンにとってアーロンは父親代わりの存在だと。これからもずっとそのままだ。思いきった手を打たないかぎり。

「条件をちゃんと決めなきゃ」

「もう決めただろう?」

「レギオンの条件はまだだよ」

ルシファーは片手で胸をつかんだ。「わたしを信じてないのか?」

レギオンはうなずいた。彼らのような者にとっても取り引きは絶対だ。両者が合意すれば、取り引きは生きた存在となってレギオンの中に住みつく。気を変えることはできない。失敗すれば約束を果たすしかない。

「傷ついたよ。だがかまわない。わたしに何を求めるか、言ってみなさい」

ちゃんと言わなければ最低の保証どころかそれ以下で我慢するしかない。「あの天使よりきれいにして。白っぽい金髪、黄金の肌、茶色の目、大きな胸」全部あのいまいましい女の正反対だ。「時間はワープなしでぴったり九日間」話すうちにレギオンの興奮が高まってきた。本当にアーロンのハートを奪いに行くのだ。「アーロンといっしょのときは意識を持っていたい」

「言ってくれるじゃないか」炎のようなルシファーの目におもしろそうなきらめきが浮かんだ。「一本取られたな。時間切れになるまで意識不明にしておこうと思ってたんだが」

これで阻止できた。その瞬間、レギオンは自分を誇らしく思った。ほら、全然ばかなんかじゃない。「アーロンを殺しちゃいけない。九日のうちにアーロンが死んだら取り引きもおしまい」

「了解した。要求はそれだけか？」

「あなたが言うとおり、舌足らずなしゃべり方はいやだ。先に今の姿でアーロンの前に現れて、アーロンの目の前で変身したい」そうすれば、囮《おとり》やハンターと勘違いされて誘惑する間もなく殺される心配もない。

「かまわないぞ。それで全部か？」

レギオンはぐっと息をのんで考えこみ、うなずいた。

ルシファーはまた立ちあがった。両腕を広げると、指先から炎が跳ねた。「それでは合意だ。おまえはほしいものをすべて手にする。だが九日のうちにアーロンを誘惑できなければ、おまえはこの玉座の間に戻ってくる。そしておとなしくわたしに体を乗っ取らせるのだ」

レギオンはまたうなずいた。

「声に出せ」ルシファーは親切で思いやり深い男の仮面を脱ぎ捨てた。

「わかった」

その言葉を口にしたとたん、レギオンは鋭い痛みに貫かれ、うなり声をあげて体をふたつ折りにした。息ができず、全身の筋肉が痙攣《けいれん》している。ところが苦痛が広がるのと同じぐらい速く体内に契約が生まれた。苦痛は去り、レギオンは体を起こした。

「これでおしまいだ」ルシファーは最初にレギオンをここに連れてきたときと同じ笑顔を見せた。満足げで邪悪なほほえみだ。「ひとつ言い忘れたことがあったよ。おまえが失敗したら、わたしはまず暗黒の戦士を一人ずつ殺し、魔物を解放するつもりだ」

12

夜が白々と明け、人間たちが目を覚まして一日を始めようとするころ、アーロンは町を歩きまわっていた。隣にはパリスがいて、言葉もなく影に身をひそめている。今回ばかりはパリスは相手選びでごねなかった。ようやくシエナを忘れたのだろうか？　これから城に戻るところだが、アーロン同様パリスも物思いにふけっているようだ。

オリヴィアは泣きながら眠ってしまった。アーロンはそんな彼女をずっと抱きしめていた。オリヴィアがようやく眠りに落ちたとき、アーロンはそのほうが都合がいいだろうと思って彼女をジリーのアパートメントに運んだ。オリヴィアに話しかけられなければ、誘惑に負けて目的を忘れる心配もない。だがアーロンはすぐには立ち去らなかった。パリスが今日の相手との時間を必要としたので、アーロンはオリヴィアの隣に潜りこんだ。

オリヴィアを抱きしめるのは好きだとアーロンはあらためて思った。だからこそいずれは追い払わないといけない。だがこれが最後だと思って彼女から離れたとき、本当に追い払いたいかどうかわからなくなった。これまでだって強い意志を持っていたわけじゃない。

ギデオンの腕の中にいるオリヴィアを見たとき、アーロンの胸に自分でもあるとは知らなかった独占欲が込みあげてきた。ウィリアムやパリスとのことはこれとは比べものにならない。オリヴィアが一人で〝楽しみ〟を探してこういうことを続けたら、すぐにも誰かに奪われてしまうだろう……アーロンは歯を食いしばった。オリヴィアのことを考えるといつもこうなってしまう。

一人の男が通りかかり、アーロンの注意を引いた。人間だ。二十代なかばの大柄な男。たちまち〝怒り〟の魔物が自由を求めてうなり、あるイメージを脳裏に映し出した。肉づきのいい手が空を切り、泣いている女の顔に命中する映像だ。

暴力夫だなとアーロンは思った。

この役立たずめ、と男はつばを飛ばしながら怒鳴り散らした。なんでおまえなんかと結婚したのかわからねえ。あんときも牛並みのでぶだったが、今はもっとひどいじゃねえか。

今度ばかりはアーロンも自分を止めようとしなかった。あの怒りの犠牲になるのがオリヴィアだったら？　レギオンだったら？　アーロンはいけないとわかっていながら魔物に愛着を感じ、魔物の意志に身をまかせた。くるりと振り返り、男のほうに向かって走り出した。アーロンがつかんで振り向かせると、男は息をのんだ。

「何するんだ？」

「アーロン」パリスがうんざりした声で呼んだ。

アーロンは無視した。「おまえを見てると吐き気がする。このくそったれめ。殴りたいならおれを殴ったらどうだ？」

男は青ざめ、震えた。「あんたが誰だか知らねえし、何をするつもりかも知らねえ。いいからとっとと失《う》せろ」

旅行者だなとアーロンは思った。そうでなければおれを知ってるはずだ。「失せないとどうなるんだ？」アーロンの顔にゆっくりと冷酷な笑みが浮かんだ。「またののしるのか？」

男が低いうなり声をあげた。男がポケットにナイフを持っていることにアーロンは気づいた。腹を刺し、首を刺し、血まみれで死んでいく彼の姿を見たがっている。

アーロンは無言で襲いかかった。右の拳が男の鼻に命中した。苦痛のうなりが聞こえ、血が飛び散った。アーロンは動きを止めず、もう片方の手を振りあげた。左の拳が男の口にあたる。うなり声は悲鳴に変わった。

アーロンはやめなかった。

汚い手を使え。たたきのめせ。魔物がすべてを支配した。

それでもアーロンは気にしなかった。

男が体勢を立て直して逃げようとしたので、アーロンは膝で股間を蹴りあげた。男は体をふたつ折りにし、真っ赤に染まった唇から息を吐き出した。情けなどいらない。このろくでなしは情けを見せたことなどないのだから。肩を蹴ると男はうしろに吹っ飛んだ。痛みのあまりもう立つことも身を守ることもできないようだ。

男は涙目でアーロンを見上げた。「もうやめてくれ、頼む」

「おまえの妻は何度同じことを言った?」アーロンは膝をつき、男の胴にまたがった。

血の気のない顔をした男は、自分でも知らなかったにちがいない最後の力を振り絞ってあとずさろうとした。アーロンは脚に力を込め、男の体を引き留めた。

「頼む」男の声は必死さのあまり震えている。

アーロンは繰り返し殴りつけた。拳があたるたびに男の頭が左右にはじかれる。血が飛び散り、肌は裂け、骨が折れた。

まもなくうなり声は聞こえなくなった。

誰かがアーロンの肩をたたいた。「もう罰はじゅうぶんだ。そろそろやめろ」背後からパリスの声がした。

アーロンは手を止めた。息は荒く、拳はずきずきとうずいている。これでは簡単すぎる。この男は自分のしでかしたことをじゅうぶんに償っていない。だが思い知っただろう、とアーロンの頭の中で理性の声がした。理性が戻ったということは自制心も戻ったということだ。

「帰ろう」パリスが言った。

だめだ。まだ自分の部屋には戻れない。オリヴィアに触れてキスしたベッドを見る気にはなれない。だがアーロンは立ちあがった。最後に男の腹を蹴りつけると、彼はパリスのほうを向いた。「少し一人きりになりたい」

沈黙が流れ、パリスはアーロンの険しい顔を見つめていたが、やがてうなずいた。「わかった。一人になって肩の力を抜いてこい」

「そうだな」パリスが行ってしまったあともアーロンはそこから動かず、自制心を取り戻そうとした。おれは大丈夫だと自分に言い聞かせたが、まだ落ち着きたくはなかった。〝怒り〟の魔物が頭の中をうろつき、興奮をかき立て、次の獲物を待ちかねている。

レギオンに会いたい。

オリヴィアに会いたい、とアーロンは思った。

心臓が鼓動を速め、しばらくしてアーロンはその理由に気づいた。後悔と興奮が入り混じり、さっき男をたたきのめしたときと同じリズムで脈打っている。ジリーの家のゲストルームに置いてきたとき、オリヴィアは目を覚まさなかった。目を覚ましたらすぐ連絡をくれとジリーに言う間も眠っていた。ベッドの上で愛らしく手足を伸ばし、髪を乱して寝息を立てていた。その隣にすり寄りたい衝動を抑えられないような気がした。だがアーロンは振り切り、パリスに会うために外に出た。

オリヴィアのもとに戻ったほうがいい。気がつくと足がジリーのアパートメントに向いていた。導きを求めて天を仰いだが、視線は星まで届かなかった。白い羽毛の翼が目に入り、アーロンははっと立ち止まった。

ガレンだ。ハンターの首領。にせの天使。くそ野郎。

アーロンは反射的に二本の短剣を握りしめ、影へと身をひそめた。町に出るときは銃を持つのが当然なのだが、オリヴィアのことで頭がいっぱいでよけいなものを持つ気になれなかったのだ。ガレンは翼を広げて建物のてっぺんに立ち、街路に目を走らせている。

アーロンが下から見ていることに気づいたとしても、なんのそぶりも見せなかった。

〝怒り〟の魔物が頭の中でうなっている。ガレンは魔物が処理しきれないほどの罪に手を染めてきた。そのガレンを殺したい衝動がアーロンに襲いかかった。自制しろ。自分を抑えろ。今は衝動に負けている場合ではない。

ふいにガレンが背筋を伸ばした。きっと見つかったにちがいないと思いアーロンは背後の壁に体を押しつけた。もしかしたら今夜決着をつけられるかもしれない。

ガレンはジャンプし、落ちていった……と、翼が広がって一度はためき、アーロンからほんの数メートルのところに静かに着地した。

アーロンは体を硬くした。ガレンを殺せば大変なことになるが、拷問して牢獄《ろうごく》に閉じこめることならできる。いったん閉じこめたら、またあとで拷問してもいい。

一秒、また一秒と時間が過ぎていく。ガレンは背中に翼をたたんでただ待っている。こちらには近づいてこない。

アーロンの全身の筋肉が飛びかかりたくてうずうずしていた。奇襲は彼が得意とするところだ。だがこらえた。戦争では戦うのがベストとはかぎらない。ただ観察して情報を得るほうがはるかに大きな成果をもたらすことがある。今ここで何が起きている？　ガレンはブダペストで何をしている？

奴《やつ》はかつてここにいたが、つい最近シカゴの訓練施設を襲撃した戦士の一団の対処のためにアメリカに行ったはずだ。その施設でハンターは混血の子どもたちを育て、教育していた。人間と不死族の混血だ。子どもたちは戦士を憎むように教えこまれていた。

その後施設は破壊され、戦士は子どもたちを解放して新たな家庭を見つけてやった。ハンターには突き止めることができない家庭だ。

ということは、ガレンは復讐《ふくしゅう》のために戻ってきたのだろうか？

罰してやる。魔物が言った。

まだだ。

「遅かったな」ガレンの深い声が沈黙を破った。

アーロンはあたりを見まわしたが、近づいてくる者はいない。ガレンは誰としゃべってるんだ？　独り言か？　それとも……。

ガレンの目の前に二本の脚が現れた。だが胴体がない。どういうことだ？　質問を思い浮かべる間もなく、ウエストが現れ、肩、腕が見えた——そしてその……幻影の右手首には無限の印があった。献身的な本物のハンターの印だ。そして最後に顔が現れた。手足の揃《そろ》った一人の男がそこに立ち、ふわりとした灰色の布を手に握っている。

輪郭が揺らいでいないところを見ると幽霊ではないらしい。アーロンと同じく生身の男だ。でもいったいどうやって……。あの布だ。その言葉がアーロンの頭にこだまし、次の言葉を浮きあがらせた。目に見えない布だ。

アーロンの目が恐怖と驚きで丸くなった。布。マント。あれは……神のマントか？

「それをもらおう」ガレンはマントを取りあげて二度折りたたんだ。マントはたたんでも分厚くならず、たたむごとにサイズも厚みも小さくなり、ただの紙切れを持っているようにしか見えなくなった。

やっぱりそうだ。あれはまちがいなく神のマントだ。

ガレンがローブの中にマントをしまうのを見て、アーロンは反射的に手を伸ばしてしまった。だめだ、待て。アーロンの腕はもとの場所に戻った。情報が先で聖遺物はあとだ。

「ここには監視カメラが仕掛けられています」人間が口を開いた。「まだ見つけていませんが、魔物どもが町を監視下に置いているのは確かです」

「心配するな」ガレンはきざな笑い方をした。「ちゃんと対処してある」

ほう、対処だと？　どうやって？　カメラは動いている。もし止まっていたらトリンからメールが来るだろう。もしかして誰かがシステムに侵入し、録画したものを繰り返し再生しているのだろうか？　パリスに無理やり見せられた映画にそんなシーンがあった。それともっと強い力が働いているのだろうか？

クロノスはときおり戦士たちを助けてくれる。ほかの神がハンターを助けていたとしても不思議はない。

「奴らが天使を迎え入れたことが確認できたんだな？」

「そうです。もっともあの女はあなたほどの力はありません」

「そんな天使はほとんどいない。で、戦士どもの半数は見あたらないんだな？」

「はい」

ガレンはまた笑った。「結構。おまえは残りの者たちと合流し、わたしが戻るまで身をひそめておけ。昨日、我が軍の一部が消え、我が愛すべき女王さえその行方を見失った。見つけさえすれば攻撃に移れる。もう情け容赦はしない」

罰しろ！　また魔物が吠《ほ》えた。

「容赦しない？　でも奴らは――」

ガレンは首を振った。「残りの者たちに実験は成功したと伝えろ」

男の頬がゆっくりとゆるんだ。時間はかかっても満足げなのは変わらない。「ではそうしましょう」

白い翼がぱっと広がり、羽ばたいて止まった。ガレンは顔をしかめた。「我が娘には手出しするな。殺してはならない」それだけ言うとガレンは飛び立った。

奴がグウェンの身を案じているのには驚いたが、だからといって手加減はしないぞとアーロンは冷たく考えた。彼もまた飛びあがった。翼はすっかりよくなったから、ガレンを追いかけるのも簡単……。

ガレンは消えた。そこにいたかと思うと次の瞬間いなくなっていた。

罰しろ！

くそっ。アーロンはかっとなった。できない。マントはガレンとともに手の届かないところに行ってしまった。できるのは情報をもっと探り出すことだけだ。だが情報を得たとしてもこの失敗は埋め合わせがつかない。

アーロンは眼下の人間をにらみつけた。その男は常にあたりをうかがいながら、建物や駐《と》めてある車の間を縫って歩いていく。アーロンはそのあとをつけた。男は、新しくなった〈クラブ・ディスティニー〉の中に入っていった。このクラブは経営者が新しくなり、名前も〈アサイラム〉と変わっている。男は出てこなかった。

ハンターはここを拠点にしているのか？

ありえない。戦士仲間の何人かがよくここに遊びに来るので、トリンが中に監視カメラを仕掛けている。敵がいればもう気づいているはずだ。だが……。

気づかない可能性もないとは言えない。町中のカメラと同じように、クラブのカメラの映像にも細工がされているのかもしれない。

ほかにもいくつかの疑問が頭に渦巻いた。成功したと言っていたのはなんの実験だ？ガレンの軍はどこにいる？〝女王〟というのは何者だろう？

行動しろと怒鳴る魔物の声を聞きながら、アーロンは携帯電話を取り出してトリンにメールした。〝会議を招集してくれ。二時間後だ〟先に用事を片づけないといけない。つまりオリヴィアだ。答えを知っているなら聞き出さなくてはいけない。〝ある情報をつかんだ。ガレンが神のマントを持っているのも目撃した〟

いったいいつ眠っているのか、トリンからはすぐに返事が来た。〝一時間後だ。敵が聖遺物を入手したこと以上に重要な情報があるのならすぐに聞きたい〟

〝了解〟アーロンは携帯電話をポケットに戻し、きびすを返してジリーのアパートメントに向かった。まだ寝ているようなら起こして質問しなければ。だがその途上で、目の前に威圧的な長身が立ちはだかった。

神々の王、クロノスは顔をしかめていた。いつものように白いローブを着てサンダルをはいている。爪先を見ると爪は黄色く丸まっている。

それでもアーロンの目にはクロノスが若返ったように映った。髪には灰色の筋はなく、砂色でふさふさしている。顔にはほとんどしわがない。目は記憶にあるよりずっと明るい茶色だ。何がクロノスを若返らせたのだろう？

「我が王よ」アーロンはいらだちを顔に出すまいとした。クロノスは呼び出してもなかなか現れないくせに、都合の悪いときにかぎってやってくる。

魔物はまだ攻撃的なままだったが、頭の中に映像を投影することはなかった。クロノスに対しては一度もそうしたことがない。山ほど罪を抱えるガレンのときと同じく、アーロンは今度も圧倒的な衝動を感じた。殺したいという衝動ではなく、不思議なことにクロノスが持っているものすべてを奪ってやりたいという衝動だ。アーロンには理解できなかったし分析することもできなかった。

「おまえには落胆させられたぞ、魔物よ」

それはいつものことじゃないか？「ここはそういう話をする場所ではありません。ハンターが――」

「我らのことは何人も見えず、聞こえない。わしがそう計らった」

どこかの神がハンターの監視をさえぎったようにか？「それならなぜ落胆したのか教えてください。その理由を知らずにはもう一秒も生きていけません」

クロノスの茶色の目が疑わしげに細くなった。「おまえの皮肉を聞くと気分が悪くなる」

クロノスが機嫌を損ねるとろくなことにはならないのを、アーロンは知りすぎるほどよく知っていた。アーロンと〝怒り〟の魔物が流血の衝動のとりこになったり、仲間の命が危うくなったりする。「申し訳ありません」アーロンはまつげの奥に燃えている憎しみを隠すため、頭を下げた。

「わしにとってもおまえたちにとってもガレンの死が何より重要だということを、また繰り返さねばならぬのか？　天使なぞにうつつを抜かしおって」

「それがあなたの望みなのかと」アーロンは思わずそう言ってしまった。

クロノスは片手を振った。「おまえのおかしな願い事を真に受けるとでも思ったのか？　よけいなことにうつつを抜かされては困るのに、わざわざ女を送りこむと思うか？」

アーロンも同じことを考えていた。

「あの女を追い出せ」

「そうしようとしているところです」アーロンは両手を握りしめた。

置いておけ。魔物が怒鳴った。

「もっと必死になれ」クロノスが命じた。

「天使がいるのはあと十日……いや、九日です」もう朝だから、オリヴィアとの時間がまた少し減ってしまった。これはもちろんいいことだ。いいに決まっている。「十日後、彼女は天に帰ります」そこがオリヴィアの居場所だ。

悲しみが込みあげたがアーロンは無視した。魔物のわがままを無視したように。

クロノスはその言葉をたいして信用していないようだった。「もし帰らなければ、わしが――」

「どうするつもりだ?」なんの前触れもなく男がもう一人現れた。筋肉隆々の長身、白っぽい金髪と黒い目。ガレンと同じく翼を持っている。ただこの男の翼は金色だった。

ライサンダーだ。

ライサンダーに会ったのはほんの数回だが、オリヴィアのときと同じく罪深い行いが脳裏に投影されることはなく、罰したいという欲望も起きなかった。だからといってこのろくでなしを好きなわけではない。

オリヴィアはおまえには善良すぎる。ライサンダーはかつてそう言った。オリヴィアを汚したらおまえもおまえの愛する者たちも葬り去ってやる、と。

アーロンはあのときも今もライサンダーの気配をまったく感じ取れなかった。無力感に襲われ、彼は毒づいた。これではライサンダーに喉をかき切られたとしても反撃することすらできない。

オリヴィアの言うとおりだ。

クロノスはいきなり現れた白い人影を見て青ざめた。「ライサンダーか」

「オリヴィアに手出ししてみろ」ライサンダーは二人の男をにらみつけた。「髪一本でも触れたら破滅させてやる」

「わしを脅すとは何事だ!」クロノスは歯をむき出した。青ざめた顔に怒りの血気が戻った。「全能の神であり――」

「たしかに神だが命を奪うことはできる」ライサンダーは乾いた笑い声をあげた。「わたしが無駄な脅しをしないのは知ってるだろう。声に真実が響いているはずだ。オリヴィアに手出ししたら、この手で破滅させてやる」

沈黙が流れた。

重く濃い沈黙だ。

「わしは思いどおりに事を運ぶ」クロノスが口を開いた。「おまえに止めることはできぬ」

そう言ったものの、クロノスは消えてしまった。

アーロンは動揺するまいとした。クロノスが引きさがることなどありえない。ところが今ライサンダーの前から逃げ出した……力ではクロノスにはるかに劣るアーロンにとって悪い兆候だ。

「次はおまえだ」ライサンダーが手を差し出すと、そこに炎のみでできた剣が現れた。その切っ先がまばたきする間もなくアーロンの喉元に突きつけられた。

肌が焦げるのもかまわず、アーロンは目を細くした。「話というのは……オリヴィアを汚したことか？」

「どれほどおまえを殺したいと思っているか想像もつくまい」

「だが殺さない」殺す気ならもう襲いかかっているだろう。その点では二人はまったく同じだ。正当な理由があれば戦士はためらわない。会話に時間をかけたりしない。

「そうだ、殺さない。ビアンカは気に入らないだろう。オリヴィアも」剣が下がり、消えた。「オリヴィアを取り戻したいが、彼女は……おまえが好きだ」真実にあふれる声には嫌悪感がにじみ出ていた。「だからおまえを生かす。当面はな。だがオリヴィアにみじめな思いをさせてほしい。人としての暮らしを憎むよう仕向けてほしい。彼女の身の安全を確保したうえでの話だぞ」

「わかった」

「即答か」黒い目が大きく見開かれた。「オリヴィアをそばに置いておきたくないのか？」

もちろん置いておきたいと思っている。その瞬間、オリヴィアを永遠に失うことを考えたとき、どうしても離したくないと思う自分がいた。少なくともあとしばらくは。オリヴィアの楽しみ探しを手伝い、笑顔を眺め、笑い声を聞きたい。もう一度抱きたい。キスし、触れたい。あの甘い小柄な体に今度こそ身を埋《うず》めたい。だがそれは許されない。オリヴィアは天界にいるほうがしあわせだし、彼は彼で定められた人生に戻ることができる。厄介な関係のない人生。不安のない人生。とはいっても、命を奪おうとする者がやってくる不安はあるが。

オリヴィアが地上に留《とど》まれば、人間と同じになる。弱い存在だ。若さは失われ、いずれ死ぬ。彼はそれを見ていることしかできない。誰のためであっても、そんなことはできない。オリヴィアのためでもだ。オリヴィアの場合はとりわけできそうになかった。

おれのものだ。魔物がうなった。

「オリヴィアにそばにいられるのは困る」アーロンは無理やりそう言った──魔物に、そしてライサンダーに向かって。これ以上、魔物の要求を無視するのも受け入れるのもおしまいだ。危険すぎる。「置いておきたいとは思わない」天使とちがい、彼はまばたきひとつせず嘘《うそ》をつける。

「それなのに……すべてを汚したいと思うんだな？」

アーロンは唇を一文字に引き結んだ。こんな会話はごめんだ。オリヴィアをベッドに連れこむことを考えただけでもう体が反応し、臨戦態勢に入っている。

「おまえを見ればそれがわかる。それなら結構だ」やっぱりこの会話を続けるのもいいかもしれない。「オリヴィアといっしょになればいい……おまえたち二人がそう望むならな。だからおまえを罰しはしない。男を落とすと決めた女に抵抗できるものではないし、それをわたしほどよく知っている者はいない。オリヴィアのことも誰よりもよく知っている。すべてを味わうまでは……」無敵の天使がなんと顔を赤らめた。「オリヴィアはおまえから離れようとしないだろう。だからそれが終わったら、さっき言ったようにオリヴィアにみじめな思いをさせろ。けっして危害を加えることなく、おまえを捨てるのがいちばんだと納得させるんだ。そうすれば高等評議会におまえと小さな悪魔の命乞いをかけ合ってやろう」

ライサンダーの場合、努力は成功を意味する。アーロンはなんの疑いも持たなかった。つまり彼もレギオンも死ななくてすむということだ。そしてオリヴィアは永遠に安全だ。ライサンダーはオリヴィアのことを誰よりもよく知っているという。その言葉が何よりもアーロンの心を揺さぶった。命が助かることよりも。

オリヴィアを誰よりも知っているのは自分でなくてはならない。

「感謝する」アーロンは無理やりそう言った。

ライサンダーは一歩、また一歩下がった。「行く前にひとつおまえが望んでやまない情報を授けよう。周囲で何が起きているか知らなければ、我が部下を守ることもできないからな」ライサンダーはアーロンの返事を待たなかった。もっともアーロンのほうでも何も言うことはなかった。もし口を開けばうっかりライサンダーを追い返してしまうかもしれない。「クロノスがなぜ自分の手でガレンを襲わないのか不思議に思っただろう。答えは簡単だ。クロノスと妻のレアは互いに憎み合っている。戦士対ハンターの戦いで二人は敵対する陣営についたが、自分たちの手で戦士を捕らえることも殺すこともしないと誓った。そうやってあの二人なりに公平さを保とうとしたんだろう。だからレアはガレンの盾であり、情報源でもある」

なるほど、やはりハンターには神がついていたのか。しかもそこらの神ではなくタイタン族の女王だ。

気がついて当然だった。タイタン族が最初にギリシャ神族を倒して天界の覇権を握ったとき、一度だけレアに会ったことがある。タイタン族は戦士の情報を提供することを期待してアーロンを召喚した。白髪としわだらけの肌を持つレアはかつてのクロノスと同じぐらい年老いて見えた。レアからにじみ出る冷たさと憎しみにアーロンはあっけにとられたものだ。もっともそのときの彼は、一人の女神の冷たい視線より、天界の衛兵が変わることのほうを心配していた。

「最後にひとつ教えてやろう。何よりも役に立つ情報だ。クロノスとレアもおまえたちと同じだ」

同じ？「どういう意味だ？」

「二人とも神だが戦士でもある。レアは〝不和〟の魔物を宿し、クロノスは……クロノスは〝強欲〟の魔物を宿している」

13

オリヴィアはうめき声をあげた。こめかみがずきずきするし、脳みそはガソリンにひたして火をつけたみたいだ。それでも様子を見ようとして目を開けた。すぐさま涙が出て頭より熱くなった。意識がはっきりしてくるにつれ、口の中が有刺鉄線と綿をつめこんだような感じがするのがわかった。

オリヴィアは途方にくれて唇を舐《な》めた。

「いい子だ」アーロンの声がした。言葉自体は明るいがいらいらしているようだ。怒りすら感じる。その声は大きすぎた。「起きろ、オリヴィア。起きられるだろう」

「静かにして」オリヴィアはもやの向こうのアーロンを見ようとした。彼はそばにしゃがみこみ、両手を差し出している。片手には小さな錠剤がふたつ、もう片方の手には湯気の立つ黒っぽい液体の入ったカップがあった。「お願いだから」

「薬とこれを飲め」今度は声を低くしてくれた。

天使だったころは五感が地上の現象になじんでいなかったので、人間が料理したり飲んだりするもののにおいも、体に吹きつけるものの香りもよくわからなかった。でも今はわかる。この黒っぽい液体の香りは神々しいほどだ。

人間はたしかこれをコーヒーと呼んでいた。これをたった一杯飲むために長い列を作り、ポケットの小銭を全部差し出すのがよくわかった。

「これは何？」オリヴィアはかすれ声で言って錠剤のほうに頭を傾けた。

「いいから飲むんだ。気分がよくなるぞ」

今度はアーロンが声をひそめてくれなかったので、オリヴィアは耳を両手でふさいだ。

「心の声を持っている？　そっちを使ってくれない？」

アーロンは錠剤を握りしめ、そっとオリヴィアの両手を耳から離した。「ふざけるのはやめてくれ。時間がないんだ」

「しーっ、大きな声を出さないで！　声帯をつぶすわよ」どうしてこの人をまた好きになったんだろう？

「すぐに起きろ」

オリヴィアは目をこすりながらそろそろと起きあがった。焼けつく脳が爆発しそうになり、オリヴィアはうめいた。

アーロンはいらいらと顔をしかめた。いや、いらだちではない。そのしかめっ面に浮かぶのはたしかに陰気な感情だが、アーロンが感じているのはもっと険しいものだ。欲望？

彼女のうめき声に動揺した？

オリヴィアは身なりを整えたいと思った。髪をふくらませてみたけれど、肩に落ちた髪はからみ合い、もつれている。オリヴィアは顔を真っ赤にしてローブのフードをかぶろうとした。ところがフードがない。顔をしかめて服を見おろす。青いタンクトップと青いスカートだ。

いったい……そうだ、小悪魔にイメージチェンジしたんだわ。思い出した。でも頭痛のことは説明がつかない。目を上げるとアーロンが刺すような目でこちらを見ている。「わたし、怪我《けが》をしたのかしら？」

アーロンは鼻で笑った。「まさか。酒を飲みすぎたせいで、今そのつけを払ってるんだ」

払っているつけはそれだけではなかった。ふいに記憶が次々とよみがえった。〝くすくす笑いジュース〟の最初の一本を飲んだあと、ひどい喪失感に襲われた。二本目を飲み干したら信じられないほど暗い気持ちになり、どうしようもなく泣き続けた。ギデオンが抱きしめてくれたのでその腕の中で泣いた。

アーロンは彼女の口元に錠剤を差し出した。「これをのんでくれ。噛《か》んじゃだめだぞ。丸のみするんだ」

できるかしら？　錠剤はオレンジぐらいの大きさに見えた。オリヴィアは腕が震えるのを感じながら指で錠剤をつまみ、口に放りこんだ。のみこもうとしたができない。ああ、ひどい味！　顔が吐き気でゆがんだ。

「これといっしょに飲むといい」アーロンは湯気の立つカップを彼女の口元にあてて流しこんだ。

オリヴィアはむせた。香りは最高なのに、味ときたらバッテリー液と泥を混ぜたみたいだ。ベッドの上に吐き散らしたらさぞ女らしく見えるだろう。

「のみこめ」アーロンはカップを脇に置いて言った。

オリヴィアはなんとかのみこんだ。錠剤は喉をこするように流れ落ちていった。震えが止まると彼女はアーロンを見上げた。「もう二度とこんなことはしないで！」

アーロンはうんざりした顔をしてまたしゃがみこんだ。「ギデオンの言うままに酒を飲んだのがそもそもまちがいだったんだ。さあ、起きてくれ。やることがある」

今はベッドに戻ることしか考えられない。オリヴィアはベッドに寝転んで天井を見上げた。ビキニ姿の女性のポスターがある。小麦色の肌、頬は赤く乳首がつんと突き出ている。風にたなびく金髪。オリヴィアはまたわけがわからなくなって顔をしかめた。アーロンの寝室にこんなものはなかった。

室内を見まわしてみたけれど、見覚えのない部屋だ。くるみ材のドレッサーの上にはクリスタルの花瓶があり、白いカーテンからもれる光にきらめいている。壁には色合いもさまざまな花の絵がかかり、床にはきれいなベージュのカーペットが敷かれている。

「あなたの部屋に見えないわ」

「おれの部屋じゃないからな」

オリヴィアはさらに顔をしかめた。「それじゃあ……誰の部屋？」

「きみだ。きみはジリーといっしょに暮らす。このゲストルームでね。ジリーのことは知ってるか？」アーロンは答える隙を与えなかった。「前はパリスとウィリアムがここを使っていたからあのポスターがあるんだ。とにかく、天界に帰る気になるまでここに寝泊まりしてもらう」

オリヴィアはあることに気づいた。アーロンは彼女を追い払いたいあまり、眠っている間に町に運んできたのだ。そう思うとオリヴィアは傷ついた。

「オリヴィア？」

心が痛くても我慢しなければ。「ええ、ジリーのことは知っているわ」オリヴィアの声は震えた。実は戦士の誰よりもジリーのことはよく知っている。若くて魅力的なジリーは、ここに移ってくるまでは悲惨な暮らしを送っていた。両親はいろいろな意味でジリーを傷つけた。

オリヴィアは以前ジリーの人生に喜びをもたらす担当になったことがある。ジリーが家出したときロサンゼルスへと導いたのはそれが理由だった。自分でも理由はわからないが、オリヴィアはジリーがロサンゼルスで救いを見つけるとわかっていた。けれどもその救いがダニカと暗黒の戦士だとは当時のオリヴィアには知るよしもなかった。

絶対神のなさることは謎に満ちている。

「でも天界には戻らないわ」

アーロンの目に決意がひらめいたが、彼はこう言っただけだった。「そのことはあとで話そう。さっきも言ったとおり、今はとにかくやることがある。さっとシャワーを浴びるだけの時間しかないから同時進行で質問に答えてもらう。体を洗いながら話をしよう」

アーロンは彼女の返事を待たず、体を抱きあげてバスルームへと運んでいった。アーロンの腕の中を楽しむ時間はなかった。アーロンはすべてを断ち切るように彼女を下ろし、前かがみになってシャワー室のドアを開けた。すてきなお尻だわとオリヴィアは思った。ジーンズがよく似合っている。

蛇口から突然お湯が噴き出し、オリヴィアは思わず目をそむけた。自分のしていることに気づいたときには、アーロンはもう背筋を伸ばしていた。がっかりだ。でも落胆することはない。お湯は力とバイタリティ……そして楽しみを予感させる。オリヴィアは半分まぶたを閉じた。第二回戦だってありうる。初めてのシャワーだからアーロンは見ているだろう。見ていたら触れずにいられなくなるかもしれない。

ふいに最悪の目覚めがずっといいものに思えてきた。

体に欲望の震えが走る。

アーロンがこちらを向いた。いつもと同じ体格なのに、ずっと大きく、威圧感がある。目はすみれ色に輝き、タトゥーは武骨で、首の血管は大きく脈打っている。黒いシャツと黒いジーンズは簡単に脱がせられそうだ。ウエストと足首には武器のふくらみが見える。

オリヴィアは胸をどきどきさせながら、本当にハンサムだと思った。もう一度彼に触れたい。全身に唇を躍らせたい。とくに脚の間に。握りしめたとき、手に湿り気を感じた。

あれはどんな味がするだろう？

アーロンが息をのみこんだ。何を考えているか見抜いたのだろうか？「シャワーの浴び方はわかるな？　まず……服を脱いで……」アーロンは言葉につまった。「シャワーの下に入って、頭から爪先まで石鹸《せっけん》で洗うんだ」

「あなたもいっしょに入る？」オリヴィアは頭からタンクトップを脱ぎ、床に落ちるにまかせた。裸をさらしたら気づまりな思いをするだろうと思ったけれど、アーロンには見てほしいし求めてほしい。それに彼女は自信たっぷりで積極的な女だ。互いにどんな快楽を与え合うことができるか知っているし、そのためならなんでもするつもりだった。「それともただ見ているつもり？」

もしそうなら、これを見てもらおう。オリヴィアは自分を止めることができず、アーロンの手を想像しながら突然両手で胸を包みこんだ。そう、これよ。本当にすてき。

アーロンの目が大きくなり、オリヴィアに引きつけられた。バスルームの空気が変わり、電気を帯びた。「やめろ」アーロンの声は引きつっていた。

「どうして？」

「それを創り出したきみの絶対神は褒美をもらって当然だな」アーロンは首を振ったが、細くした目はオリヴィアから離れなかった。「つまりおれは……くそっ。おれは罰されて当然だ。こんなことを考えただけで……」

わたしと同じことを考えたのかしら？　「アーロン」

「その胸に一度もキスしなかったことに今気がついた」その声には空気を震わせるのと同じ緊張感が漂っていた。「犯罪みたいに罪深いことだ」

「それならキスして」お願いだから。

「ああ」アーロンは身を乗り出して頭を下げた。

真珠のような先端は期待に満ちて待っていた……ところが唇が触れる直前にアーロンは我に返って体を起こし、うなり声をあげた。オリヴィアはつめていた息を吐き出した。あと少しで……なんてことだろう。アーロンはもう少しでキスするところだったのに。

「アーロン」どうかやめないで。

「だめだ」

「どうして？」

「どうしてもだ！」アーロンは彼女が何を求めているか知っているのに拒否しようとする。

理由も言わずに。ひどい人！「一人でやってくれ」アーロンはオリヴィアの脇を通り過ぎてバスルームの外に出ると、後ろ手にドアを閉めた。

もう少しだったのに……。

ふいに体が肌におさまらないような気がしてオリヴィアは叫びたくなった。しかし叫ばずに残りの服を脱ぎ、シャワールームに入った。お湯が体にあたった瞬間、叫べばよかったと思った。体の奥で高まっている緊張感を逃がすためならなんでもいい。お湯のやわらかな愛撫《あいぶ》もその緊張感を増すだけだ。

オリヴィアは頭を空っぽにしようとした。でも言葉が次々と浮かんで気を引こうとする。キス。胸。体。動き。愛撫。ああ！

「石鹸を使ってるのが聞こえないぞ」アーロンの声がした。

「うるさい」オリヴィアは言い返した。人間が腹の立つ相手にこう言っているのを聞いたことがある。アーロンはまさしく腹の立つ相手だ。

キス。胸。体。動き。愛撫。滑る。奪う。オリヴィアは膝から力が抜けそうになった。

「オリヴィア」しかるような言い方だ。

「黙れって言っているでしょう」オリヴィアは震えながらばらばらの香りのボディソープを手に押し出し、体を洗い始めた。その動作さえもいらだちをかき立て、緊張感を大きくした。なぜアーロンはこんなにもすばやく、こんなにも強く彼女を興奮させられるのだろう？

キスもしていないのに。

キス。胸。体。動き。愛撫。滑る。奪う。自分のものにする。舐める。吸う。

頭がどうかなりそうだ。

別のことを考えよう。そうだ、それが必要だ。「パリスとウィリアムもこのボディソープを使ったの？　そうそう、もうしゃべってもいいわよ」

「知らないし、どうでもいい。あいつらのことは考えるな。そんなことよりおれから質問がある。昨日きみはスカーレットを捕まえるのは無理だと言ったが、どうして無理だとわかった？」

「言ったでしょう。わたしはあなたの役に立つことをたくさん知ってるって。でも今のところあなたは知りたいと思わないようだけれど」

「いや、興味はある。だから話してくれ。町にはほかにも魔物を宿した不死族がいるのか？」

自信を忘れないで、とオリヴィアは自分に言い聞かせた。「ずいぶんずうずうしいのね」

そして積極的に。「命令すればわたしが答えるとでも思っているの？」

つかの間ためらいがあった。「どうしてほしいんだ？」

よかった！「まずは謝罪からよ」

「わかった……悪かった」

しぶしぶの言葉をオリヴィアは貪欲に受け取った。「いないわ」オリヴィアは答えた。

「町にはほかに魔物を宿した不死族はいない」

「わかった。そのスカーレットって女がいるところに連れていってほしい」

「悪いけどだめよ」オリヴィアはシャワーを浴びながら向きを変えた。肌の上を泡が滑り落ちていく。キス、胸……ああ！「あなたのために何かしてあげる気はないの」

「いや、してくれ」

また命令というわけね。しかも断固とした命令……不愉快に思うのが当然で、セクシーだなんて思ってはいけない。それなのに緊張感が募っていく……。「どうして今になってわたしの協力を求めるの？」

「きみにはおれが送ってきた人生を見てほしいんだ。戦いと血と苦痛を見てほしい。仲間とレギオン以外、誰も眼中にないおれを見てほしいし、仲間やレギオンをおびやかす者がいたらそれが誰であれためらわないことを知ってほしいんだ」

誰であれということは……彼女も？　昨日は彼女を助け、レギオンを追い出すことを選んだのに？　きっとそうだ。緊張感は消え、空虚が訪れた。アーロンの冷たく険しい言葉は脅しというより誓いだ。そういう言い方をしたくなくても自分でも止められないのだ。

「わかったわ」アーロンがこれからずっとそうしたいというなら彼女は止めない。こちらにも考えがある！　彼女がいなくなったら何を失うのか見せつけてやろう。無視したら罰されて当然の胸。彼の肌を感じたくてうずく唇。

緊張感は……さっきよりひどくなってしまった。

とにかく呼吸しなければ。ノブをひねってお湯を止めると、周囲の空気がたちまち彼女を冷やした。けれども欲望を追い払ってはくれなかった。濡《ぬ》れた肌が粟立《あわだ》ち、オリヴィアはうめいた。もうやめて。

もしかしたら自分でこの緊張感をなんとかしたほうがいいのかもしれない。アーロンは指を使った……指なら彼女にもある。胸が高鳴り、オリヴィアは唇を舐めた。アーロンに知らせなくたってかまわない。オリヴィアはまた体を洗うふりをしてシャワーをひねり、そして……。

「終わったか？」アーロンがきいた。

オリヴィアは体を硬くした。「いえ……ただちょっと……」

「オリヴィア、時間がないと言ったはずだぞ」

そのとおりだ。アーロンはもう長くは生きられない。

それを思い出してオリヴィアは我に返った。アーロンがいずれ死ぬことはあきらめがついたと思っていた。でもたった九日間で？　アーロンといっしょにすべてを味わうにはとても足りない。彼がこんなに頑固ならなおさらだ。

九日間を最大限に利用しなくては。

「わかったわ」オリヴィアはため息をついてそう言い、シャワールームから出た。アーロンといっしょに出かければ、いっしょにいる時間を長くすることができる。手に入らないものを見せつけてじらすのはやめよう。オリヴィアは苦々しくそう思った。甘い復讐《ふくしゅう》をあきらめるのは本当に残念だけれど。胸も貪欲な唇も、アーロンがほしがるものはすべて、なんのためらいもなく差し出すつもりだ。

そして、何者かが彼の命をおびやかそうとしたら、誓いどおり守るつもりだ。

「何がわかったんだ?」アーロンはわけがわからない口調だった。

シャワーの棚の上に歯ブラシとミント味の歯磨き粉があった。人間が歯磨きするのを何千回となく見てきたからやり方はわかっている。オリヴィアはなんとか歯を磨き終えた。

「スカーレットの居場所を教えてあげる、という意味よ」

口がさっぱりしたので、今度はカウンターのブラシを手に取った。ブラシの歯が何度か髪にからまり、オリヴィアは顔をしかめたが、とかしきるまではやめなかった。今度からは着るつもりはなくてもローブを持ってくることにしよう。

「どうして気が変わったんだ?」アーロンの言葉には疑いがにじみ出ていた。

「あなたと言い争うのは貴重な時間の浪費だから」誤解の多い言い方だけどそれは本当だ。

「分別があるじゃないか。意外にも」

オリヴィアはブラシをシンクに投げた。「無神経な男はキスにありつけないわよ」これも本当だ。驚きでもあった。わたしにこんなに執念深い一面があったなんて……気に入ったわ。

返ってきたのは沈黙だった。またキスしたいと思っている印かしら？　初めて誰かをいじめるのが楽しいと思ったけれど、期待は持たないほうがいい。

「わたしはレギオンに手を出さなかった。攻撃されたときもね」

「実を言うとレギオンはきみがそばに来るだけで傷つくんだ。というか、きみに翼があったときはいつも傷ついていた。だがおれも仲間の戦士もそういうことはない。レギオンと同じ魔物なのにだ。それはなぜだ？　きみは意識してそうしてるのか？」

「もちろんちがうわ。魔物が天使に近寄るのをいやがるのは確かだけれど、あなたたちは人間に近い存在に変わったの」レギオンの話題を持ち出したのは彼女だけれど、もうこの話はおしまいだ。「どうやったらスカーレットを捕まえられるか知りたくないの？」

「すまない。もちろん知りたいさ」

オリヴィアはほほえみを噛み殺した。また謝罪だ。いやいやながらであっても甘さは変わらない。「わたしが知っていることを教えるわ。スカーレットは〝悪夢〟の番人だから、昼間は力が弱まるの」オリヴィアはしゃべりながら曇った鏡で自分の姿を眺めた。目の下にはくまがあり、頬は少しこけている。アーロンにはこんな自分ではなく最高の自分だけを見てほしいけれど、どうしようもない。「その点ではヴァンパイアに似ているわね。昼間は体が弱って歩くこともできないから寝ているのよ」

アーロンはしばらく彼女の言葉の意味を考えたようだ。「それなら今日眠っているうちに捕らえればいい」

「どうして急ぐの？　捕まえたらどうするつもり？」

「ハンターが町にいる。隠れ家を見つけたんだ。それに奴《やつ》らが女王神レアの助けを受けているのを突き止めた。スカーレットにいくつか質問をして、ハンターの側にまわるのを止めたいんだ」

「わたしもハンターが町にいることを教えてあげられたのに、あなたは耳を貸さなかったわ」

「わかってる。そのことも悪いと思ってる。で、レアのことで知ってることを教えてくれ」

また謝ってくれた。ご褒美をあげてもいい。「わたしが知っているのは、みずから〝大地の母〟と名乗っていること、ハンターの味方をしていることね」頭の中にはアーロンにご褒美をあげることしかなかったが、オリヴィアはそう答えた。「タイタン族はタルタロスで力を失ったけれど、それはレアも同じ。ギリシャ神族はそれを利用してレアに〝不和〟の魔物を取り憑《と》《つ》かせたの」

「目と鼻の先に答えがあったとはな」アーロンがつぶやいた。「レアから魔物を引き出したら死ぬのか？　おれたちみたいに？」

「ええ」

「それならなぜハンターの味方をする？」

「ガレンがハンターを率いているのと同じ理由よ。ハンターはあなたたちを殺し、魔物を自由に操ろうと考えているわ。レアの場合は天界の覇権を取り戻してクロノスを倒すためよ」

アーロンがもっと質問したがっているのはわかっている。でも彼は口に出そうとはしなかった。誰だか知らないけれど、別の情報源にあたるつもりだろうか？　情報源があるのはまちがいない。アーロンは以前はこういうことを知らなかった。もし知っていたら彼女を必要としなかっただろう。オリヴィアはそんなことを考えたくなかった。

「情報を感謝する」アーロンはぶっきらぼうに言った。

「どういたしまして」どんどん押すのよ。自信たっぷりに、積極的に。彼が求めているのは質問の答えだけじゃないと見せつけるの。「お礼はキスという形でいいわ。たしかふたつ貸しがあったはずよ。自分の無神経さも謝ったわよね」

アーロンは咳払《せきばら》いした。「たしかにそうだが、礼をするとは一度も言ってないし、そんなことを了解した覚えもない。とにかく、その、もう出発しないと」

「がっかりさせてくれるわね。「わたしはただ……」オリヴィアはタオルに目をやった。

これを巻けばあきらめることになる。まだあきらめることはできない。

ギデオンの言葉がよみがえってきてオリヴィアは下唇を噛んだ。といっても言葉そのものではなく、翻訳だ。ひと言で言うと、男は裸の女が好き。男は裸の女に抵抗できない。だからタオルは巻かないでおこう。オリヴィアは期待でハミングしそうになった。

「いえ、なんでもない」オリヴィアはハスキーな声で言った。「準備できたわ」

背筋を伸ばして胸を突き出すと、オリヴィアはノブをつかんでドアをさっと開けた。自信を持って。アーロンはこちらに背中を向けて壁にもたれていた。まだ腕組みしている。残念なことにまだ服も着ている。

積極的に。すぐにもその服をどうにかしなければいけない。

濡れた裸体でオリヴィアは彼の前に立った。自分で自分に触れようかと考えていたときより胸がどきどきする。彼女の姿に目を留めたアーロンはぽかんと口を開けた。瞳は爆発するように広がり、すみれ色の虹彩《こうさい》を隠してしまった。

オリヴィアはうめき声をあげそうになった。本当だ、ギデオンの言うとおりだった。アーロンは裸の女を見るのがとても好きらしい。

もっと押して。体がうずく……アーロンにこのうずきを癒してほしい……。「この格好、どう思う?」オリヴィアはくるりとまわってみせた。

アーロンは首を絞められたような声を出した。

もう二度と服を着ないというのもいいかもしれない。「わたしはもう人間だし、人間というのは受けたサービスに対して支払いをするものよ」声ににじむ興奮と緊張を彼は聞き取っただろうか？「だからわたしからもっと情報を引き出したいなら、支払いをしないといけないわ。情報ならたくさんあるのよ」

「支払いってどうやって？」うなるような声だったが、その声に怒りはなかった。「きみが言ったように、キスか？」

「五分前まではキスだったけれど、あなたは支払いを拒んだでしょう。だから今は値上がりしたの。知りたいことがあるなら、体でわたしを温めて。寒いのよ」本当は燃えあがりそうに熱い。

アーロンは息をのみ、体を起こした。その視線が彼女の体を舐め、胸と脚の間をとらえた。息遣いが浅く速くなっていく。「くそっ。死にそうな気分だ」

わたしもよ。「アーロン」あなたをちょうだい。そしてわたしを奪って。

「時間が……時間がない」

「なければ作って」オリヴィアはそう言ってアーロンとの距離をなくした。どうしても……触れてほしい……。

アーロンがあとずさりして逃げ出したら止めることはできない。けれども彼は逃げなかった。たくましい両手が彼女のウエストをつかみ、指が食いこんだ。やっと触れてくれた！

「本当は許されないことだ。たとえあの男がなんと言っても――」

「あの男？　その人が何を言ったの？」

アーロンはすぐには答えなかった。「おれの……魔物のことだ」その声は険しかった。「魔物は指が開き、肌を包みこむ。腰からヒップへと手が動く。肌が焼けつくようだ。「魔物は……きみを傷つけない。今度だけはその心配はない」

「それならどうしてわたしに触れるのが許されないの？」やめろと説得する気なら、最初から情熱を教えないでほしかった。これはアーロンのミスだ。オリヴィアはそのミスを逆手に取るつもりだった。「なんの障害もないのに」

「障害か……」アーロンは言葉につまった。その目は彼女の唇に釘《くぎ》づけだ。「おれたちは……」

アーロンが障害物のリストを読みあげるのを聞きたくなくて、オリヴィアは彼の胸に手を置いた。アーロンはそのつもりだったにちがいない。心臓は彼女よりずっと激しく速く鼓動している。いい印だ。でもそれをもっと激しく速くしたいと思い、オリヴィアは腰を押しつけてうめき声をあげた。そう、これよ。

「答えがほしいんじゃないの？　大事な質問なんでしょう？　あなたのためにも、愛する仲間のためにも。それなら支払いをすればいいのよ」

アーロンが唇を舐めるとそこにつややかさが加わった。一度でいいからあれを味わいたい……。「まさか天使がこんな策略家だとはな」アーロンの声はかすれていた。「堕天使よ」これで何度目だろう。「さあ、おしゃべりはおしまい。支払いをして」

「わかった……」

アーロンが顔を寄せると同時にオリヴィアは爪先立ちになった。唇がぶつかるように重なったが、最初アーロンは応えなかった。オリヴィアは無理やり舌で食いしばった歯をこじ開けたが、舌が触れ合った瞬間、アーロンはうめき声をあげて主導権を奪った。

アーロンの両手が彼女のウエストにまわり、体を引きあげた。オリヴィアは両脚を彼にからめ、足首を結び合わせた。そうしないと足が宙に浮いてしまうからだ。これはすばらしいポジションだ。うずく快楽の中心を硬い高まりに押しつけることができる。その高まりはズボンのウエストから先端をのぞかせている。

この服がいまいましい。

アーロンの頭を撫《な》でると、地肌近くまで刈りこんだ短髪がオリヴィアの手のひらを刺激した。アーロンの片手は彼女のうなじをつかみ、頭の向きを変えてキスを深めている。オリヴィアはそのキスを肌のすべてで、細胞のすべてで感じ取った。

「服が邪魔だわ」深い呼吸の合間にオリヴィアはそう言った。

「これぐらいじゃ足りない」アーロンは言い返した。唇は鎖骨に移り、さらに下がっていく。その舌が胸の先端を舐め、キスするという約束を果たした。オリヴィアはうめいた。アーロンの片手は空いているほうの胸を愛撫している。「鎧《よろい》を着たってきみの魅力は防げない」

なんて甘い告白だろう。

「ペースをゆるめないと」

なんですって？　だめよ！「速くして」オリヴィアが彼の耳をひねると、うなり声が聞こえた。

アーロンにもう片方の先端を吸われ、オリヴィアはその刺激にあえいだ。続いて舌でも愛撫され、うめき声がもれた。オリヴィアは胸を突き出し、体を寄せた。

「あなたまでびしょ濡れになるわ」

「いけないことなのか？」

いけないこと、いけないこと。その言葉が頭にこだまし、この前こんなふうにキスしたとき、彼の分身を唇で愛撫したかったのに許してくれなかったことを思い出した。アーロンは彼女が純粋すぎると思ったのだ。

オリヴィアが足を下ろすと足の裏がやわらかな絨毯《じゆうたん》にあたった。

アーロンは顔をしかめた。「いったい何を――」

オリヴィアは膝をつき、アーロンのズボンを引っ張って高まりを解放した。それは太くて大きく、見事なまでに硬くなっている。

「オリヴィア……」苦しめられているかのようなうめき声だ。「そんなことはいけない」

オリヴィアはサテンのようになめらかな肌に頬を寄せた。熱い刻印のようだ。アーロンの指が髪にからまる。オリヴィアは少し体を引いて口を開き、彼を迎え入れた。その太さが口を押し広げ、ぴったり合うとはいかなかったが、しょっぱいような甘いような味わいにオリヴィアは身を震わせた。

「おれがまちがってた。いけないことなんかじゃない」

　唇を上下に滑らせながら手で重みを確かめる。オリヴィアは彼を味わい、彼の迷いを打ち壊し、情熱をかき立てた。けれどもアーロンは最後まで味わわせてはくれなかった。まだ始めたばかりだというのに、彼はオリヴィアの肩をつかんで引っ張りあげた。

「もういい」アーロンは額に汗を光らせてオリヴィアをくるりと壁に押しつけた。そして何も言わずに今度は自分が膝をついた。たくましい両手が彼女の脚を開いたかと思うと、次の瞬間舌が舐め、吸い、むさぼっていた。

　体を支えるものがほしかったが何も見つからない。オリヴィアは背後の壁に両手を這《は》わせた。髪が背中にあたるのがわかる。すべてが彼女を刺激する。もう少し……あと少しで……。

　アーロンはいきなり立ちあがった。息を荒らげ、まぶたを半分閉じている。「きみがほしい……だがそんなわけには……なんて甘いんだ……もっとほしい……だが……」

もっとほしいのね。いいわ。「アーロン」

アーロンは首を振った。かたくなな抵抗は姿を消し、決意に取ってかわった。彼は二人の体の間に手を入れて高まりを撫でた。もう片方の手はオリヴィアのウエストをつかんでいる。「だめだ……できない……あの言葉が……」

「どうしたの？　あの言葉って？　まさかこのまま……そんなこと……」お願い、続けて。

「だめだ」アーロンの動きが止まった。二人の荒い息遣いだけが部屋に響いた。「できない。こんなことは――」またうなり声が聞こえた。アーロンは彼女から手を離して顔を撫でた。その手が離れたとき、表情が変わったのがわかった。決意は怒りに変わっている。

「人間は欲求不満を抱えて生きている。人間になりたいなら、きみもその気持ちを味わうべきだ」

欲求不満？　死んだほうがましだ。「お説教はやめて。アーロン、お願い」どうしても彼がほしい。「お願いよ」オリヴィアは腰を前後に揺らし、快楽の中心を焼けた鉄のような高まりに押しつけた。そして上下に滑らせる。ああ、神さま。この快感……たとえようのない感覚だ。焼けつくように刺激的で……許されない快感だ。

アーロンも同じだったにちがいない。彼はふたたび動き出した。オリヴィアのヒップをつかみ、ぶつけるように自分の高まりへと押しつけたのだ。繰り返し、何度も。一度も貫こうとはしなかったが、すでに高まりきっているオリヴィアの体には関係なかった。電気が走るような快感だ。まもなく二人ともうめき声をあげ、息を切らし、身を震わせた。

二人はキスを抑えることもできなかった。舌はからみ合い、歯はぶつかり合う。オリヴィアは翼を隠した彼の背中に爪を立てた。ワイルドすぎるだろうか？　ギデオンはアーロンにはワイルドな女が必要だと言っていたけれど、あせるあまりやりすぎたらアーロンは引いてしまうかもしれない。

残る理性を振り絞ってオリヴィアは手の力を抜いた。そしてアーロンの背中から爪を抜き、感じやすい背中の裂け目から手を離した。

「何をするつもりだ？」アーロンが言った。

「あなたを味わいたいの。というか、味わうつもりだったわ。あなたが口を開くまでは」

アーロンは顔をしかめ、唇を離してオリヴィアの目を見つめた。

「そうか、じゃあ味わってくれ」

「喜んで」オリヴィアは下唇を噛み、腰を突き出した。「でも先にあなたを中に感じたいの」

アーロンは苦しげな声をもらした。

もう一度腰を押しつけると、アーロンの高まりの先端が快楽の中心にあたり、オリヴィアはあえいだ。アーロンが食いしばった歯の間から息を吐き出した。なんという感覚だろう。頭をのけぞらせると、濡れた髪が波打って肌を刺激した。あと少しだとオリヴィアは思った。この前こんなふうにキスしたときアーロンが導いてくれた快楽の頂点まで、もう少しでのぼりつめる。頂点に達したら、体の中で高まって彼女を苦しめるうずきをやわらげることができる。

「アーロン、もう少しだけお願い。そうしたらわたしは――」

「だめだ！」アーロンがいきなり手を離したので、オリヴィアは支えを失い、床に倒れて息ができなくなった。でも情熱は冷めないしうずきがやわらぐこともない。「できない」

アーロンは彼女の味をかなぐり捨てるように震える手で口元をぬぐった。そして震える手でズボンをはいた。

「クライマックスはなしだ」オリヴィアが嫌う険しい口調で彼は言った。そこには欲望ではなく怒りが満ちている。

「どういうことかわからないわ」

アーロンは花崗岩《かこうがん》のように硬い顔つきで彼女をにらんだ。「言っただろう。人間というのは満たされない思いに悩まされるものだ。そんなに人間になりたいというならその思いも耐えられるだろう。さあ、服を着てくれ。さっきも言ったが、行かなくちゃいけない場所がある」

訳者　仁嶋いずる

1966年京都府生まれ。主な訳書に、ジーナ・ショウォルターの〈オリンポスの咎人〉シリーズ『レイエス』『サビン』、エリザベス・ローウェル『残酷な遺言』(以上、MIRA文庫)がある。

オリンポスの咎人　アーロン　上

2011年10月15日発行　第1刷

著　　者／ジーナ・ショウォルター

訳　　者／仁嶋いずる（にしま　いずる）

発 行 人／立山昭彦

発 行 所／株式会社 ハーレクイン

東京都千代田区外神田 3-16-8

電話／03-5295-8091（営業）

03-5309-8260（読者サービス係）

印刷・製本／大日本印刷株式会社

装 幀 者／小倉彩子（ビーワークス）

ISBN978-4-596-91472-9

用語解説

アーロン（Aeron）： “怒り”の番人。

アシュリン・ダロウ（Ashlyn Darrow）： 超能力者。人間。

アニヤ（Anya）： “無秩序”の女神。

アムン（Amun）： “秘密”の番人。

暗黒の戦士（Lords of the Underworld）： かつてギリシャの神々に仕えた戦士たち。いまは内に魔物を抱えて生きている。

ウィリアム（William）： 不死身の戦士。アニヤの友人。

オリヴィア（Olivia）： 地上に堕とされた戦天使。

カイア・スカイホーク（Kaia Skyhawk）： 不死身の一族ハルピュイア。

語ってはならぬ者（Unspoken Ones）： 口の悪い神。クロノスの囚人。

神のマント（Cloak of Invisibility）： 聖遺物の1つ。

カメオ（Cameo）： “悲嘆”の番人。唯一の女戦士。

ガレン（Galen）： “希望”の番人。

ギデオン（Gideon）： “嘘”の番人。

強制の檻（Cage of Compulsion）： 聖遺物の1つ。

ギリシャの神々（Greeks）： オリンポスのかつての支配者。いまは幽閉されている。

グウェン・スカイホーク（Gwen Skyhawk）： 不死身の一族ハルピュイア。

クロノス（Cronus）： タイタン族の王。

ケイン（Kane）： “破壊”の番人。

サビン（Sabin）： “疑念”の番人。ギリシャにいる戦士のリーダー格。

シエナ・ブラックストーン（Sienna Blackstone）： ハンター。故人。

ジリー（Gilly）： ダニカの友人。人間。

スカーレット（Scarlet）： “悪夢”の番人。

ストライダー（Strider）： “征服”の番人。

精鋭七天使（Elite Seven）： 最上位の天使。

聖なる杖（Paring Rod）： 聖遺物の1つ。

ゼウス（Zeus）： ギリシャの神々の王。

絶対神 (One True Deity)： 天使の支配者。
戦天使 (Warrior Angels)： 中位の天使。悪魔の暗殺者。
タイタン族 (Titans)： 現在オリンポスを支配する神族。
ダニカ・フォード (Danika Ford)： タイタン族の標的。人間。
タリヤ・スカイホーク (Taliyah Skyhawk)： 不死身の一族ハルピュイア。
タルタロス (Tartarus)： “幽閉”の神。あるいは、オリンポス山の牢獄のこと。
ディーン・ステファノ (Dean Stefano)： ハンター。ガレンの右腕。
天界の高等評議会 (Heavenly High Council)： 3つの階位より選ばれた天使で構成される。
トリン (Torin)： “病”の番人。
バーデン (Baden)： “不信”の番人。故人。
パリス (Paris)： “淫欲”の番人。
ハンター (Hunters)： 暗黒の戦士たちの宿敵。
パンドラ (Pandora)： 不死身の戦士。聖なる箱の番人。故人。
万能の目 (All-Seeing Eye)： 聖遺物の1つ。
ビアンカ・スカイホーク (Bianka Skyhawk)： 不死身の一族ハルピュイア。
ヘラ (Hera)： ギリシャの神々の女王。
マドックス (Maddox)： “暴力”の番人。
喜びの運び手 (Joy-bringers)： 最下位の天使。
ライサンダー (Lysander)： 精鋭七天使。
ルシアン (Lucien)： “死”の番人。ブダペストにいる戦士たちのリーダー格。
ルシファー (Lucifer)： 闇の王子。地獄の支配者。
レア (Rhea)： タイタン族の女王。クロノスの妻。
レイエス (Reyes)： “苦痛”の番人。
レギオン (Legion)： 地獄のしもべ。アーロンの友人。

オリンポスの咎人 I マドックス
ジーナ・ショウォルター
村井 愛 訳

古城に住む美しい男達――彼らはギリシャの神々に追放された不死の戦士だった。全米騒然のエロティック・パラノーマル・シリーズ、ついに日本解禁！

オリンポスの咎人 II ルシアン
ジーナ・ショウォルター
佐野 晶 訳

冷徹な戦士ルシアンは、奔放なふりをする意地っぱりな女神アニヤの無垢さに心惹かれていく。彼女を暗殺する使命を負いながら…。人気シリーズ第2弾！

オリンポスの咎人 III レイエス
ジーナ・ショウォルター
仁嶋いずる 訳

“苦痛”の戦士レイエスが恋い焦がれる人間ダニカ。彼女の幸せを願い一度は逃したものの、運命が二人を再び結びつける。シリーズの鍵を握る第3弾！

オリンポスの咎人 サビン
ジーナ・ショウォルター
仁嶋いずる 訳

不屈の戦士サビンは、ハンターの実験室から神々も恐れる残忍な種族の美女グウェンを救出。利用しようと企むが、臆病な彼女に心惹かれ…。第4弾！

安息の地へふたたび
リンダ・ウィンステッド・ジョーンズ
杉本ユミ 訳

刑事のギデオンは死者と話す能力を駆使して殺人事件に挑んでいたが、新しいパートナー、ホープに怪しまれ…。人気パラノーマル・ロマンス3部作、第2弾。

イヴが眠りにつくまで
ビバリー・バートン
中野 恵 訳

敵対するアンサラ一族から愛する者たちを守るため、レイントリーが〈安息の地〉へ集結した。運命の決戦と禁断の恋の行方は…？ 人気3部作、最終章。